本书由云南师范大学外国语学院资助出版

Landscape and Identity

景观书写与身份构建

谢默斯·希尼诗歌研究

和耀荣　著

中国社会科学出版社

图书在版编目(CIP)数据

景观书写与身份构建：谢默斯·希尼诗歌研究 / 和耀荣著. —北京：中国社会科学出版社，2024.2
ISBN 978 - 7 - 5227 - 2983 - 1

Ⅰ.①景…　Ⅱ.①和…　Ⅲ.①谢默斯·希尼—诗歌研究　Ⅳ.①I562.072

中国国家版本馆 CIP 数据核字(2024)第 016220 号

出 版 人	赵剑英	
责任编辑	刘亚楠	
责任校对	张爱华	
责任印制	张雪娇	

出　　版	中国社会科学出版社	
社　　址	北京鼓楼西大街甲 158 号	
邮　　编	100720	
网　　址	http://www.csspw.cn	
发 行 部	010 - 84083685	
门 市 部	010 - 84029450	
经　　销	新华书店及其他书店	
印　　刷	北京君升印刷有限公司	
装　　订	廊坊市广阳区广增装订厂	
版　　次	2024 年 2 月第 1 版	
印　　次	2024 年 2 月第 1 次印刷	
开　　本	710×1000　1/16	
印　　张	11.25	
插　　页	2	
字　　数	209 千字	
定　　价	68.00 元	

凡购买中国社会科学出版社图书，如有质量问题请与本社营销中心联系调换
电话：010 - 84083683
版权所有　侵权必究

目 录

前 言 ·· 1

绪 论 ·· 5
  第一节　选题缘起及意义 ·· 7
  第二节　研究现状与述评 ··· 12
  第三节　研究理论与方法 ··· 26
  第四节　研究内容与创新点 ·· 34

第一章　继承与疏离：谢默斯·希尼诗歌中的景观与记忆 ············ 39
  第一节　景观与记忆之关系 ·· 39
  第二节　记忆中的故乡：谢默斯·希尼诗歌中的自然景观 ······ 48
  第三节　记忆中的传统：谢默斯·希尼诗歌中的劳作景观 ······ 65

第二章　暴力的"客观对应物"：谢默斯·希尼诗歌中的景观与历史 ······ 77
  第一节　景观与历史之关系 ·· 77
  第二节　困境的象征：谢默斯·希尼诗歌中的沼泽尸体景观 ···· 88
  第三节　暴力的循环：谢默斯·希尼诗歌中的北欧历史景观 ··· 104

第三章　开放与多元：谢默斯·希尼诗歌中的景观与语言 ··········· 115
  第一节　景观与语言之关系 ··· 116
  第二节　景观与语言的联姻：谢默斯·希尼诗歌中的地名诗 ··· 127
  第三节　超越身份的藩篱：谢默斯·希尼诗歌创作中的语言景观 ··· 141

结　语 ·· 153

参考文献 ·· 161

附　录 ·· 172

后　记 ·· 176

前　言

由于诗歌中优美的抒情和具有深度的伦理思考，谢默斯·希尼（Seamus Heaney）于1995年被授予诺贝尔文学奖。同时，这两个价值和功用维度（抒情诗般的美感和伦理深度）也成为中外批评者评价希尼诗歌的焦点。20世纪中叶以来，由于宗教矛盾和政治冲突，北爱尔兰几乎没有宁静的时刻，英爱纷争、北爱内部宗派斗争激烈。由于出生在这样一片政治敏感、民族和宗教冲突不断的土地，评论家以至读者总是不自觉地给希尼贴上"爱尔兰诗人"的标签，把他刻画为爱尔兰民族主义的斗士。希尼自身也一直思考诗人在诗歌创作中的身份问题，并通过诗作中的景观书写呈现其多元身份选择。

21世纪以来的景观研究呈现出多元化、跨学科的特征。虽然景观是一种客观存在，但是景观具有文化特质，与意识形态、民族情愫、身份认同等紧密相关，并参与政治、文化和身份的构建。景观不仅仅是观赏的对象，还是可以被解读的文本，体现了社会中主体身份形成的过程。同时，景观是一种审美、习俗和意识形态秩序的体系，在政治、阶级和民族身份的构建中发挥了重要作用。在希尼诗歌中，他有意通过记忆、历史和语言呈现了北爱尔兰莫斯巴恩乡下的自然景观、北爱尔兰农民和手工劳动者的劳作景观、远古时期埋藏在沼泽中的尸体景观、维京人入侵爱尔兰岛时留下的历史景观以及地名诗景观等，这使其成为诗人表达身份选择的途径，即希尼通过诗歌中的景观书写找到了一种超越"非此即彼"二元对立思维的写作范式。在新的写作范式中，希尼既不否定自己客观的民族身份和文化身份，又在不同文化、不同历史、不同信仰中进行协商和沟通，构建了一个兼顾现实责任和艺术审美且开放、多元的写作空间。

本书从景观的角度入手，对希尼诗歌中通过记忆、历史和语言呈现的景观进行具体的文本分析，探索希尼诗歌中不同的景观呈现所承载的不同文化含义及其在身份构建中的作用。本书由"绪论"、主体部分的三章和"结语"构成，其主体部分三章的内容如下。

第一章"继承与疏离：谢默斯·希尼诗歌中的景观与记忆"，研究诗作中通过记忆呈现的景观、其文化内涵以及在身份构建中的作用。首先，阐述了景观与记忆之间的关系。记忆隐藏在景观中，并通过景观表征来呈现，使景观成为承载记忆的重要方式，且人们通过记忆重塑景观来构建新的身份与民族认同。其次，分析了希尼诗作中通过记忆呈现的自然景观。自然景观发挥身份构建的作用主要有三种方式：第一，通过呈现具有普遍象征意义的景观意象来唤起共同的记忆，表达其价值认同和身份归属。第二，通过呈现处在对立面、令人不愉悦的"黑暗"景观意象来表达身份上的疏离。第三，用景观隐喻来重塑民族性格。最后，分析了希尼诗歌中家庭成员和爱尔兰传统艺人的劳作景观——掘煤炭的祖父，挖土豆的父亲，搅拌奶酪的母亲，占卜者、打铁和修补屋顶的匠人们构成了一幅幅具有爱尔兰特色的劳作景观。一方面，劳作成为希尼继承传统的最佳方式，并与诗歌创作活动形成类比。希尼对"挖掘"这一劳作传统的继承，由一种方式不同但精神实质相同的生存之道所代替，"挖掘"这一动作永恒存在，劳作的传统从祖辈到父辈再到希尼，从古至今始终未变。另一方面，希尼对劳作景观的"旁观者"式的描写不可避免地体现了对爱尔兰传统文化的疏离。通过回忆呈现的自然景观和劳作景观，表达了诗人对古朴爱尔兰传统既继承又疏离的状态，构建了诗人爱尔兰人的身份认同，同时诗人超越爱尔兰人这一客观身份的限制，进入一个包含不同文化的想象世界。

第二章"暴力的'客观对应物'：谢默斯·希尼诗歌中的景观与历史"，以景观和历史的关系作为出发点来研究希尼诗歌中通过历史呈现的景观。首先，阐述了景观与历史的关系。景观、历史和人类处在一个互动的关系中，景观承载着不同时代的历史和文化信息。同时景观是物质环境与人类社会之间最持久的联系之一，是历史进程的忠实记录者，是记录和体现人类活动印迹的历史文本。通过历史呈现的景观承载了当时的文化象征，并传承延续其被赋予的内容和意义。其次，分析了诗歌中呈现的沼泽尸体景观。希尼读了丹麦人类学家、考古学家格列布（P. V. Glob）的著作《沼泽地人》（*The Bog People*），该书记载着埋藏在沼泽里、在古代用于祭祀的尸体。诗人从中得到启发，找到了在现实困境中诗歌创作的新素材和主题。沼泽尸体景观作为历史的记录和北爱尔兰困境的象征，为希尼的诗歌写作找到"客观对应物"，现实和历史对比，诗人借助历史题材迂回地回应现实的北爱尔兰暴力冲突。最后呈现了北欧历史景观。在公元 800 年前后，维京人来到爱尔兰岛，侵占盖尔人的领土，掠夺其钱财。但是，伴随着侵略和掠夺，维京人建设和改造了爱尔兰岛。由此，在爱尔兰的历史上留下了许多具有维京特色的景观。希尼诗歌中的北欧历史景观体现了暴力的特征。维京侵略与现实中的北爱冲突对比，暴力的循环警示着后人。诗歌中呈现的沼泽尸体景观以及北欧海盗入侵爱尔兰留下的历史景观使希尼找到了北爱尔兰现实暴力的"客观对应物"，帮助希尼解决了在创作中现实责任和艺术追求的两难选择，同时在承担北爱尔兰痛苦的现实悲剧和社会责任与作为英语诗人忠诚于自由创作的艺术责任之间架起一座沟通的桥梁，形成一个开放、包容的场域。在这个空间里，不同的意识形态、不同的文化、不同的民族相互交融、相互作用，构成多元的联系，同时也构建了诗人的北爱尔兰天主教徒以及英语诗人的多元身份。

第三章"开放与多元：谢默斯·希尼诗歌中的景观与语言"，以景观与语言的关系为基点讨论了希尼诗歌中作为景观与语言联姻的地名诗以及希尼创作后期诗作中的语言景观。民族不仅仅是政治斗争的产物，更是与景观、文化、语言等因素相关。景观和语言在构建民族和身份认同中发挥着重要作用，并且语言和景观呈现是一致的，景观可以被翻译成语言，语言描写呈现景观。在希尼的诗歌创作生涯中，地名及地名诗贯穿始终，诗人从家乡莫斯巴恩起步，在早期诗歌中描写了具有北爱尔兰特色景观的安娜莪瑞什、布罗格、图姆等诗人熟悉的北爱尔兰故土，之后希尼以格兰莫（Glanmore）为中心，创作了《格兰莫组诗》（*Glanmore Sonets*）和《再访格兰莫》（*Glanmore Revisited*）两组诗。格兰莫是希尼诗歌中继莫斯巴恩之后又一重要的地方，它连接了 1970 年代末期爱尔兰的社会现实和希尼的个人生活。希尼这一基于语言和景观两者之间相互作用、相互结合关系的地名诗的创作消解了诗歌中身份、宗教和政治的二元对立，建构了一个流动且复杂、各种因素相互渗透的力量场域（a field of force），提供了解决身份困境、宗教矛盾和政治冲突的想象空间。此外，希尼以语言和景观为出发点想要创造一个能够包容不同地域、不同起源、不同文化的想象世界。同时，在诗歌创作中，希尼继承和延续了古希腊文学传统、英语文学传统和爱尔兰文学传统，希尼的诗歌成为不同文学传统之间交流和融汇的平台。这样的创作提高了希尼作品的价值，奠定了其作为英语诗人的地位。

总之，在希尼诗歌中，通过记忆、历史和语言呈现的景观确立了希尼爱尔兰人、爱尔兰诗人、爱尔兰天主教徒、英语诗人等多元身份标识，同时诗歌中呈现的景观为在北爱尔兰的现实矛盾中处理身份问题带来更广阔的视野，开启了一个有益于交流和讨论的空间。诗人也试图以历史的融合性打开政治的边界，呈现一种既能回应北爱尔兰的现实矛盾，又能体现诗歌艺术审美价值的新的写作范式，致力于在文学作品中建立一个面向未来的想象世界。同时，诗歌中多元身份的建构创造了一个超越民族和宗教的二元对立，包含不同文化、不同政治、不同意识形态的空间，促进了诗人的艺术创作，为世界上承受文化分裂的文学创作者的写作提供了新的范式。此外，希尼多元身份的选择为处在后现代转型时期人类的身份选择，即"何以在这个世上自处"的问题提供了借鉴意义和新的认知地图。

绪　论

谢默斯·希尼（Seamus Heaney）于1939年4月出生在北爱尔兰德里县（Derry）的一个天主教农民家庭，是家里九个孩子中的老大。6岁至12岁时，希尼就读于当地的安娜莪瑞什小学（Anahorish School），13岁至18岁时寄宿就读于圣·哥伦布天主教中学（St Columb's College），之后考入贝尔法斯特女王大学（Queen's University, Belfast），并以优异的成绩毕业。大学毕业后，希尼曾短暂任教于圣·托马斯中级学校（St Thomas's Intermediate School）和圣·约瑟夫师范学院（St Joseph's College）。1966年，希尼回到女王大学任教，成为英语系的一名讲师。在此期间，他于1970年至1971年在美国加州大学伯克利分校（University of California, Berkeley）讲学。1972年8月，希尼辞去女王大学的教职，举家迁往爱尔兰共和国首都都柏林，在威克娄（Wicklow）的一处农舍中开始了自由作家的生涯。1982年开始，希尼与哈佛大学签订五年的合同，每学年中的一个学期到哈佛大学教授英语诗歌。1984年被聘为修辞学教授，一直到1996年卸任。1989年被牛津大学聘为诗歌教授；1995年获诺贝尔文学奖。希尼的成长道路开始于一个毫无文学气氛的家庭，父亲是一位农夫，擅长于种植和挖掘。但这样的家庭出身在另一方面对希尼的创作产生了巨大的影响。在《全神贯注：1968—1978散文选》（*Preoccupations: Selected Prose 1968—1978*）中，他兴趣盎然地回忆了家乡莫斯巴恩（Mossbawn）和童年生活，给他留下深刻印象的不仅仅是山川、草地、湖泊和沼泽，更重要的是家乡的生活和经历。他记得人们在井边汲水时水泵的特殊响声，记得邻近村庄的农场和奶牛，记得莫斯巴恩的沼泽、引诱人进入的泥潭和流沙塞壬的传说，记得他喜欢蜷伏的那棵山毛榉树丫，记得自己在豌豆垄走失的情景和回想时的后怕……"直到今天，翠绿、湿润的角落，水淹的荒地，长满软软的灯芯草的谷地，任何一个有水喝有青苔的地方，即使只是从汽车或火车上一瞥而过，都具有直接给人安宁的吸引力。"① 家乡美丽的景观成为希尼诗歌创作的源泉和不竭动力。希尼的第一本诗集《自然主义者之死》(*Death of a Naturalist*) 于1966年出版，它以诗人的故乡和农庄生活为题材，带着浓郁的"爱尔兰泥土味"，展示了诗人一系列的童年经历及其成长过程。诗集从诗人父亲和祖父的"挖掘"开始，经过母亲的日常劳作，再到自己采摘草莓和抓蝌蚪的经历，最后通过神话的隐喻把这些田园生活视为诗人诗歌创作的源泉。第二本诗集《通往黑暗之门》(*Door into the Dark*, 1969) 通过对乡村人物和田园生活的进一步挖掘，展现爱尔兰传统技艺和隐喻爱尔兰民族的自然景观，进入传统艺人的日常生活寻找正在消失的古朴爱尔兰传统。而在诗集《在外过冬》(*Wintering Out*, 1972) 和《北方》(*North*, 1975) 中，诗人创作了一系列沼泽诗歌和地名诗，通过以古喻今、运用象征和想象的手法真正超越了个人和家庭的经历，进入国家和民族的历史。诗人由在北爱尔兰乡间的"自然主义者"成长为忧国忧民的具有公共意识和社会责任的知识分子，积极寻求解决北爱尔兰困境的方法，成就了一种新形式的"政治诗"。《野外作业》(*Field Work*, 1979) 由悼念在北方暴乱中牺牲者的挽歌和一系列咏诵家庭居住地格兰莫的田园诗组成，希尼从僻静的威克娄（Wicklow）观望北方发生的一切，感叹北爱尔兰的残酷现实，把"艺术的终结是和平"作为自己的座右铭。《斯特森岛》(*Station Island*, 1984) 系包括以乡间和农场为背景的抒情诗和描写阴阳之会的一系列诗歌，其中的幻视和幻听因素增加了神秘感，同时"斯威尼系列诗歌"通过历史人物表达了诗人在文学创作中的身份选择。《山楂灯笼》(*The Haw Lantern*, 1987) 中的寓言诗歌表明诗人找到了又一隐喻北爱尔兰困境的文学象征，体现了对北爱尔兰政治的反思，同时其对诗歌创作的思考保持了文学的独立性，避免其沦为政治的工具。《幻视》(*Seeing Things*, 1991) 讲述了爱尔兰本土的故事，诗人回到童年的记忆，通过熟悉的爱尔兰景观探寻人类的精神世界。《酒精水准仪》〔*The*

---

① Seamus Heaney, *Finders Keepers: Selected Prose 1971—2001*, New York: Farrar, Straus and Giroux, 2002, p. 4.

Spirit Level，1996）充满悲观色彩，但其对哲学和宇宙问题的思考，以及政治之外的诗意与哲思具有禅学一般的美。21世纪初发表的《电光》（*Electric Light*，2001）充满了悲观主义，其对田园诗歌的关注无时无刻不提醒着读者田园景观对当代文化的意义。《域与环》（*District and Circle*，2006）以"域"和"环"的辩证关系为基点，把诗人的关注点从"域"（爱尔兰社会现实）延伸到"环"（外部世界，乃至整个人类的命运）。该诗集的关注点和创作素材又回到在第一部诗集《一个自然主义者之死》中出现的故乡风土，完成了一个轮回。在2010年出版的诗集《人类之链》（*Human Chain*，2010）中，诗人多次写到了死亡、黑暗和沉默。希尼以一贯乐观地写道："死者在这里/被运来运往"，这是智者的恬静和淡然，诗人沉思人生，看淡生死，超凡脱俗。在74年的人生历程中（希尼生于1939年4月，卒于2013年8月），希尼的身份不仅仅局限于诗人，他还是当代优秀的诗歌评论家、翻译家，先后出版了诗歌评论集《全神贯注：1968—1978散文选》（*Preoccupations：Selected Prose 1968—1978*，1980）、《舌头的管辖：1986年散文选》（*The Government of the Tongue：The 1986 T. S. Eliot Memorial Lectures and other Critical Writings*，1988）、《写作的位置》（*The Place of Writing*，1989）、《诗歌的纠正：牛津讲稿》（*The Redress of Poetry：Oxford Lectures*，1995）、《归功于诗》（*Crediting Poetry：The Nobel Lecture*，1996）、《发现者·保护者：1971—2001年散文选》（*Finders Keepers：Selected Prose 1971—2001*，2002）。诗歌视野和诗评范围从叶芝、乔伊斯等爱尔兰文学传统，到艾略特、毕晓普、奥登等英语文学传统，再到契科夫、曼德尔斯塔姆等世界文学传统。同时希尼翻译了《迷途的斯威尼》（*Sweeney Astray*，1983）和《贝奥武甫》（*Beowulf*，2000）两部作品，出版了戏剧《特洛伊的愈合》（*The Cure at Troy：A Version of Sophocles's Philoctetes*，1990）和《底比斯的葬礼》（*The Burial at Thebes*，2004）。

第一节　选题缘起及意义

一　选题缘起

北爱尔兰具有特殊的政治历史背景和文化传统。北爱尔兰虽然地处爱尔兰岛，但在政治上属于英国。英国长期统治着北爱这片土地，民族和种族冲突不断。尤其到了20世纪后半期，由于宗教矛盾和政治冲突，北爱几乎没有宁静的时刻，英爱纷争、北爱内部宗派斗争激烈。希尼悲愤地把这段历史称为"四分之一个世纪的生命浪费和精神浪费"①。在这四分之一个世纪中，北爱尔兰存在诸多二元对立的矛盾：英国和爱尔兰激烈争夺着对北爱的政治主权；人民信仰的新教与天主教之间的矛盾；英帝国的殖民遗产和爱尔兰盖尔文化传统之间的矛盾；以及英语和爱尔兰语之间的矛盾。但是激烈的冲突和分歧也伴随着英爱文化的交融。爱尔兰文化本身不是单一、孤立的，而是在英国长期统治、英爱文化交融以及在欧洲古老历史文化影响下的爱尔兰。"如果我的土地和你的土地交界，那么我们被边界分离的同时也是被它联结的。"②这恰恰是爱尔兰民族文化与英国文化融合的形象写照。爱尔兰与英国、天主教与新教并不能简单地切分，也不可以用原始田园和传统风俗来取代当今的爱尔兰。爱尔兰文化已经是一种杂糅与交融，所以不应该以单纯的民族主义来定义它。民族主义和民族性本身就是一种想象的、历史性的、由具体语境决定的，而不是固定的、亘古不变的。

20世纪后半期愈演愈烈和旷日持久的民族矛盾与宗教冲突使得这一时期的北爱尔兰艺术家面临着前所未有的社会舆论压力以及关于艺术的社会责任的追问，他们深深地陷入了艺术创作和社会责任的矛盾中。一方面，他们要像自己的同胞和寻常百姓一样承受暴乱和冲突带来的生活困境；另一方面，又要承载民众对他们的企盼，充当种群、社区的代言人，肩负民族救赎的希望。谢默斯·希尼出生并成长在英属北爱尔兰，自小受到两种文化的熏陶。作为一个天主教家庭的后代，他的根在爱尔兰，盖尔文学是爱尔兰真正的文学传统，生活中他耳濡目染的也是爱尔兰文化传统。但是他当时读书的学校是英国政府出资创办的，接受的是来自英国传统的教育，学的是英国的语言、历史和文化，因此他又不可避免地受到英国元素的影响。诗人自己说过："我猜想，我身上的阴性因素与爱尔兰有关，而男性张

---

① Seamus Heaney, "Crediting Poetry: The Nobel Lecture", *The New Republic*, Dec. 25th, 1995, p. 28.
② 本尼迪克特·安德森：《想象的共同体：民族主义的起源与散布》，吴叡人译，上海世纪出版社2005年版，第47页。

力来自英国文学。"① 因此，诗人自身的文化场域具有双重性，置身于英国的影响和爱尔兰本土之间，就像"置身于庄园领地和沼泽潭之间"。希尼不但拥有英国的教育背景，而且其诗歌的起步与成名也始于英国。因此，希尼对民族文化的理解不局限于纯粹的爱尔兰人的爱尔兰，而是正视爱尔兰文化与包括英国在内的各民族文化相互交融的历史，正视爱尔兰文化所面临的现代化进程这一事实。

由于特殊的成长背景和经历，希尼始终处于两种不同文化、两种不同信仰相互碰撞但又相互交织的前沿地带。这种处于"两者之间"的境地给希尼带来选择的尴尬和痛苦的同时，也丰富和延伸了其个体生命体验，"交汇地带"的差异性和复杂性也为希尼提供了创作出具有独特性的文化景观的机会。这种生命体验是痛苦的，但有助于希尼更好地理解两种不同信仰、不同历史和不同文化。在诗歌创作中，希尼竭尽全力去探寻一种既能保持诗歌的文学独立性和审美性，又能实现其社会意义的写作范式。同时，希尼阐述了他的平衡观念："我们无须放弃对爱尔兰的认同，而是把它看作一个可伸缩的定义：人们在多个文化身份中协调的理念应该受到推崇。我建议北方的多数派也能回应这一平衡的提议，开始在爱尔兰框架之内而非之外考虑问题。"② 希尼的这一认识也帮助他逐渐走出身份认同和选择的困境，逐渐消解由于持续的英爱冲突和宗教矛盾使每个北爱诗人、作家都面临的现实责任的巨大压力，能够更客观、直接地解决身份选择和诗歌创作之间的矛盾。在散文集《全神贯注：1968—1978 散文选》中，希尼又一次对自己的创作身份提出疑问："诗人何以恰当的身份生存和写作？诗人与自己的声音、故土、文学遗产和当代世界的关系是什么？"③ 并借用叶芝的话语回答："如果我们懂得自己的思想，它们就会通过我们的意志发出声音，因此感动他人。这不是因为我们了解或者考虑他人，而是因为所有的生命形式有着共同的根源。"④ 这对于他超

---

① Seamus Heaney, *Finders Keepers: Selected Prose 1971—2001*, New York: Farrar, Straus and Giroux, 2002, p.12.
② Ibid., p.36.
③ Ibid., p.X.
④ Helen Vendler, *Seamus Heaney*, Cambridge: Harvard University Press, 2000, p.8.

越民族身份的自我界定，从更深层面探索诗歌技巧、提高诗歌艺术水平具有十分重要的意义。

在诗歌中，希尼通过景观呈现表达了多元的身份选择。虽然景观是一种客观存在，但是具有的文化特质，与意识形态、民族情愫、身份认同等紧密相关，并参与政治、文化和身份的构建。正如学者段义孚所言："景观是一种意象、一种心灵和情感的建构。"① 景观成为一种文化意象，凝聚着文化政治、地缘记忆和家园情感，特别是在民族和国家的建构过程中，景观成为形塑身份认同的重要媒介。同时，景观代表了处于一定社会阶层的人们处理自我与外部世界的方式。在景观中，人们通过想象构建了人与自然的关系，并且通过景观，人们塑造了自己的社会角色并以社会角色和别人交流。② 希尼诗歌通过记忆、历史和语言呈现了北爱尔兰莫斯巴恩的自然景观、北爱尔兰农民和手工劳动者的劳作景观、远古时期埋藏在沼泽中的尸体景观、维京人入侵爱尔兰岛时留下的历史景观、地名诗以及语言景观等，使其成为诗人表达身份选择、回答"诗人何以恰当的身份生存和写作"等问题的途径，即希尼通过诗歌中的景观书写找到了一种超越"非此即彼"二元对立思维的写作范式，在新的写作范式中，希尼既不否定自己客观的民族身份和文化身份，又在不同文化、不同历史和不同信仰中进行协商和沟通，构建了一个兼顾现实责任和艺术审美且开放、多元的写作空间。

二 选题意义

诗人谢默斯·希尼（Seamus Heaney，1939—2013）无疑是当代最出色的诗人之一，1995年获得诺贝尔文学奖，颁奖词赞扬希尼说："他的诗作既有优美的抒情，又有伦理思考的深度，能从日常生活中提炼神奇的想象，并使历史复活。"③ 希尼是把平凡生活转化成诗的高手，不写重大题材和严肃主题，

---

① 段义孚：《风景断想》，张箭飞、邓瑗瑗译，《长江学术》2012年第3期，第45页。
② Denis E. Cosgrove, *Social Formation and Symbolic Landscape*, Madison: University of Wisconsin Press, 1998, p.15.
③ Bernard O'Donoghue, ed., *The Cambridge Companion to Seamus Heaney*, Cambridge: Cambridge University Press, 2008, p.1.

但用惊人的语言能力、把握美感的能力、诗歌直觉以及非凡的想象力,将平凡人的平凡生活事件展示出来,并把握其中稍纵即逝的隽永。因此,爱尔兰文化传统由于诗人的妙笔生花而得到很好的呈现。由于诗作特有的爱尔兰文化意蕴,以及爱尔兰特殊的政治、民族、宗教纷争的大背景,希尼在当代文学中成为备受关注的研究对象,作品具有很高的研究价值;同时,希尼作品中所呈现的美丽壮阔的爱尔兰风貌、浓厚的家庭温情以及对社会问题的倾心关注等都已获得世界各地读者的喜爱并正在获得更多读者,众人称他"叶芝之后最重要的爱尔兰诗人"[①] 并已经得到广泛的认同。谢默斯·希尼不仅仅在爱尔兰广受欢迎,他的诗作也具有世界性和代表意义,越来越多地在世界范围内传播。本书进一步丰富和充实了希尼诗作研究,提出多角度研读其诗作的视角。

新时期的景观研究呈现出多元化、跨学科的特征。景观不仅仅是用来观赏的对象,而且是可以被用来解读的文本,体现了社会和主体身份形成的过程。同时,景观被认为是一种审美、习俗和意识形态秩序的体系,在政治、阶级和民族身份的构建中发挥了重要作用。希尼的诗歌呈现了具有爱尔兰特色的景观,通过景观本身反映了作为生态自然的爱尔兰地理地貌。同时,在希尼诗歌中作为文化表征方式的景观,也与爱尔兰的政治、历史、记忆、民族文化、国家认同和身份构建等紧密相关。在民族矛盾和社会冲突的现实语境下,希尼通过诗歌中景观的呈现表达了对政治、身份认同等敏感话题的观点,并做出自己的身份选择。可以说,通过诗歌中的景观描写,借用景观表达看法和选择,希尼避免了使文学创作沦为政治的附庸品和牺牲品,保持了诗歌创作的独立性和艺术的审美性。从景观角度研究希尼诗作在一定程度上扩大了景观研究的内涵,为景观研究提供新的思路和途径。

由于出生于北爱尔兰这样一片政治敏感、民族宗教冲突不断的土地,评论家甚至读者总是不自觉地给希尼贴上"爱尔兰诗人"的标签,把他刻画为爱尔兰民族主义的斗士。希尼在诗歌创作的过程中,描绘了大量富于魅力的爱尔兰田园风光、乡间劳作、沼泽土地,展现了爱尔兰最原汁原味的传统。

---

① John Wilson Foster, *The Achievement of Seamus Heaney*, Dublin: Lilliput Press, 1995, p. 2.

但与此同时，诗人通过对这一系列的景观书写，避免了对"英国"或"爱尔兰"、"天主教徒"或"新教徒"等身份的单一直接的选择，构建了多元身份认同。实际上，希尼通过诗歌中的景观书写在现实语境下把复杂的身份选择纳入一个多元、开放的写作空间中，在表达诗人的社会责任感和民族使命感的同时，保持了艺术的独立性和审美性，在艺术创作和现实责任中获得平衡。希尼的选择为世界上承受文化分裂的文学创作者的写作提供了新的范式。

第二节　研究现状与述评

希尼诗作的传播经历了由爱尔兰到英格兰，到大洋彼岸的美国，再到世界各地（包括中国）的空间顺序。费伯出版社（Faber & Faber）为希尼诗作在英语世界的传播做出了巨大贡献（希尼的所有诗作均由此出版社发行，除1983年的《一封公开信》外）。

一　国外研究现状

随着诗人1966年第一本诗集《自然主义者之死》的出版，国外学界对希尼的研究已经开始。初期对希尼诗作的研究主要是在爱尔兰文学传统和英国文学传统中进行，大多体现为与其他诗人的对比研究。随着希尼诗歌写作的成熟和诗人在诗坛地位的日益上升，涌现出一批研究希尼的专著。在国外学界，希尼及其诗作也成为20世纪末到21世纪初博士论文选题的"宠儿"。

（一）民族身份问题研究。第一，与爱尔兰作家的比较研究。希尼与爱尔兰诗人的对比突出在爱尔兰民族矛盾和宗教冲突中身份认同与身份构建，诗歌中多选取具有爱尔兰特色和民族隐喻的意象。从20世纪60年代参加"贝尔法斯特小组"（Belfast Group）起，迈克·朗利（Michael Longley）和希尼在生活和写作方面有许多交集。在 *Poetry and Peace*：*Michael Longley*，*Seamus Heaney*，*and Northern Ireland* 一书中，理查德·兰金·拉塞尔（Richard Rankin Russell）指出，两位诗人通过文化空间、宗教空间等想象空间的创造在北爱纷争中保持了诗歌的独立性，突出其诗人身份。同时，空间的创造有利于北爱矛盾双方的文化对话和宗教对话,促进了北爱和平进程。① 佩吉·奥布赖恩(Peggy O'Brien)在 *Writing Lough Derg*: *From William Carleton to Seamus Heaney* 中考察了爱尔兰作家威廉·卡尔顿(William Carleton)、丹尼斯·德夫林(Denis Devlin)、帕特里克·卡瓦纳(Patrick Kavanagh)、谢默斯·希尼对贝格湖(Lough Derg)的文学呈现。笔者考察了贝格湖在不同历史时期在爱尔兰民众和天主教教徒中的精神作用,并通过贝格湖呈现了诗人的爱尔兰身份。② 希尼与爱尔兰作家的比较研究几乎没有脱离爱尔兰历史、民族和身份的话题,是社会历史环境在艺术作品中的表现,也反映了文学与历史、社会现实之间的联系。第二,希尼与其他国家诗人的比较研究。与波兰等东欧国家诗人的对比,突出希尼和这些诗人共同的生活境遇和国家命运,希尼肯定东欧诗人在诗作中既保持诗歌的审美性又观照国内政治语境的诗歌,且也广泛阅读了这些诗人的诗作,并在创作中加以借鉴。在著作 *Knowing One's Place in Contemporary Irish and Polish Poetry*: *Zagajewski*, *Mahon*, *Heaney*, *Hartwig* 中,马达莱娜·凯(Magdalena Kay)分别选取了来自爱尔兰的诗人希尼、马洪(Mahon)和来自波兰的扎加耶夫斯基(Zagajewski)、哈特维希(Hartwig)的诗歌作为研究对象,指出四位诗人通过诗歌在民族矛盾和宗教冲突中对身份认同的探寻。③ 在 Kay 的另一部著作 *In Gratitude for All the Gifts*: *Seamus Heaney and Eastern Europe* 中,她研究了希尼与 20 世纪波兰诗人切斯瓦夫·米沃什(Czeslaw Milosz)与兹比格纽·赫伯特(Zbigniew Herbert)之间的文化和文学联系。④ 第三,希尼研究专著。布莱克·莫里森(Blake Morrison)的 *Seamus Heaney* 是第一本以专著的形式研究希尼的著作。该书出版于 1982 年,分析了希尼从《一个自然主义者之死》到《野外工作》的六本诗集。作者认为希尼

---

① See Richard Rankin Russell, *Poetry and Peace: Michael Longley, Seamus Heaney, and Northern Ireland*, Indiana: University of Notre Dame Press, 2010.
② See Peggy O'Brien, *Writing Lough Derg: From William Carleton to Seamus Heaney*, New York: Syracuse University Press, 2006.
③ See Magdalena Kay, *Knowing One's Place in Contemporary Irish and Polish Poetry: Zagajewski, Mahon, Heaney, Hartwig*, London and New York: Continuum Publishing Corporation, 2012.
④ See Magdalena Kay, *In Gratitude for All the Gifts: Seamus Heaney and Eastern Europe*, Toronto: University of Toronto Press, 2012.

诗歌的文化身份具有复杂性，他的诗歌挖掘着爱尔兰的根，同时又存在着超越这种复杂性的叛逆因素。① 托马斯 C. 福斯特（Thomas C. Foster）的 *Seamus Heaney* 以希尼作品创作的年份为顺序，分析了诗人在不同时期不同的创作倾向。他认为，诗人的创作经历了从早期的"乌斯特诗人"—手工匠—成熟—回归大地—遭遇鬼魂—"面对生活，面对死亡"这一心路历程的发展变化。② 尤金·奥布莱恩（Eugene O'Brien）的 *Seamus Heaney and the Place of Writing* 侧重于从文化和身份方面对希尼的创作进行把握，将诗人创作置放在爱尔兰复杂的社会政治现实之下审视，从而把握诗人创作的深层内涵。③ 另一著作 *Seamus Heaney：Searches for Answers* 围绕希尼对自己身份追寻的问题"诗歌何为？诗人何以为？"展开讨论，认为希尼的诗歌以其智慧的形式跨越了自我和政治语境，在自我和他者的语境中构建了多元的、复杂的以及流动的爱尔兰性，形成一个流动和开放的空间。④ 第四，希尼研究学位论文和期刊论文。截至 2015 年 4 月，在 ProQuest 学位论文库中输入关键词"Seamus Heaney"，共搜索到 22 篇博士论文，时间跨度从 1982 年到 2012 年，既有单独研究希尼诗作的论文，也有就某一主题的希尼与其他诗人的对比研究。约翰 F. 希利（John F. Healy）的博士论文"From Mossbawn to Station Island：A Sense of Place in Seamus Heaney's Poetry"以希尼诗作中的地点为研究对象，认为地点及地方不再是单纯的地理意义上的位置的指称，诗作中地点的移动、地方的变化体现了诗人文学遗产的痕迹，实现了归属感，联系了诗人身份与家园。在希尼的诗作中，地方代表了其诗歌创作的模糊性、诗人身份认同的不稳定性以及对故土归属感的不确定性。⑤ 托马斯·乔治·麦奎尔（Thomas George McGuire）的论文"Seamus Heaney and the Poetics of Violence"考察了在爱尔兰现实语境下希尼诗歌中的暴力诗学。1969 年北爱冲突的爆发使爱尔兰社会孕育了"暴

---

① See Blake Morrison, *Seamus Heaney*, London：Methuen & Co. Ltd. , 1982.
② See Thomas C. Foster, *Seamus Heaney*, Boston：Twayne Pub. , 1989.
③ See Eugene O'Brien, *Seamus Heaney and the Place of Writing*, Florida：University Press of Florida, 2002.
④ See Eugene O'Brien, *Seamus Heaney: Searches for Answers*, London：Pluto Press, 2003.
⑤ See John F. Healy, *From Mossbawn to Station Island: A Sense of Place in Seamus Heaney's Poetry*, Diss. University of Kansas, 1997.

力的胚胎"。希尼受此影响,在诗集中呈现了不同民族和不同教派之间的暴力冲突。在论文中,作者定义了暴力、后殖民、暴力诗学等重要概念,具有一定的参考价值。① 萨拉 J. 迪尤尔登(Sarah J. Duerden)的论文"Ungoverning the Lyric Tongue: The Public Poetry of Seamus Heaney"聚焦于希尼的公共诗歌,把诗人和族群的命运联系在一起,强调面对集体的危难时诗人的价值和作用:尽力满足公众对诗人的期待和要求,但又不沦为政治的传声筒和奴隶。② 第五,希尼研究合集和访谈录。尼尔·科科伦(Neil Corcoran)的 *The Poetry of Seamus Heaney: A Critical Study* 于 1986 年出版,在对希尼诗歌研究的基础上,增加了对希尼译作和散文的研究。③ 贾森·戴维·霍尔(Jason David Hall)在 *Seamus Heaney: Poet, Critic, Translator* 中收录了 12 篇有关希尼研究的论文,包括对希尼诗歌、翻译作品和散文的全方位研究。④ 伯纳德·奥多诺休(Bernard O'Donoghue)编撰的 *The Cambridge Companion to Seamus Heaney*《谢默斯·希尼剑桥指南》一书收录了国外著名希尼诗歌研究专家撰写的 13 篇文章,详细介绍了希尼生平、诗歌创作生涯及其诗作在爱尔兰、英国乃至世界的传播和接受度。同时从各个方面对希尼诗歌创作做出分析和评价,涉及希尼诗歌创作的方方面面,是希尼研究入门的好著作。⑤ 迈克尔·艾伦(Michael Allen)的 *Seamus Heaney*(《谢默斯·希尼》)收录了国外希尼研究的 15 篇文章,表明了这一时期学界对希尼研究的极大关注。文章中既有对某一诗集的述评,也有对整体创作的评价,是较好的希尼研究资料。⑥ 希尼访谈录 *Stepping Stone: Interviews With Seamus Heaney* 由丹尼斯·奥德里斯科尔(Dennis O'Driscoll)出版,该书提供了"自传式"的希尼诗歌介绍,以及与诗歌创作相关的生平介绍,捕捉了许多希尼诗歌创作的灵感和瞬间,记录了诗人艺

---

① See Thomas George McGuire, *Seamus Heaney and the Poetics of Violence*, Diss. University of Michigan, 2004.

② See Sarah J. Duerden, *Ungoverning the Lyric Tongue: The Public Poetry of Seamus Heaney*, Diss. Arizona State University, 1992.

③ See Neil Corcoran, *The Poetry of Seamus Heaney: A Critical Study*, London: Faber & Faber, 1986.

④ See Jason David Hall, *Seamus Heaney: Poet, Critic, Translator*, Basingstoke: Palgrave Macmillan, 2007.

⑤ See Bernard O'Donoghue, ed., *The Cambridge Companion to Seamus Heaney*, Cambridge: Cambridge University Press, 2008.

⑥ See Michael Allen, *Seamus Heaney*, Basingstoke: Palgrave Macmillan, 1997.

术创作的心路历程。①

（二）诗歌艺术研究。贾森·戴维·霍尔（Jason David Hall）在著作 *Seamus Heaney's Rhythmic Contract* 中考察了在"贝尔法斯特小组"和20世纪中叶英国诗歌传统以及美国诗歌影响下希尼诗作中的韵律和音节，同时指出韵律和音节等诗歌技巧背后希尼想要与读者交流的愿望，并通过音节和韵律与读者"立约"。② 海伦·文德勒（Helen Vendler）在她的著作 *Seamus Heaney* 中分了七个部分分别研究了诗集《一个自然主义者之死》《通往黑暗之门》和《在外过冬》中的"匿名性"；《北方》中的考古学因素；《野外工作》中的人类学内容；《斯特森岛》中的"第二自我"；《山楂灯笼》中的寓意传统；《幻视》中的"空虚"和"后灾难"的角度审视《酒精水准仪》。③ 迈克尔·卡瓦纳（Michael Cavanagh）的著作 *Professing Poetry: Seamus Heaney's Poetics* 侧重于表现作为诗人的希尼，呈现了希尼的诗学思想和其诗歌中独特审美性。④ 托尼·卡蒂斯（Tony Cartis）编的 *The Art of Seamus Heaney*⑤、迈克尔·帕克（Michael Parker）的 *Seamus Heaney: The Making of the Poet*⑥ 以及伯纳德·奥多诺休（Bernard O'Donoghue）的 *Seamus Heaney and the Language of Poetry*⑦，从希尼的诗歌艺术方面进行探讨，研究其艺术上的感染力，将日常生活中的平凡上升为美。苏珊·玛丽·米勒（Susan Marie Miller）的论文"The Feeling of Knowing: A Modern Poetics of Conviction"把希尼与杰勒德·曼利·霍普金斯（Gerard Manley Hopkins）、哈代、叶芝、A. R. 安蒙斯（A. R. Ammons）等诗人并置，考察了其诗作中通过语言表现的信仰。希尼在诗歌中通过隐喻、幻想和

---

① See Dennis O'Driscoll, *Stepping Stone: Interviews with Seamus Heaney*, London: Farrar Straus & Giroux, 2010.
② See Jason David Hall, *Seamus Heaney's Rhythmic Contract*, Basingstoke: Palgrave Macmillan, 2009.
③ See Helen Vendler, *Seamus Heaney*, Washington: Harvard University, 1998.
④ See Michael Cavanagh, *Professing Poetry: Seamus Heaney's Poetics*, Massachusetts: The Catholic University of America Press, 2010.
⑤ See Tony Cartis, *The Art of Seamus Heaney*, Manchester: Seren Griffiths, 2000.
⑥ See Michael Parker, *Seamus Heaney: The Making of the Poet*, Iowa city: University of Iowa Press, 1993.
⑦ See Bernard O'Donoghue, *Seamus Heaney and the Language of Poetry*, London: Harvester Wheatsheaf, 1994.

想象中来实现启发和顿悟。① 康纳尔·麦卡锡（Conor McCarthy）的著作 *Seamus Heaney and Medieval Poetry* 以希尼四部诗作［*Sweeney Astray*（1983）, *Station Island*（1984）, *Beowulf*（1999）, *The Testament of Cresseid*（2004）］中的中世纪元素为分析对象，考察希尼在创作中对中世纪时期语言的运用，以此希尼通过借用历史表达对当代社会现实危机的关注。② 托马斯·韦斯利·戴维斯（Thomas Wesley Davis）的论文"The New Thinking About Loss: Language, History and Landscape in Poetry After Modernism"考察了现代主义之后诗歌的语言和形式，重新考虑在文化意识增长、语言隐晦地表现自然和社会现象的语境中诗歌的功能。当代诗人在诗歌中对词语的语源、多义现象等的关注使诗歌更多地体现了"被隐藏"的个人、社会和政治生活。鉴于社会现实的压力，希尼在诗歌创作中通过语言艺术来平衡社会责任和诗歌的审美性，这样，语言本身就成了社会纠正的力量，诗人在诗歌创作和社会责任中找到了新的平衡点。③

（三）生态研究。苏珊娜·利德斯特罗姆（Susanna Lidstrom）在著作 *Nature, Environment and Poetry: Ecocriticism and the poetics of Seamus Heaney and Ted Hughes* 中从语言与生态、自然与宗教、人类和动物、历史与记忆等关系考察了希尼和泰德的生态观，呈现了他们诗作中体现的日益严重的生态危机和生态问题。④ 唐纳·波茨（Donna L. Potts）的著作 *Contemporary Irish Poetry and the Pastoral Tradition* 共六章，分别考察了爱尔兰当代诗人约翰·蒙塔古（John Montague）、谢默斯·希尼、迈克·朗利、依婉·博兰（Eavan Boland）、默夫·麦古今（Medbh McGuckian）和怒亚拉·尼·多姆内尔（Nuala Ni Dhomhnail）六位诗人诗歌中的田园传统，提出在北爱尔兰的现实语境中，诗歌中的田园描写成为逃离北爱纷争的"避难所"。每一位诗人对田园传统既继承又发展，在诗歌中突出了自己的特色。描写希尼诗歌中田园传统的章节以"'*The*

---

① See Susan Marie Miller, *The Feeling of Knowing: A Modern Poetics of Conviction*, Diss. Harvard University, 2008.
② See Conor McCarthy, *Seamus Heaney and Medieval Poetry*, New York: D. S. Brewer, 2008.
③ See Thomas Wesley Davis, *The New Thinking about Loss: Language, History and Landscape in Poetry after Modernism*, Diss. Princeton University, 2002.
④ See Susanna Lidstrom, *Nature, Environment and Poetry: Ecocriticism and the poetics of Seamus Heaney and Ted Hughes*, London: Routledge, 2015.

God in the Tree': *Seamus Heaney and the Pastoral Tradition*"命名,指出希尼在诗歌中的田园描写具有对田园传统的继承,呈现了具有浓厚田园传统的家乡莫斯巴恩(Mossbawn)、安那莪瑞什(Anahorish),但希尼诗歌中的田园描写却更加复杂。他在诗歌中想象的田园描写不仅仅是对现有秩序的抵制,更表达了希望建立超越二元对立的新秩序的愿望。希尼的田园描写和人的心理活动紧密相关,他关于身份的选择亦在田园景观的描写中得到体现。① 乌尔夫·柯基多弗(Ulf Kirchdorfer)的论文"Animals and Animal imagery in the poetry of Elizabeth Bishop and Seamus Heaney"考察了希尼和毕晓普两位诗人的诗歌中的动物意象,由此分析了诗歌主题、技巧和成就。希尼诗歌中的动物意象表达了田园主题,呈现了对爱尔兰政治及其与艺术创作之间的矛盾的关注,处理了"自我"与"爱尔兰"的关系。② 蒂莫西·温策尔(Timothy Wenzell)的论文"Emerald Green: An Eco-critical Study of Irish Literature"以时间顺序梳理了爱尔兰文学中的自然世界,赋予爱尔兰文化和社会以自然价值。希尼诗作中的自然景观及其翻译作品《疯狂的斯威尼》也是本书的研究对象。该研究致力于让读者意识到爱尔兰自然景观的文化和社会价值,呼吁保护环境,保存爱尔兰特有的景观财富。③

(四)宗教研究。在 *Passage to the Center: Imagination and the Sacred in the Poetry of Seamus Heaney* 中,丹尼尔·托宾(Daniel Tobin)从宗教的视角研究希尼的诗歌(主要是《幻视》和《酒精水准仪》两部诗集)。托宾认为,希尼的诗歌都有一个"中心",这个中心是诗人处理自身和地域关系的想象的边界。同时,作者把希尼的诗作置于现代主义和后现代主义的语境中使文明世俗化,为了解希尼的诗作提供了新的视角。④ 约翰·F. 德斯蒙德(John

---

① See Donna L. Potts, *Contemporary Irish Poetry and the Pastoral Tradition*, Columbia and London: University of Missouri Press, 2011.
② See Ulf Kirchdorfer, *Animals and Animal imagery in the poetry of Elizabeth Bishop and Seamus Heaney*, Diss. Texas Christian University, 1992.
③ See Timothy Wenzell, *Emerald Green: An Eco-critical Study of Irish Literature*, Diss. Drew University, 2008.
④ See Daniel Tobin, *Passage to the Center: Imagination and the Sacred in the Poetry of Seamus Heaney*, Kentucky: The University Press of Kentucky, 2009.

F. Desmond）的著作 *Gravity and Grace：Seamus Heaney and the Force of Light* 中，从诗人切斯瓦夫·米沃什（Czeslaw Milosz）和西蒙娜·韦尔（Simone Weil）的角度分析希尼诗歌中的基督教元素和超验色彩。①

（五）心理研究。乔伊·罗斯玛丽·阿特菲尔德（Joy Rosemary Atfield）在 *A Jungian Reading of Selected Poems of Seamus Heaney* 中用荣格的心理学理论分析希尼的诗歌，拓宽了希尼研究。希尼宣称自己是"宗教上的荣格主义者"，在一些采访和评论集用到"意识""无意识"等一些荣格提出的心理学术语。著作考察了荣格的心理学理论在希尼诗作中的表达，呈现了诗人个人、诗歌审美性和政治语境之间的联系。②

（六）神话研究。卡伦·玛格丽特·莫洛尼（Karen Marguerite Moloney）在 *Seamus Heaney and the Emblems of Hope* 中，以国王斯威尼的故事为中心分析了希尼在诗歌创作中使用的盖尔神话、王权的隐喻和婚礼的隐喻，纠正了以往批评中过分强调婚礼隐和喻牺牲主题而忽略了其积极的象征，揭露了希尼诗歌对女神原型和生殖力的尊重。③

综上所述，国外希尼诗作研究主要呈现以下特点：第一，对希尼诗作的研究都围绕诗人身份选择和北爱的现实语境。学界对希尼诗歌的阐释方式和主题有变化和更新，但最终的落脚点都是身份问题，这也成为希尼研究必须解决的问题。第二，国外对希尼与其他诗人的比较研究较兴盛，有与爱尔兰诗人的比较、与英国诗人的比较以及与东欧国家诗人的比较，这在一定程度上反映了学界对希尼诗作的接受程度和其诗歌创作与世界文学创作的关联度。第三，1995 年希尼获得诺贝尔文学奖这一事件推动了希尼研究的全方位的发展。1995 年以后，希尼研究的著作、学位论文、期刊论文在数量上有较大的增长，同时研究视野和范围更开阔，进一步丰富和充实了希尼研究。第四，西方学界的希尼研究保持了与时俱进的态势，在不同阶段的希尼研究中都可

---

① See John F. Desmond, *Gravity and Grace: Seamus Heaney and the Force of Light*, Texas：Baylor University Press, 2009.

② See Joy Rosemary Atfield, *A Jungian Reading of Selected Poems of Seamus Heaney*, New York：Edwin Mellen Press, 2007.

③ See Karen Marguerite Moloney, *Seamus Heaney and the Emblems of Hope*, Missouri：University of Missouri Press, 2007.

以看到这一阶段的理论热点。

在国外研究中，关于希尼的身份研究以及平衡现实责任与艺术独立性的研究取得了较大的进展，理查德·兰金·拉塞尔（Richard Rankin Russell）的著作 *Poetry and Peace: Michael Longley, Seamus Heaney, and Northern Ireland* 和尤金·奥布莱恩（Eugene O'Brien）的著作 *Seamus Heaney: Searches for Answers*，以诗歌与政治、地方以及语言的关系为出发点，构建多元、复杂以及流动的爱尔兰性，形成不同矛盾体之间交流和对话的想象空间和力量的场域（the Field of Force）。唐纳·波茨（Donna L. Potts）在 *Contemporary Irish Poetry and the Pastoral Tradition* 中涉及了希尼诗歌中田园传统，提出在北爱尔兰的现实语境中，诗歌中的田园描写成为逃离北爱纷争的"避难所"，并把希尼诗歌中的田园描写与人的心理活动和身份的选择紧密联系。佩吉·奥布赖恩（Peggy O'Brien）在 *Writing Lough Derg: From William Carleton to Seamus Heaney* 中考察了希尼诗歌中贝格湖（Lough Derg）这一自然景观意象的文学呈现，但是其侧重于阐述贝格湖在爱尔兰人心中的神圣形象及其精神象征，并未上升到景观及其在身份建构中的重要意义的层面来阐述。在著作 *Nature, Environment and Poetry: Ecocriticism and the poetics of Seamus Heaney and Ted Hughes* 中，苏珊娜·利德斯特罗姆（Susanna Lidstrom）考察了希尼和休斯的诗作中语言与生态、历史与记忆等关系，但重点在于呈现希尼和泰德的生态观，以及他们诗作中体现的人类生态危机和生态问题。康纳尔·麦卡锡（Conor McCarthy）的著作 *Seamus Heaney and Medieval Poetry* 涉及希尼的创作语言，但主要分析了希尼在创作中对中世纪时期语言的运用，以此展现希尼通过借用历史表达对当代社会现实危机的关注。诗人谢默斯·希尼在国外的研究所取得的成果对于本书来说具有积极的借鉴意义，特别是学者拉塞尔、奥布莱恩和波茨的研究，但拉塞尔和奥布莱恩在想象空间和力量场域的构建过程中，均未注意到希尼诗作中通过记忆、历史和语言呈现的景观以及景观在希尼多元身份构建中的意义和作用，而波茨的研究仅仅包括了希尼诗歌中的一部分自然田园景观，由于篇幅等原因（文中涉及北爱尔兰的六位诗人）忽略了具有更深含义的劳作景观、历史景观、语言景观等，为本书的深入研究留下了空间。

二 国内研究现状

谢默斯·希尼在中国也同样受学者的关注，尤其在 1995 年获得诺贝尔文学奖之后，备受青睐。在国内，对诗人希尼的研究主要有以下几个方面。

（一）译介希尼的诗作。早在 1986 年，由袁可嘉先生翻译的五首希尼的诗歌刊登在《世界文学》第 1 期"当代外国诗歌专辑"中，由此，希尼的作品慢慢进入中国读者视野。1989 年，王希苏翻译的《挖掘》一诗刊登在《当代外国文学》第 1 期。1991 年《世界文学》第 2 期刊登了傅浩翻译的六首诗作及文章《分裂与统一——西穆斯·希内及其诗歌简介》。希尼在 1995 年获得诺贝尔文学奖促进了希尼作品在中国的译介。1996 年，《外国文学》推出"诺贝尔文学奖获得者谢默斯·希尼特辑"，译介了许多首诗歌。至此，希尼诗歌在中国的译介主要是文学类期刊。2001 年，吴德安编著的《希尼诗文集》①由作家出版社出版。该书翻译了希尼从 1966 年至 1996 年创作的 10 部诗集中的 76 首诗歌与数篇随笔、评论，为中国读者接触希尼作品提供了极大的便利。此外，《外国文学》在 2010 年第 4 期刊登了由曹莉群和张剑翻译的十首选自《区线与环线》的诗歌。《中国诗歌》杂志在 2012 年第 4 期以"谢默斯·希尼诗选"为题刊登了由阙红玲和刘娅翻译的希尼的八首诗歌。除了诗歌，中国学者还单独译介了部分希尼的访谈录和由国外学者撰写的有关希尼的评论。黄灿然翻译了贝岭与希尼于 1998 年 10 月 26 日在哈佛大学魏德纳图书馆（Widener Library）希尼的临时办公室的访谈录《面对面的注视——希尼访谈录》。2010 年第 1 期的《外国诗论译丛·理论卷·诗探索》刊登了有马永波翻译的海伦·文德勒的文章《内在的流亡者——西默斯·希尼》，为中国学者更直接地介绍了国外希尼研究成果。

（二）研究希尼的诗歌创作。按照研究主题归纳，主要有以下几类：**第一，民族身份问题研究**。2011 年出版的欧震的专著《重负与纠正：谢默斯·希尼诗歌与当代北爱尔兰社会文化矛盾》，主要探讨了诗人在北爱尔兰社会矛盾冲突

---

① 该书由吴德安编著，由两大部分构成：第一部分是诗选，为吴德安选译的希尼的 10 部诗集；第二部分是随笔和评论，为由吴德安、姜涛等选译的希尼的随笔、评论和访谈录。

中身份定位的演变过程。① 李成坚在其博士论文《爱尔兰—英国诗人谢默斯·希尼：从希尼的诗歌和诗学中看其文化策略》中提出，希尼的诗歌创作凸显了当代诗人对于社会责任与诗学责任的思考。在追求两种责任平衡的努力中，希尼审视了当代北爱尔兰的文化构成，采取了多元文化平衡策略，并把希尼鉴定为英国—爱尔兰诗人。② 在其论文《谢默斯·希尼：一个爱尔兰—英国诗人——从"身份问题"解读希尼诗歌与诗学》中，李成坚阐述了诗人希尼在创作过程中对于爱尔兰—英国双重身份的选择，及其在爱尔兰和英国文化传承中的平衡诗学主张。③ 戴从容撰写的以"'什么是我的民族'——谢默斯·希尼诗歌中的爱尔兰身份"为题的文章，探讨了希尼诗歌中体现的民族问题的复杂内涵和诗人内心的复杂情绪。④ 而杜心源则从语言形式与民族身份建构的关系出发，评析了希尼诗歌中语言的民族身份问题，发表了《进入世界的词语——西默斯·希尼的语言形式与民族身份建构》⑤ 与《喉音的管辖——谢默斯·希尼诗歌中语言的民族身份问题》⑥ 等文章。谷禾的文章《诗人与自我——谢默斯·希尼的启示》以置身于复杂的历史文化环境中希尼的多重角色入手，分析了希尼与爱尔兰、与英国的关系，认为希尼的身份选择不仅体现了作为一个爱尔兰民族诗人的焦虑，更是表明了一个具有世界视野的诗人的清醒。诗人通过自己的写作发出自己独特的声音，从而介入时代、介入当下和历史，使其诗歌写作具有民族的、大众的和世界的意义与价值。⑦ 戴鸿斌和张文宇的论文《诗人希尼的身份建构困境及其对策》提出，希尼在

---

① 欧震：《重负与纠正：谢默斯·希尼诗歌与当代北爱尔兰社会文化矛盾》，中国社会科学出版社 2011 年版。
② 李成坚：《爱尔兰—英国诗人谢默斯·希尼：从希尼的诗歌和诗学中看其文化策略》，博士论文，中山大学，2004 年。
③ 李成坚：《谢默斯·希尼：一个爱尔兰—英国诗人——从"身份问题"解读希尼诗歌与诗学》，《当代外国文学》2005 年第 4 期，第 61—66 页。
④ 戴从容：《"什么是我的民族"——谢默斯·希尼诗歌中的爱尔兰身份》，《外国文学评论》2011 年第 2 期，第 69—83 页。
⑤ 杜心源：《进入世界的词语——西默斯·希尼的语言形式与民族身份建构》，《当代外国文学》2007 年第 2 期，第 95—105 页。
⑥ 杜心源：《喉音的管辖——谢默斯·希尼诗歌中语言的民族身份问题》，《文艺研究》2013 年第 4 期，第 25—33 页。
⑦ 谷禾：《诗人与自我——谢默斯·希尼的启示》，《诗探索》2013 年第 3 期，第 154—156 页。

写作过程中不断调整和发展身份策略,并分析了三个创作阶段中不同的身份选择:早期阶段选择爱尔兰身份;中期阶段处于身份的论争和两难选择中;后期阶段选择英国—爱尔兰的二元身份,实现"平衡"策略。① 张剑的论文《文学、历史、社会:当代北爱尔兰诗人谢默斯·希尼的政治诗学》从文学与政治的关系入手,探索诗人希尼如何在诗歌创作中处理现实责任和保持艺术的独立性之间的矛盾,由此构成了北爱尔兰独特的政治诗学。② 梁莉娟的博士论文《对话、平衡与超越——后现代语境下的希尼研究》将希尼及其诗作置于后现代的语境进行整体研究,考察希尼与当下的各种关系和意义,认为希尼的诗歌通过与现实对话、与历史对话、与文学传统对话实现纠正和平衡,最后重建精神家园,超越平衡。③ **第二,诗歌艺术研究**。戴从容探讨了希尼诗歌中的陈示式叙述,认为随着创作的成熟,诗歌以一种开放和接纳的态度观察和思考,最终与外部世界真正建立起精神上的联系。在文章《诗歌何为——谢默斯·希尼的诗歌功用观》中,戴从容评析了希尼的诗歌功用观。④ 在文章《从"丰饶角"到"空壳"——谢默斯·希尼诗歌艺术的转变》中,戴从容梳理了希尼在创作过程中诗歌艺术的转变历程:从早期的对具有张力的、复杂的、隐晦诗歌,到中期关注诗歌的象征力量,再到后期创作中以超越的视角回到普通的日常生活。⑤ 徐文博总结了希尼诗歌三境界,即田园诗境界、内心冲突境界与精神升华境界。⑥ 李力维的文章《后殖民语境中的希尼诗歌艺术》探讨了希尼诗作中所体现的后殖民生态色彩、后殖民女性主义色彩以及希尼的内部殖民主义困惑与历史重负三个问题,并解答了在后殖民的语境中,

---

① 戴鸿斌、张文宇:《诗人希尼的身份构建困境及其对策》,《译林》2012 年第 4 期,第 5—14 页。
② 张剑:《文学、历史、社会:当代北爱尔兰诗人谢默斯·希尼的政治诗学》,《英美文学研究论丛》2010 年第 1 期,第 78—87 页。
③ 梁莉娟:《对话、平衡与超越——后现代语境下的希尼研究》,博士论文,中央民族大学,2013 年。
④ 戴从容:《诗歌何为——谢默斯·希尼的诗歌功用观》,《外国文学评论》2010 年第 4 期,第 143—153 页。
⑤ 戴从容:《从"丰饶角"到"空壳"——谢默斯·希尼诗歌艺术的转变》,《山东社会科学》2014 年第 8 期,第 59—67 页。
⑥ 徐文博:《希尼诗歌三境界》,《深圳大学学报》(人文社会科学版)2001 年第 11 期,第 93—99 页。

希尼是如何实现"诗歌的纠正"的。① 刘炅的文章《诗的疗伤：谢默斯·希尼的苦难诗学》从诗与疗伤、诗与劳作和挽诗的灵光三个部分分析了希尼经历着痛苦的创作历程，但在苦难中，诗人也积极寻求"弥补"和"抚慰"，达到诗的疗伤。② 朱玉在论文《"如果第一行不能音乐般展开"——希尼诗歌创作思想管窥》中，从第一行诗歌的音乐性、诗歌的能量主要来自"语音的而非政治的"因素以及音乐与"自我遗忘"三个方面探讨希尼的诗歌艺术。③ 殷企平的文章《价值语境下的认知与情感——谢默斯·希尼诗歌的经典性》从认知和情感两方面阐释了希尼诗歌的经典性。在北爱尔兰现实语境下，希尼巧妙地借用神话典故迂回曲折地做出了政治判断和道德上的价值判断。此外，希尼对语言的驾驭和在诗歌中隐喻的运用也造就了希尼诗歌的经典性。④ 周玉忠、朱茂瑜、刘宏等也分别撰文探讨了希尼的诗歌艺术。**第三，神话主题研究**。杜心源和徐胜君的文章讨论了希尼诗歌对"原乡神话"的超越，以及对"原乡"主体的单调和封闭性的解构，为希尼研究提供了新的视角。⑤ **第四，亲人主题研究**。丁振琪以"希尼献给母亲的歌"为题讨论了希尼写给母亲的诗歌。在文中，作者把母亲的意义扩大到诗人的祖国母亲——爱尔兰。⑥ 吴德安在《中国当代诗人和希尼的诗歌艺术》中，比较研究了中国当代诗人与希尼的政治悼亡诗和以母亲为主题的诗。⑦ **第五，"沼泽"诗研究**。何宁撰文对希尼描写沼泽的诗歌做了专门研究，提出在"沼泽"诗中，诗人把复杂的民族问题与历史联系起来，以博大的人文关怀来体味、把握历史与现实，突出了知识分子的良心。⑧ **第六，生态批评研究**。曹莉群从自然与人关

---

① 李力维：《后殖民语境中的希尼诗歌艺术》，《学术界》2013 第 1 期，第 165—180 页。
② 刘炅：《诗的疗伤：谢默斯·希尼的苦难诗学》，《外国文学》2013 年第 6 期，第 30—40 页。
③ 朱玉：《"如果第一行不能音乐般展开"——希尼诗歌创作思想管窥》，《东吴学术》2013 年第 6 期，第 90—97 页。
④ 殷企平：《价值语境下的认知与情感——谢默斯·希尼诗歌的经典性》，《外国文学研究》2014 年第 4 期，第 40—49 页。
⑤ 杜心源、徐胜君：《乡土与反乡土——论谢默斯·希尼的诗歌对"原乡神话"的超越》，《思想战线》2008 年第 6 期，第 112—116 页。
⑥ 丁振祺：《希尼献给母亲的歌》，《外国文学评论》1997 年第 2 期，第 59—66 页。
⑦ 吴德安：《中国当代诗人和希尼的诗歌艺术》，《诗探索》2000 年第 3 期，第 321—331 页。
⑧ 何宁：《论希尼的"沼泽"系列诗歌》，《当代外国文学》2006 年第 2 期，第 90—95 页。

系的生态批评角度解读希尼的诗歌,为希尼诗歌研究提供了新的视角。① **第七,记忆诗学研究**。潘滢在文章《谢默斯·希尼的记忆诗学》中分析了早期作品和后期作品中的记忆诗,在关于个人记忆的诗中,希尼通过童年记忆用主动以及研究方法呈现了爱尔兰的乡土风情,而在关于政治记忆的诗中,他利用记忆作为一种游离的视角,以超越的视角观照爱尔兰的历史现实。②

(三)研究希尼翻译的作品。希尼不仅仅是出色的诗人,还是优秀的翻译家、评论家。希尼曾翻译改编过《迷途的斯威尼》(Sweeney Astray, 1983)、《特洛伊的弥合》(The Cure at Troy, 1990)、《贝奥武甫》(Beowulf, 2000)及《提贝的埋葬》(The Burial at Thebes, 2005)。近年来,国内开始有学者关注希尼翻译的作品。李成坚在《国内外希尼翻译研究述评》中回顾了国内外的希尼翻译研究成果,并提出了希尼翻译研究的三个可行性方向。③ 李成坚在不同的文章中分别解读了《迷途的斯威尼》译本的文化意涵④,并解析了《贝奥武甫》英译本的风格(与他人合著的论文中)。⑤ 目前国内对希尼翻译作品的研究最具有参考价值的是李成坚的博士后研究报告《翻译中的身份书写与文化建构:谢默斯·希尼翻译研究》。该报告以希尼的翻译作品为研究对象,探讨了希尼独特的翻译策略及其在自我身份塑造中的意义,指出希尼的翻译作品成为其身份书写和爱尔兰文化建构的重要方式。⑥

综上所述,国内希尼研究主要有以下特点:第一,希尼在 1995 年获得诺贝尔文学奖后,其诗作逐渐获得中国学界的关注,初期研究主要是以译介作品外加对诗作主题的分析;21 世纪以来,中国学界的希尼研究呈多样化发展,

---

① 曹莉群:《自然与人:解读谢默斯·希尼诗歌的新视角》,《当代外国文学》2010 年第 3 期,第 12—20 页。
② 潘滢:《谢默斯·希尼的记忆诗学》,《渤海大学学报》2014 年第 3 期,第 91—94 页。
③ 李成坚:《国内外希尼翻译研究述评》,《四川师范大学学报》(社会科学版)2009 年第 11 期,第 100—104 页。
④ 李成坚:《希尼〈迷途的斯威尼〉译本意涵的文化解读》,《外国文学》2008 年第 6 期,第 103—109 页。
⑤ 邓红、李成坚:《译者主体性的彰显——谢默斯·希尼英译〈贝奥武甫〉之风格解析》,《成都大学学报》(教育科学版)2007 年第 8 期,第 156—159 页。
⑥ 李成坚:《翻译中的身份书写与文化建构:谢默斯·希尼翻译研究》,博士后研究报告,北京外国语大学,2010 年。

主题丰富，研究成果成倍增加。第二，中国学界希尼研究成果中期刊论文居多，专著少，截至目前，希尼的研究专著仅有李成坚和欧震分别在其博士论文的基础上形成的两部。虽然希尼研究成为越来越多的学位论文的选题对象，但硕士论文较多，而博士论文较少，仅有三篇和一个博士后报告。第三，与国外的研究相比，国内学界对希尼的研究的深度广度还有待进一步提高和深层次的挖掘。研究成果在数量上有较大突破，但重复研究居多。同时，中国学界的希尼研究具有较广阔的前景和较大的潜力。第四，丁振祺、李成坚、戴从容、刘炅、杜心源、欧震等学者对希尼诗作做了一系列的持续研究，推动和发展了国内学界希尼研究，其研究成果对后来的研究者具有较大的价值和借鉴意义。

在国内研究中，谢默斯·希尼诗作中所体现的民族身份问题研究成为近几年来学者们关注的热点，不论以何种方式或理论进行分析，最后的落脚点都在民族身份问题上。就希尼在诗歌中塑造的民族身份，国内学者主要持以下观点：第一，通过文化平衡策略，保持英国—爱尔兰诗人身份；第二，在不同的写作阶段选择了不同的民族身份；第三，希尼的民族身份"源于爱尔兰，但不限于爱尔兰"，通过对话保持平衡实现超越。已有研究均未涉及希尼通过构建一个多元开放的写作空间以解决身份矛盾，也未注意到希尼诗歌中丰富的景观呈现，以及景观在表达身份、构建多元开放的写作空间中发挥的作用、意义和价值，这为本书的写作留下了空间。

第三节　研究理论与方法

一　研究理论

本书在后现代语境中通过文化研究法和文本细读法对希尼诗歌进行景观研究，表达诗歌中呈现的景观在构建多元身份中的作用。

西方学界认为，景观概念于 17 世纪开始应用于绘画艺术创作和批评之中，19 世纪初在自然地理学领域得到应用，到 20 世纪中叶，西方学界的"空间转向"研究把"景观"扩展到新的研究领域，注重其主体性和建构性的内涵，视景观为一种文化实践活动，重视景观的"观看方式"，使景观研究进入文学、艺术等多种学科，并发展成一种跨学科、综合性的研究。在我国，直到 20 世纪初，"景观"一词才随着"西学东渐"得到广泛传播。如今，中国学术界对于景观的研究也不仅仅局限于地理学，而是扩大到了文化建构等方面，衍生出文学地理学等新兴的交叉学科。

"景观"（landscape）一词作为绘画术语最早出现在 17 世纪初期。在《1612 年字典》（*A Dictionary of* 1612）中，源于荷兰的绘画术语"景观"拼写为"landtskip"，被定义为"包含自然且其中的自然言它物"的绘画（a term in painting where nature is included generally "for the sake of something else"）。① 在德语中，"景观"（landschaft）包含着"土地"概念。在德国，最初采用"景观"一词是在地理学领域，"既用以表示我们所看到的地面的外观，又可单单表示一片有限的土地"②。1885 年，阿倍尔（A. Oppel）和威默尔（I. Wimmer）出版的有关自然地理的书，就用"景观学"作为书名。卡尔·索尔（Carl Sauer）把"景观"一词引进美国地理学中，指明它的意义是"相互依存的现象的地域单元"。后来，芬奇（Flich）和特雷瓦塔（Trewartha）在《自然地理纲要》中说明，"在一个区域内的相互关联的自然现象总体叫作景观"③。

作为绘画术语出现在荷兰语中的"景观"（landtskip）和作为地理学术语出现在德语中的"景观"（landschaft）被引入英语词汇之后，都翻译为"landscape"，它的含义更为全面，同时包含了绘画领域中"landtskip"和地理学领域中"landscaft"的内涵。根据《牛津英语词典》（*Oxford English Dictionary*）的释义概括，"景观"（landscape）有如下意思：1. 一个区域的土地上所有能看得见的面貌；2. 展现乡村风景的绘画；3. 具有脑力活动范围特征的面貌；4. 一种绘画方式。④

---

① Stephen Siddall，*Landscape and Literature*，Cambridge：Cambridge University Press，2009，p. 14.
② 理查德·哈特向：《地理学的性质——当前地理学思想述评》，叶光庭译，商务印书馆 2012 年版，第 168 页。
③ 理查德·哈特向：《地理学的性质——当前地理学思想述评》，叶光庭译，第 168—190 页。
④ J. A. Simpson and E. S. C. Weiner，*The Oxford English Dictionary*，Second Edition，Volume Ⅷ，Oxford：Oxford University Press，p. 649.

"Landscape"一词传入中国以后,特别是 21 世纪以来,许多中国学者翻译了西方有关景观研究的著作。据笔者查证,landscape 这一术语在中国学界有如下译法:第一,"landscape"被翻译为"风景",这一译法主要出现在人文社科领域的著作中,其中具有代表性的是由达比(Wendy J. Darby)所著、张箭飞和赵红英翻译的《风景与认同:英国民族与阶级地理》一书(译林出版社 2011 年版,书名原文为 *Landscape and Identity: Geographies and Nation and Class in England*);以及由沙玛(Simon Schama)所著、胡淑陈和冯樨翻译的《风景与记忆》(译林出版社 2013 年版,书名原文为 *Landscape and Memory*);由马尔科姆·安德鲁斯(Malcolm Andrews)所著、张翔翻译的《风景与西方艺术》(上海人民出版社 2014 年版,书名原文为 *Landscape and Western Art*)。① 第二,"Landscape"一词被翻译为"景观"。这一译法主要出现在园林景观和建筑艺术理论著作中,属于人文地理学或地理生态学的范畴,具有代表性的译著主要有:由米歇尔·劳瑞(Michael Laurie)所著、张丹翻译的《景观设计学》(天津大学出版社 2012 年版,书名原文为 *An Introduction to Landscape Architecture*);以及由查尔斯·瓦尔德海姆(Charles Waldheim)所著、刘海龙等翻译的《景观都市主义》(中国建筑工业出版社 2010 年版,书名原文为 *The Landscape Urbanism Reader*)。② 此外,在中国的文学研究中,"文学景观"作为文学地理学研究的一个核心内容,也采用了"景观"二字来表达相关的内容。③

结合"landscape"一词在牛津英语词典中的释义和中国学者的译介,笔者认为,出现在西方人文社科领域著作中的"landscape"一词翻译为"景观"更恰当。首先,英语中"landscape"一词与汉语中的"景观"处于同一语义

---

① 此处译著的统计数目通过在国家图书馆图书搜索页面输入"风景"获得。西方人文社科领域有关景观研究的中文译著大多都出现在 21 世纪以后,并且处于起步阶段,数量还不多。此外,此类译法还见于中国学者撰写的有关景观研究的期刊论文中,如周丹丹发表在《中国农业大学学报》2014 年第 2 期的《海外人类学的风景研究综述》一文。

② 对译著中不同译法的分类是参照了大多数的样本,但不是绝对的。也有少部分人文社科领域著作中的"landscape"被译成"景观",如景观美学(*Aesthetics of landscape*,[美]史蒂文·布拉萨著,彭锋译,北京大学出版社 2008 年版)一书。

③ 国内文学地理学研究的学者主要有梅新林、陶礼天、曾大兴、邹建军等。

范围内。景观（landscape）在牛津英语词典中的释义，概括起来，主要有三层意思：第一层次是表明景观与绘画相关；第二层次指最原始的景观形态，即能用"眼睛"看到的景观；第三层次是通过人类的脑力劳动所建构的景观，即用"心灵"感受的景观。根据英国 R. J. 约翰斯顿（Ronald John Johnston）主编的《人文地理学词典》(*The Dictionary of Human Geography*)的解释：最初，景观"是指一个地区的外貌、产生外貌的物质组合以及这个地区本身"。在 20 世纪以前，景观定义的根据是自然形态，指"用肉眼能够看得到的土地或领土的一个部分"。20 世纪以来，景观被定义为"由包括自然的和文化的显著联系形式而构成的一个地区"。在文中，约翰斯顿进一步指出："实际上，所有景观都变为文化景观。"[1] 这就是景观含义演进的过程：由单一的自然属性演变为自然属性和社会属性的统一，被赋予文化内涵和意义并参与文化构建。《大辞典》中对"景观"一词的释义如下："景观，景域的外观，即地表的空间或外貌。包括自然存在的自然景观，如山林、河谷等；和人力形成的人文景观，如聚落、都市、道路、港口、农矿工场等；以及自然和人文景观之间的渐移型景观。"[2] 由此可见，景观不仅是一种客观的、纯物质形态的自然物象，更承载了丰富的人文意义，并与文化、政治等紧密相关，具有区域独特性。而与"景观"相比，"风景"一词的意义稍显狭窄。据《汉语大词典》，风景有三方面的意义：1. 风光景色；2. 景况，情景；3. 犹言风望。[3] 由此可见，汉语中的"景观"一词具有广阔的外延，能涵盖地理学研究、绘画艺术研究以及文化研究中景观的意义。同时，既能包含自然风景，也能指称人文景观，与英语中的"landscape"一词有最匹配的语义范围。

其次，把英语中的"landscape"翻译成"景观"而非"风景"，不仅是从景观的内涵和外延出发，也是从景观作为一种文化实践的建构考虑。"景观"一词可看作"景"和"观"两者含义的组合。迈克·克朗在《文化地理学》中也强调了景观"观看的方式"[4]。"景"即"风景"，"观"即"观看"

---

[1] 详见 R. J. 约翰斯顿《人文地理学词典》，柴彦威等译，商务印书馆 2004 年版。
[2] 本局大辞典编纂委员会：《大辞典》，三民书局股份有限公司 1985 年版，第 2081 页。
[3] 汉语大词典编辑委员会：《汉语大词典》，汉语大词典出版社 1994 年版，第 619 页。
[4] 迈克·克朗：《文化地理学》，杨淑华、宋慧敏译，南京大学出版社 2000 年版，第 52 页。

"观看的方式"。"景观与风景、园林有本质的区别,风景、园林、建筑之类只是对景物。景观则是'景'与'观'结合起来,成了视觉对景物,所以并不是纯客观。"① "景观"一词包含了"景"(风景)和"观"(观看)两个方面的内涵。可见,汉语中的"景观"一词一开始就具有文化的含义,与人文景观和"观看方式"密切联系。如果将 landscape 一词翻译为"风景",就无法体现这个"观看方式"的意思。

因此,"景观"包含了多重意义:第一,地理学意义,用来描述其地质、地貌属性及特征;第二,生态意义,作为人类生态自然构建的一部分;第三,美学意义,作为一种观看的方式具有视觉审美意义;第四,文化意义,作为一种文化建构和表征的方式。

"景观"最初作为一种绘画术语出现在绘画艺术中,之后被应用于自然地理学中,指代"目力所及"的地球上的一切事物。随着概念内涵和外延的发展,景观一词运用到人类学、文学等人文学科领域,构建了其文化意义,并与政治、权力、身份、记忆、神话、身体等紧密相关,景观研究成为后现代语境下跨学科研究的焦点。

文学中对景观主题的研究源于绘画艺术中的景观研究。在西方传统艺术中,诗歌与绘画历史悠久且息息相关。贺拉斯(Horace)在《诗艺》(*Ars Poetica* or *The Art of Poetry*)中"诗如画"("ut pictura poesis" or "as is painting so is poetry")的言论是对诗歌与绘画之间相似性的高度肯定。苏格兰人文学家加文·道格拉斯(Gavin Douglas)第一次把景观引进文学中,并把它作为一种独立的文学形式。② 景观描写出现在重要的文学体裁——诗歌中,并成为通过自然物表达诗人情感的载体。

在文学中的景观研究初级阶段,著作主要以突出描写自然的浪漫主义诗歌文本为研究对象,视景观为人类情感,如快乐、恐惧等的载体,并粗略地对诗歌所呈现的景观进行分类,有纯自然的景观(innocent landscape)、作为人类生活和活动背景的景观(landscape as the background to human life)、带有

---

① 沈福煦:《中国景观文化论》,《南方建筑》2001 年第 1 期,第 40—47 页。
② Chris Fitter, *Poetry*, *Space*, *Landscape: Toward a New Theory*, Cambridge: Cambridge University Press, 1995, p. 217.

人类情感的景观（landscape with humanity）、心灵景观（landscape with penetrating its inner soul）。① 此外，文学中的景观也被视为能给读者提供从现实逃离到想象世界的机会。从早期的文学传统开始，人们都把具有美丽风景的乡村作为情感滋养的"避难所"。斯蒂芬·西德尔（Stephen Siddal）在《景观与文学》（Landscape and Literature）一书中介绍了以景观为主题的三种批评方法：1. 政治批评方法（Political approaches）。第一，景观的参与者（包括所有者、观光者）与政治语境紧密相关；第二，诗歌中的景观描写为人类活动提供语境，景观中不同人物角色的空间分布、位置安排均体现诗人的政治倾向。2. 女性批评方法（Feminist approaches）。第一，景观的主要组成部分——自然被赋予女性特征，强调"大自然—母亲"二者形象之间的类比关系；第二，自然的女性特征体现为生长、灭亡、繁殖等。3. 生态批评方法（Ecological approach）。景观以其与自然的紧密关系成为生态批评家关注的热点。②

随着文学中景观研究的深入，克里斯·菲特（Chris Fitter）在著作《诗歌、空间、景观：一种新理论》（Poetry, Space, Landscape: Toward a New Theory）中提出景观呈现的四个维度：第一，生态维度（ecological perception），即景观中所呈现的生态意义上的自然，注重生活在自然圈中人与自然的和谐关系，提出生态和谐、天人合一的理念；第二，宇宙学的维度（cosmographic perception），即景观中所包含的或通过景观揭示出的天体运行规律、宇宙法则、宗教信仰和哲学思想等；第三，类比维度（analogical perception），即不同地域的景观进行类比；第四，艺术维度（technoptic perception），即景观中所呈现的艺术，"进入景观中的艺术"（Art into landscape）同时，作者论述了在文学作品中决定景观的五种空间形式，即管理空间（managerial space）、比较空间（comparative space）、占有空间（possessive space）、日常空间（quotidian space）以及理性空间（rational space）。管理空间（或经营空间）主要是指人类积极参加景观的创造和评议，并把自然景观和几何艺术系

---

① See Francis T. Palgrave, *Landscape in Poetry from Homer to Tennyson*, London and New York: The Macmillan Company, 1897.

② See Stephen Siddal, *Landscape and Literature*, Cambridge: Cambridge University Press, 2009.

统化；比较空间的产生是因为不同区域间的文明通过广泛的贸易关系而相互渗透，它体现了不同地域不同族别之间的商业文化；占有空间最显著的体现是私有制和对某一领地庄园等房产的占领；日常空间体现了人们的日常生活和最大众化的职业，最常见的娱乐活动以及最普遍的经历；理性空间是一种"后神话空间"（post-mythological space），是科学客观的描摹。[1]

文学中的景观研究还与政治、身份、国家民族认同等密切相关，揭示了人们生活的自然环境、景观、政体和民族身份之间的关系。在此类研究中，"景观"囊括了被政治化的自然和环境，赋予"景观"、自然环境、土地等以情感，把它们和国家、民族身份联系起来。肯尼思·罗伯特·欧利文（Kenneth Robert Olwing）在《景观、自然和国家：从英国文艺复兴到美国新世界》（*Landscape, Nature, and the Body Politic: From Britain's Renaissance to American's New World*）一书中用"景观"囊括了被政治化的自然和环境，赋予"景观"、自然环境、土地等以情感，把它们和国家、民族身份联系起来。作者结合了自然和景观意义的相互联系，以及它们同时在塑造国家中发挥的作用。作者把景观视为一个演变的动态概念，通过分析景观的"潜文本"（即地理景观本身），呈现出在历史进程中构建民族身份的地理叙述。[2]

景观的表征方式多种多样，有油画、素描画和版画等绘画艺术；有照片、电影和戏剧场景等大众传媒；有写作等文学方式；有演讲、音乐等声音意象。然而，相对于所有这些表征方式，景观本身就是自然和多种感觉的媒介，在景观中，文化意义和价值都被编码，无论是景观本身的自然呈现，还是通过改变景观的自然属性和外形来呈现的景观。从呈现出视觉效果的那一刻起，景观已经变成了一种设计、一种表征、一种媒介。作为表征和媒介，景观把文化和社会构建自然化，呈现出一个自然与人文相结合的世界。同时，景观是一个动态的媒介，人们生活在其中，并在这个景观体系中有时空的移动。这个动态的、交流的媒介还参与了一系列复杂的政治、社会和文化身份体系

---

[1] See Chris Fitter, *Poetry, Space, Landscape: Toward a New Theory*, Cambridge: Cambridge University Press, 1996, pp. 34–36.

[2] See Kenneth Robert Olwing, *Landscape, Nature, and the Body Politic: From Britain's Renaissance to American's New World*, Wisconsin: The University of Wisconsin Press, 2002.

的构建。

　　景观的意义和政治的表征紧密相关。地理景观可以代表一个国家的形象，也可以代表一个集体的聚居地。景观有助于民众在空间方面形成对国家的概念，并形成相对统一的意识形态，继而形成统一的政治景观。安·伯明翰（Ann Bermingham）认为，景观表征一方面可以作为表达各种不同政治观点的"话语"；另一方面可以作为一种文化实践促进政治和制度合法化的进程。作为审美客体，景观由视觉画面组成，其所蕴含的文化表达可以体现意识形态及阶级立场。[1]

　　约翰·怀利（John Wylie）在《景观》（*Landscape*）一书中指出："景观是一种张力，是相近与疏远、身体与心灵、感官上的全身心投入与远距离观察之间的张力。"[2] 景观中这一系列的张力又把它带入"注视与栖息的张力中"[3]。景观不仅仅是用来观看的对象，或是可以被用来解读的文本，更是社会和主体身份形成的一个过程。卡斯格拉夫（Cosgrove）认为，景观是一种主观的构成，是属于意识形态的概念。景观代表了处于一定社会阶层的人们处理自我与外部世界的方式。在景观中，人们通过想象构建了人与自然的关系；并且通过景观，人们塑造了自己的社会角色并以社会角色和别人交流。[4] 景观被认为一种审美、习俗和意识形态秩序的体系，在政治、阶级和民族身份的构建中发挥了重要作用。

二　研究方法

　　第一，文本细读法。本书用文本细读法分析希尼诗作中通过记忆、历史和语言呈现的景观，以此来认识希尼在诗歌创作过程中不同身份的选择和体现。同时，在英爱冲突的现实语境下，希尼在诗歌创作中拒绝以"英国"或"爱尔兰"或某种宗教身份写作，坚持作为诗人的哲思和诗歌的独立性，这是

---

[1] Ann Bermingham, *Landscape and Ideology: The English Rustic Tradition*, 1740—1860, Berkeley: Calif, 1986, p. 3.
[2] John Wylie, *Landscape*, London: Routledge, 2006, p. 1.
[3] Ibid., p. 5.
[4] Denis E. Cosgrove, *Social Formation and Symbolic Landscape*, Madison: University of Wisconsin Press, 1998, p. 15.

注重诗歌文本本身的表现，他的这种写作姿态赋予了作品以一定的文本主体性，诗歌语言所呈现的画面和思想的复杂性为文本细读提供了充分的依据。

第二，文化研究法。景观是"包含自然且其中的自然言它物"的绘画，所以景观不仅仅是以自然为对象的绘画作品，景观中的自然有"言它物"的功能。景观中的自然与人类历史、宗教、政治、哲学、科学等息息相关，背后蕴藏着丰富的政治、经济、宗教、伦理等文化内涵。希尼诗歌中的景观与宗教信仰、宇宙规律、自然法则、考古学、人类学、神话、传奇等相关，本书以文化批评的视角厘清景观与记忆、景观与历史以及景观与语言的关系，并分析景观背后隐藏的文化现象和信息，指明景观在希尼身份选择中的作用。

第四节　研究内容与创新点

一　研究内容

1995 年诗人谢默斯·希尼获得诺贝尔文学奖时，评审委员会给予他的颁奖词是"他的诗作既有优美的抒情，又有伦理思考的深度，能从日常生活中提炼神奇的想象，并使历史复活"[①]。从 1966 年出版的第一部诗集《自然主义者之死》到 2010 年出版的最后一部诗集《人链》，希尼的诗歌体现的优美抒情、具有深度的伦理思考、从日常生活中提炼的神奇想象、复活了的历史均可通过景观意象来表达。正如安东尼·布拉德利（Anthony Bradley）所说：

> 在希尼的作品中，爱尔兰的景观与语言不可分离，与地名的渊源和韵律紧密相关，与农业活动和艺术活动有关，与古老历史遗迹的近现代史相联。不仅如此，景观与当下的政治冲突不可分离，与以宗教和仪式为载体的自然的返祖现象有关，同时与团体相关，无论是分裂的还是统一的。[②]

---

① Bernard O'Donoghue, ed., *The Cambridge Companion to Seamus Heaney*, Cambridge: Cambridge University Press, 2008, p. 1.
② Anthony Bradley, "Landscape as Culture: The Poetry of Seamus Heaney", in James D. Brophy and Raymond J. Porter, eds., *Contemporary Irish Writing*, Boston: Twayne, 1983, p. 3.

希尼也认为："景观是神圣的，有与生俱来的暗指，在看得见的现实背后隐含了另一个体系。"① 由此可见，对希尼诗歌中的景观研究可以"使沉默的景观发出声音"②，从而"挖掘"出隐藏在景观背后的文化及政治含义。希尼在诗歌中通过对景观的描述，呈现出他深厚的景观意识，借此构建出爱尔兰文化、历史和政治的图景，以实现景观和诗人情感的有机融合。家乡文化的分裂和多种相互冲突但又并存的意识形态要求诗人忠诚于自己的民族和所属的宗教群体，但同时诗人希望有自由的写作空间来表达自己的声音。在诗歌中，希尼通过景观书写来创造这样的空间。诗歌中呈现的景观为诗人解决民族身份与艺术创作的矛盾提供了一个新的场域，并在这个想象的空间中构建了多元的身份，为自己更高层次的艺术创作找到了新的出路。

本书以谢默斯·希尼的诗歌文本为分析对象，以其诗歌创作理论为支撑，从"景观与记忆""景观与历史"以及"景观与语言"三组关系对希尼的诗作进行研究，展现通过记忆、历史和语言呈现的景观，旨在表明景观与身份之间的关系，即诗人通过诗歌中的景观呈现表达的身份认同和选择。本书主要分为五个部分。

"绪论"介绍了选题缘起与意义。北爱尔兰具有特殊的政治历史背景和文化传统，北爱尔兰地处爱尔兰岛，但在政治上属于英国，由于主权、政权、宗教矛盾、文化语言的差异，北爱尔兰总是发生激烈的冲突，但是长久的冲突也伴随着英爱文化的交融。谢默斯·希尼的成长经历颇为特殊，他出生在北爱尔兰传统的天主教农民家庭，却是从小在英国出资创办的学校接受英国的传统教育。本书以此为切入点，考察希尼诗歌中通过记忆、历史和语言呈现的景观，并作为构建身份的方式，同时创造了一个兼顾现实责任和艺术审美的开放多元的空间。本书还梳理了希尼国内外研究现状，指出对希尼身份研究的片面性和对诗歌进行景观研究的不足，并详细介绍了景观研究理论。同时，本书的主要内容和创新点也在"绪论"中提及。

---

① Seamus Heaney, *Finders Keepers: Selected Prose 1971—2001*, New York: Farrar, Straus & Girroux, 2002, p. 132.

② 温迪·达比:《风景与认同：英国民族与阶级地理》，张箭飞等译，译林出版社2011年版，第9页。

第一章"继承与疏离：谢默斯·希尼诗歌中的景观与记忆"阐述了景观与记忆之间的关系，记忆隐藏在景观中，并通过景观表征来呈现，使景观成为承载记忆的重要方式，且人们通过记忆重塑景观来构建民族认同与新的身份。本书还具体分析了希尼诗歌中体现孩童时家乡记忆的自然景观（包括湖泊景观、沼泽景观、森林景观等）以及家庭成员和爱尔兰传统艺人的劳作景观，表达了希尼对北爱尔兰故乡和爱尔兰传统既继承又疏离的双重矛盾态度，构建了爱尔兰人和诗人的身份，超越了"北爱尔兰天主教农民家庭成员"这一客观身份对诗歌创作的限制，进入一个包含不同文化和意识形态的有利于诗歌创作的想象空间。

第二章"暴力的'客观对应物'：谢默斯·希尼诗歌中的景观与历史"分析了景观与历史之间的关系，景观、历史和人类处在一个互动的关系中，景观承载着不同时代背景的历史和文化信息。景观是物质环境与人类社会之间最持久的联系之一，是历史进程的忠实记录者，是记录和体现人类活动印迹的历史文本。通过历史呈现的景观承载了当时的文化象征，其被赋予的内容和意义也正是通过景观传承延续。本书以希尼诗歌中呈现的远古时代作为祭祀牺牲品的沼泽尸体景观和北欧海盗入侵爱尔兰岛时留下的历史景观为研究对象，再现了历史上的暴力及其所造成的伤害，以古今对比的间接方式谴责了20世纪70时代北爱尔兰的暴力现实，并使远古时代的历史暴力成为隐喻北爱尔兰现实困境的"客观对应物"，提出"杠杆作用"的解决途径，以间接的方式谴责了造成流血冲突的暴行，担负起社会责任。在避免诗歌沦为政治的牺牲品和传声筒的同时，保持了希尼作为诗人的身份和艺术创作的独立性。诗歌中的景观呈现共同建构了希尼作为北爱尔兰天主教社区成员以及从事艺术创作的诗人的多元身份，为诗歌创作创造了超越不同民族之间和不同宗教之间二元对立的空间。

第三章"开放与多元：谢默斯·希尼诗歌中的景观与语言"考察了景观与语言之间的关系，认为景观和语言在构建多元身份认同中发挥着重要作用，民族不仅仅是政治斗争的产物，更是与景观、文化、语言等因素相关，指出语言和景观呈现是一致的①，景观可以被翻译成语言，语言描写呈现景观。通

---

① Marie Mianowski, ed., *Irish Contemporary Landscapes in Literature and the Arts*, London and New York: Palgrave Macmillan, 2012, p. 28.

过语言呈现的景观成就了希尼诗歌创作中的地名诗。地名诗以希尼熟悉的北爱尔兰地名为基础,融合具有爱尔兰特色的语言,呈现出丰富的爱尔兰乡土世界,确立了爱尔兰人的身份标识。同时希尼在《格兰莫组诗》中通过语言及其景观呈现上启古希腊古罗马文学传统,下承英语诗歌传统,突出其英语诗人的身份标识。诗人身体力行地通过具有英语语言文学传统的诗歌创作,建立了一个包含不同优秀文化传统的创作空间。

"结语"部分以上述三章的具体文本分析为基础,总结出在希尼诗歌中,通过记忆、历史和语言呈现的景观确立了希尼爱尔兰人、爱尔兰诗人、爱尔兰天主教徒、英语诗人等多元身份标识,同时诗歌中呈现的景观为在北爱尔兰的现实矛盾中处理身份问题带来更广阔的视野,开启了一个有益于交流和讨论的空间。诗人也试图以历史的融合性打开政治的边界,呈现一种既能回应北爱尔兰的现实矛盾,又能体现诗歌艺术审美价值的新的写作范式,致力于在文学作品中建立一个面向未来的想象的爱尔兰。同时,诗歌中多元身份的建构创造了一个超越民族和宗教的二元对立,包含不同文化、不同政治、不同意识形态的空间,促进了诗人的艺术创作,为世界上承受文化分裂的文学创作者的写作提供了新范式。此外,希尼多元身份的选择为处在后现代转型时期的人类的身份选择,即"何以在这个世上自处"的问题提供了借鉴意义和新的认知地图。在后现代语境中,信息高速传播,事物瞬息万变,人员之间交流来往频繁,这需要人们选择多元的身份认同,包容不同的政治、思想和文化,实现世界范围内的交流。

二 本书创新点

第一,研究视角的创新。从文献综述来看,在以往的国内外希尼研究中,鲜有从景观角度解读希尼诗歌文本,并忽略了通过景观呈现诗人多维度的身份认同。从景观书写的角度来研究希尼的诗歌,把诗歌文本与景观以及景观所阐释的内涵联系起来,能丰富希尼诗歌的内涵,充实希尼诗歌研究。

第二,希尼身份问题研究的创新。就希尼在诗歌中塑造的民族身份问题,国内外学者普遍认为其在不同的写作阶段选择了不同的民族身份,同时通过文化平衡策略保持英国—爱尔兰诗人身份。而本书通过诗歌中的景观探讨希尼在创作过程中对身份的选择，希尼避免对"英国"或"爱尔兰"、"天主教徒"或"新教徒"等身份的直接选择，在不同的诗歌创作和语境中保持多重身份，体现了诗人的多维度，而不仅仅停留在"英国—爱尔兰"二维的身份选择。对希尼超越单纯的民族主义和民族身份的后现代主义研究将拓宽希尼诗歌研究的范畴，为新时期的希尼研究提供新的思路。

第三，跨学科的有机整合。本书试图将绘画艺术、生态学、哲学、人类学、文学等学科有机整合，以视觉艺术为基础勾勒出希尼诗中的景观，再以生态学、哲学、宗教等为依据解读画意，诗歌中多元身份的建构创造了一个超越民族和宗教的二元对立，包含不同文化、不同政治、不同意识形态的空间，促进了诗人的艺术创作，为世界上承受文化分裂的文学创作者的写作提供了新范式。

第一章 继承与疏离:谢默斯·希尼诗歌中的景观与记忆

记忆,即对过去的回忆。它是记忆主体的一种建构,同时也是一种表征,并与记忆主体的身份认同紧密相连。与记忆一样,景观带有明显的历史(即过去发生的一系列事件)印迹,"景观与记忆都是历史的再现,且通过记忆(对过去的了解)可以塑造现在的景观,同时通过现有的自身经验和景观,人们也能重新建构记忆"①。记忆铭记于景观中,同时影响景观的构建,使景观成为承载记忆的重要方式。现有的景观通过记忆主体改变往日的记忆,使之处于不断构建和更新中,人们通过创造过去的新记忆以便形成新的具有某种特定目的的身份认同。本章展现了通过记忆呈现的自然景观(包括湖泊景观、沼泽景观、森林景观、反田园景观)以及诗人家庭成员和爱尔兰传统手工艺人的劳作景观,表达了希尼对北爱尔兰故乡和爱尔兰传统既继承又疏离的双重矛盾态度,构建了爱尔兰人和诗人的身份,超越了"北爱尔兰天主教农民家庭成员"这一客观身份对诗歌创作的限制,进入一个包含不同文化和意识形态且有利于诗歌创作的想象空间。

第一节 景观与记忆之关系

一 记忆及其形式与特征

每一个个体、民族乃至国家都需要了解过去,这样才能更好地认识现在

---

① See David Lowenthal, "Past Time, Present Place: Landscape and Memory", *Geographical Review*, 65 (1975), pp. 1 – 36.

和将来。了解过去通过记忆来实现,因为记忆能使个体、民族和国家直接或间接地认知过去的事情。"在现实社会,一个人的身份,一个民族的自我认同,无不与这个人、这个民族对自己过去的记忆有关。"①"记忆"(Memory)一词包括了两方面的含义:第一,记忆被当作生理上的一种大脑的功能,指人们具有回忆某一事件的能力;第二,记忆被当作一种抽象概念指代人们回忆的具体的某一个事件、某一种情感等。记忆的这两方面的内容导致了学术界对记忆的不同主题研究,有从生理层面对记忆的大脑机能等进行自然科学的研究,有从心理学、哲学、文学等人文学科方面对记忆的研究。从人文科学的角度关注记忆、研究记忆的学者主要有柏拉图、尼采、马塞尔·普鲁斯特(Marcel Proust)、亨利·伯格森(Henri Bergson)、西格蒙德·弗洛伊德(Sigmund Freud)、埃米尔·涂尔干(Emile Durkheim)、莫里斯·哈布瓦赫(Maurice Halbwachs)等。其中法国社会学家哈布瓦赫第一次提出社会记忆的概念,改变了之前学界对记忆的生理层面和心理学层面的研究模式,并在其代表作《论集体记忆》中阐述了社会群体与集体记忆之间的关系,说明了个人记忆与集体记忆之间不可分离,个人记忆也受到社会构建的影响。②

  记忆研究主要有以下范畴:第一,个人记忆,即个人用当下所储存的知识和经验对过去经历的事件或情感的回忆,如个人回忆录、自传等;第二,民族或国家的记忆,即所在民族、团体或国家的个人通过个人情感和社会经历的高度嵌合建构有关民族或国家的历史叙事,通过回忆呈现出民族或国家的叙述或故事;第三,世界记忆,即个人所呈现的其他团体、民族和国家的记忆。无论何种记忆研究的范畴,记忆的主体都是个人,是个人利用所储存的知识和经验感知过去的存在建构记忆。但在记忆过程中,个人的感知必然会受到社会环境的影响,个人记忆只有在社会化的过程中才能形成,个人记忆受到社会发展的制约,具有社会性。因此,个人记忆与集体记忆没有明显清晰的界线,个人记忆的内容与集体记忆和社会记忆联系紧密,并在一定程度上反映集体记忆以及社会动向。正如哈布瓦赫所说:"(个人)只有在社会

---

  ① 张俊华:《社会记忆和全球交流》,中国社会科学出版社2010年版,第2页。
  ② See Maurice Halbwachs, *On Collective Memory*, trans., Lewis A. Coser, Chicago: University of Chicago Press, 1992.

里，人们才能获取他们的记忆。也只有在社会里，人们才能回忆，认同其回忆以及使记忆找到自己的位置。"① "记忆是个人思想被社会塑造的结果，而集体记忆是对过去某一事件的共同个人记忆的总和。因此，记忆是通过共同的经历来维系的，集体记忆是内部主体间依赖经历形成的现象。"②

日本学者小关隆认为：

> 记忆是人们对过去的知识和情感的集合体，记忆的形成是一个表象化的行为。……记忆不单纯是过去事件的储藏库，它是记忆主体针对自身所处状况唤起特定的过去事件并赋予意义的主体行为。因此，记忆和记忆的主体，即生活在当下现实的人们所属的社会集团的自我认同有着本质的联系。……由于个人、集团的自我认同是不断变化的、依次对应，记忆也不断地被重新建构，"值得回忆的"在不断被选择、唤起的同时，相反的事件则被排除、隐瞒。从这个意义上说，忘却也是构成记忆的一部分。任何一个记忆的表象背后，都有无数被忘却的事象。③

根据小关隆的观点可以概括出较为全面的关于记忆的定义：第一，记忆是对过去的回忆，是记忆主体的一种建构，它的形成是一个表象化的行为；第二，记忆是一种表征，并与记忆主体的身份认同紧密相连；第三，记忆具有选择性，遗忘的部分是在记忆过程中被排除的，所以遗忘也是记忆的一部分。

记忆不仅仅是保存原有的事件、情感和经验的过程，也是记忆主体用自己所存储的知识和经验来再现当时的事件、情感和经验，并使这一过程又成为过去知识和经验、成为未来记忆的基础。因此，记忆经历了在场到不在场，到再在场的过程。根据记忆研究的不同范畴和不同主题，记忆可分为"个人

---

① Maurice Halbwachs, *On Collective Memory*, trans., Lewis A. Coser, Chicago: University of Chicago Press, 1992, p. 38.
② Duncan S. A. Bell, "Mythscapes: Memory, Mythology, and National Identity", *British Journal of Sociology*, 54 (2003), p. 3.
③ 转引自邵卉芳《记忆论：民俗学研究的重要方法》，《云南社会科学》2014 年第 6 期，第 84 页。

记忆""集体记忆""公众记忆""民族记忆""国家记忆""社会记忆""文化记忆"和"历史记忆"等多种形式。无论何种形式的记忆，都具有以下共同的特征。

第一，记忆未必都是真实的，其具有高度的主观性，包含了记忆主体的想象和虚构。记忆主体根据以往的认知经验和情感以某种目的为导向构建出记忆的内容，正如丹尼尔·夏克特所言："个人史……绝不仅仅是'编年史'，不仅像秘书所做的回忆备忘录那样，对何时何地发生何事详细记录……是在我们对往事的主观且加以叙述过程中，建构了往事。"①

第二，记忆依赖于社会环境，是一种构建与表征。记忆研究及记忆主体都离不开社会环境，记忆探讨的是来自某个家庭、阶级、社会群体、民族或国家的记忆主体如何通过已有的知识和经验建构过去，建构了什么样的过去，为什么要建构这样的记忆等问题。"在现实社会，一个人的身份，一个民族的自我认同，无不与这个人、这个民族对自己过去的记忆有关。"② 国家的构建是基于民族共同体成员的记忆。对真实历史事件（如奴隶制、第一次世界大战、大屠杀等）以及古老传说（如亚瑟王和圆桌骑士等）的共同观点、价值和阐释通过仪式和象征不断构建和重塑。记忆作为强有力的力量团结了民族中分散的个体，消除了"他们"和"我们"之间的边界，勾画出有别于他国的民族个体。"在塑造身份时要求找出能够说明人们身份的一连串事件。在这个过程中，人们从无数的经验中筛选一些认为可面对今天的事实，同时根据事实的重要性来筛选。记忆就是这个筛选的产物。"③ 因此，不论是个人记忆还是集体记忆都具有建构身份的重要作用，建构身份也是记忆存在的最本质特征之一。

第三，记忆具有选择性和偏好性，是脆弱易变的。正如莫里斯·巴林（Maurice Baring）所说："记忆是最伟大的艺术家，它抹去了你心灵中那些不

---

① 丹尼尔·夏克特：《找寻逝去的自我——大脑、心灵和往事的记忆》，高申春译，吉林人民出版社 1998 年版，第 31—32 页。
② 张俊华：《社会记忆和全球交流》，中国社会科学出版社 2010 年版，第 2 页。
③ Alessandro Cavalli, "Reconstructing Memory after Catastrophe", in Jrn Rusen, ed., *Meaning and Representation in History*, New York: Berghahn Books, 2006, p. 170.

必要的。"① 在记忆的过程中，记忆主体根据构建的需要有选择地呈现记忆，并且在很大程度上受到外界因素和社会环境的影响。同时，记忆的选择并不存在客观的标准或原则，而是与记忆主体的情感、当下的状况等相关，所以极具不稳定性，是脆弱易变的。

第四，记忆是一个具有可塑性的动态系统。记忆具有很大的可塑性，因为记忆不完全是真实的，一切记忆都是一种再现，是根据现实需要的重新解释，具有重构的特征。在记忆的过程中，记忆主体根据飘忽不定的记忆叙述自己的生活经历，运用语言构建记忆，呈现出动态的特征。此外，记忆主体在叙述过去发生的事件时，不可能完全真实地再现所发生的一切，而是在不同的时间、不同的场合，根据不同需要进行重新加工和再生产，因此不同的叙述可以呈现和构建出不同的记忆。所以记忆具有动态的可塑性和流变性。

第五，记忆具有多义性。不同的记忆主体对同一件事情的记忆会有多种不同的阐释和呈现，因此出现了记忆的多义性。"不同的群体对似乎是同样的'过去'，明显有着不同的'故事'，而这不同的故事，则限定着这些群体的思维方式和行为方式，甚至限定了他们对未来的设想。"②

二 景观与记忆之关系

岁月留痕于景观，时光留痕于记忆。景观带有明显的历史（即过去发生的一系列事件）印迹，记忆亦然。英国地理学家大卫·洛温塔尔（David Lowenthal）通过引入"怀旧"概念阐述了景观和记忆的关系。他认为过去的时光以及发生在过去的事件必然影响现在的景观。景观与记忆都是历史的再现，通过记忆（对过去的了解）可以塑造现在的景观，同时通过现有的自身经验和景观，人们也能重新建构记忆。③ 记忆铭记于景观中，同时影响景观的构建，使景观成为承载记忆的重要方式。现有的景观通过记忆主体改变往日的

---

① 莫里斯·哈布瓦赫：《论集体记忆》，毕然、郭金华译，上海人民出版社 2002 年版，第 113—114 页。
② 张俊华：《社会记忆和全球交流》，中国社会科学出版社 2010 年版，第 2 页。
③ See David Lowenthal, "Past Time, Present Place: Landscape and Memory", *Geographical Review*, 65 (1975), pp. 1–36.

记忆，使之处于不断的构建和更新中，人们通过创造过去的新的记忆，以便形成新的具有某种特定目的的身份认同。托尼·亚历山大（Toni Alexander）指出："集体记忆既是时间的，又是空间的，它根植于地方，包含了地方的往日，文化景观则记录下审视往日的种种方式，即一种记忆和纪念场所所相互交织的网络。"① 可见，景观、记忆与地方、身份认同等联系密切，而这种景观与记忆的相互作用，塑造了新的地方文化景观，促进了身份构建与认同。

记忆与传统和集体的历史经验相关。记忆及其表征方式总是涉及身份、民族性和权力等问题。人们通过重塑记忆，特别是集体记忆来构建新的身份和地位，呈现不同的民族叙述。集体记忆不是无活力的、被动的，而是一个活跃的场域。在这个场域中，过去的事件被有选择地重新建构、维护、修正，同时被赋予政治含义。而记忆又隐藏在景观中，通过景观表征来体现。

虽然景观客观存在，但其作为一种被构建的文化想象方式具有强烈的主观色彩，正如学者段义孚所言："景观是一种意象、一种心灵和情感的建构。"② 景观成为一种文化意象，凝聚着文化政治、地缘记忆和家园情感，成为建构身份和民族认同的重要媒介。帕梅拉·斯图瓦德（Pamela J. Stewart）和安德鲁·斯特拉森（Andrew Strathern）主编的《景观、记忆与历史：人类学的视角》（Landscape, Memory and History: Anthropological Perspectives）一书中，则提出将记忆、历史纳入对于景观的考察，并与身份认同建立起关联，因为经由共同的记忆和历史，人们可能产生和建立一种共同的身份。③ 英国地理学家阿兰·R. H. 贝克（Alan R. H. Baker）也阐述了景观与记忆的联系："往日景观的形成与意义，反映了建构人们工作、生活于其中并加以创造、经历与表现的社会。但就其留存至今而言，往日景观作为文化记忆与特性的组成部分之一，具有延续的意义。"④

---

① Alexander T. , "Welcome to Old Times: Inserting the Okie Past into California's San Joaquin Valley present", *Journal of Cultural Geography*, 26 (2009), pp. 71 – 100.
② 段义孚：《风景断想》，张箭飞、邓瑗瑗译，《长江学术》2012 年第 3 期，第 45 页。
③ See Andrew Strathern and Pamela J. Stewart, eds. , *Landscape, Memory and History: Anthropological Perspectives*, London: Pluto Press, 2003.
④ 阿兰·R. H. 贝克：《地理学与历史学——跨越楚河汉界》，阙维民译，商务印书馆 2008 年版，第 150—151 页。

像语言或绘画一样,景观是具有文化意义和文化交流功能的物质媒介,同时包含了一系列用来表达和重塑意义与价值的象征形式。作为表达价值的媒介,景观具有像货币一样的符号结构,存储着记忆主体以及社会群体的记忆。与记忆一样,景观是一个动态的媒介,人们生活在其中,并在这个景观体系中有时空的移动。这个动态的、交流的媒介还参与了一系列复杂的政治、社会和文化身份的构建。台湾学者郭佩宜认为,景观与人们如何感知记忆、再现历史及表现自我相关,人(个人、历史、身份),历史(祖先之过去、共享之过去)与景观(土地)共生,同时,景观确认了领域,划分了与他人的边界。在当地的神话、传说和民间故事中,景观和地标被用于描述人们对于过去的共同记忆。① 在《风景与记忆》(*Landscape and Memory*)中,西蒙·沙玛(Simon Schama)认为景观是对人类目力所不能及的物体的挖掘,以发现隐藏在表层之下的记忆脉络。②

三 希尼诗作中的景观与记忆

记忆隐藏在景观中,并通过景观表征来呈现,人们通过记忆重塑景观来构建新的民族认同与身份。在希尼的诗作中,作者通过对记忆中家乡自然景色和劳作场景的描写,在诗歌中呈现一系列景观,把对家乡的情感转化为可视可感的具体事物,塑造了诗人不同的身份。希尼诗作中景观发挥身份构建作用主要有三种方式:第一,呈现具有普遍象征意义的景观意象来唤起共同记忆,表达其价值认同和身份归属;第二,用景观的隐喻来重塑民族性格;第三,呈现处在对立面、令人不愉悦的"黑暗"景观意象来表达身份上的疏离。

希尼出生在北爱尔兰德里县的农民家庭,祖祖辈辈都是擅长种植和挖掘的农夫。在诗歌中,希尼主要回忆了家乡的自然景观以及具有浓厚爱尔兰传统的劳作景观。一方面,家乡的湖泊、森林、草地和沼泽给他留下深刻印象

---

① See Guo Pei-yi, "Island Builders: Landscape, History and Migration Among the Langalanga, Solomon Island", in Andrew Strathern and Pamela J. Stewart eds., *Landscape, Memory and History: Anthropological Perspectives*, London: Pluto Press, 2003.

② See Simon Schama, *Landscape and Memory*, New York: Random House Inc., 1996.

和记忆。"翠绿、湿润的角落,水淹的荒地,长满软软的灯芯草的谷地,任何一个有水喝、有青苔的地方,即使只是从汽车或火车上一瞥而过,都具有直接给人安宁的吸引力。"① 家乡莫斯巴恩的一草一木、一花一树、山山水水都深深地印刻在诗人的脑海中,成为其诗歌创作的源泉和不竭动力。在早期诗歌中,希尼通过回忆童年生活、围绕爱尔兰内伊湖这一湖泊景观意象创作了《内伊湖组诗》(*A Lough Neagh Sequence*)。爱尔兰岛由于第四纪冰川的作用,高原湖泊多如繁星,风景秀丽。内伊湖是北爱尔兰地区的一个淡水湖,系欧洲西部第三大湖泊,属冰蚀湖。北爱尔兰地区的六大郡中有五个郡都是内伊湖的灌溉区域,因此被喻为北爱尔兰的"母亲湖"。在诗中,希尼选择被誉为北爱尔兰"母亲湖"的内伊湖作为描述对象,一方面向读者展示了爱尔兰的湖泊景观;另一方面通过呈现"内伊湖"这一具有普遍象征意义的景观意象来唤起爱尔兰人民的共同记忆,表达诗人对家乡自然景观的热爱以及对爱尔兰身份的认同和归属,通过"以景入诗"继承了爱尔兰传统。在诗中,希尼基于成长体验和童年记忆呈现了内伊湖的动态景观图。其人景互动景观图的独特性、哲理性和神秘性一方面使希尼回忆了"母亲湖"给予北爱尔兰人民的无尽财富及其意义,同时通过"以景入诗"表达其对爱尔兰身份的认同和归属;另一方面增加了诗歌的张力,让读者体会到诗人对世界更丰富、更全面的感受和认知。沼泽地是爱尔兰的基本地形,也是记载爱尔兰历史的博物馆。沼泽地对爱尔兰民族和爱尔兰人民都具有特殊的意义,对希尼来说也具有特殊的慰藉作用。希尼认为创作关于沼泽的诗歌可以为记忆、沼泽地景观和"民族意识之间创造一种和谐"。② 希尼在诗歌中通过刻画沼泽景观为记忆和沼泽找到一种新的联系。在沼泽诗中,诗人通过对沼泽地形地貌以及沼泽中遗存的鹿骨、黄油、树干等意象的描写,展现了一幅具有爱尔兰特色的景观,追溯过往文明,再现爱尔兰民族传统,重塑民族性格。正如希尼所说,写这首沼泽诗的目的是"使保持不变又移动不居的爱尔兰沼泽地成为一个象征,象征爱尔兰人民保持不变又移动不居的意识。历史是世世代代留住我们、

---

① Seamus Heaney, *Finders Keepers: Selected Prose 1971—2001*, New York: Farrar, Straus & Giroux, 2002, p. 4.

② 西默斯·希尼:《希尼诗文集》,吴德安等译,作家出版社 2000 年版,第 265 页。

邀请我们的松软土地"①。希尼后来一系列的诗歌中多次出现黑暗、潮湿、带有阴影的土地意象，而鲜有阳光和天空的描写，这也与北爱尔兰的自然地理地貌相呼应。北爱尔兰主要地形为沼泽，温和的海洋气候使整个北爱尔兰潮湿，且大部分时间云雾朦胧，气候变化无常。北爱尔兰的自然景观也塑造了爱尔兰人内敛、含蓄、寡言、务实的民族性格。

然而，在希尼的记忆中，故乡的景观是具有差异性的，恐惧的记忆带来了诗歌中令人不愉快的"黑暗"景观。希尼笔下的爱尔兰森林景观不仅仅是纯自然景观的呈现，更是包含了人的体验和感知。浓密葱郁的原始森林本就充满了神秘、未知和黑暗，诗中通过人的参与、认知和体验更加深了其神秘和恐惧。马克斯威尔（D. E. S. Maxwell）把《种植园》一诗描述为"一则恐怖的森林故事"②。进入森林开启了神秘之旅，带来恐惧的体验，导致疏离感的产生。这一恐惧感和疏离感在诗歌《半岛》（The Peninsula）中延续。诗人一次又一次地迷失，未能在爱尔兰传统中找到归属感，诗人的身体和思想都远离所置身的景观，体现了对爱尔兰传统的疏离。在早期的诗歌中，疏离感还出现在以孩童的视角观察熟悉的事物和景观，但遭受挫折进行反思，最后顿悟的时候。因此，这一疏离表明了在儿童性格形成期留下的不可磨灭的印迹。在诗歌《一个自然主义者之死》中，希尼回忆儿时的生活，看到"城市中心化脓腐烂的亚麻池"，展开想象，呈现了一系列恐怖的意象和景观，进入一个未曾涉足的领地。诗人对自然的体验和认知还体现在诗歌《采黑草莓》（Blackberry-Picking）中，诗中包含了对自然之美和自然之残酷无情的两种体验，增加了真实感。

莫里斯·哈布瓦赫曾言：

> 在农民的生活中，劳作是在家庭框架内进行的：农场、马厩以及谷仓，始终都是家庭关注的焦点，甚至当人们并没有在劳作期间时也是这样。因此，在农民的共同思想中，家庭和土地也就非常自然地彼此紧密联系在一起了……一块有限的土地和村庄的形象，连同村庄的所有特别

---

① 转引自何宁《论希尼的沼泽系列诗歌》，《当代外国文学》2006年第2期，第91页。
② D. E. S. Maxwell, "Heaney's Poetic Landscape", Harold Bloom, ed., *Seamus Heaney*, New Haven: Chelsea House, 1986, p. 21.

之处、地界、房子的相对位置以及阡陌纵横的各块土地，很早就都铭刻在村庄成员的头脑里了。①

作为地道的爱尔兰农民的儿子，世世代代爱尔兰民众的劳作场景和生存方式早已镌刻在希尼的脑海中，挖土豆的父亲、掘煤炭的祖父、搅拌奶酪的母亲、打铁、卜水者、修补屋顶的匠人们构成了一幅幅具有爱尔兰特色的劳作景观。一方面，劳作成为希尼继承传统的最佳方式，并与诗歌创作活动类比。希尼对"挖掘"这一典型的劳作传统的继承，由一种方式不同但精神实质相同的生存之道所代替，"挖掘"这一动作永恒存在，劳作的传统从祖辈到父辈再到希尼，从古至今始终未变。另一方面，希尼对劳作景观的"旁观者"式的描写不可避免地体现了对爱尔兰传统文化的疏离。

第二节　记忆中的故乡：谢默斯·希尼诗歌中的自然景观

爱默生曾有言："研究自然，认识自我。"② 这表明了自然在人类自我认识过程中的重要性。谢默斯·希尼出生于北爱尔兰典型的农民家庭，祖祖辈辈均为农夫，从小成长于德里郡莫斯巴恩乡下的自然环境中。由此，家乡莫斯巴恩的一草一木、一花一树、山山水水深深都地印刻在诗人的脑海中，成为其诗歌创作的源泉和不竭动力。

一　人景互动图：谢默斯·希尼诗歌中的湖泊景观

希尼在诗集《进入黑暗之门》（*Door into the Dark*，1969）中的诗歌《内伊湖组诗》（*A Lough Neagh Sequence*）以独特的视角呈现了湖泊景观，用注重细节的写实方式呈现了内伊湖上人与自然互动共生的画面。

---

① 莫里斯·哈布瓦赫：《论集体记忆》，毕然、郭金华译，上海人民出版社2002年版，第113—114页。
② Donna L. Potts, *Contemporary Irish Poetry and the Pastoral Tradition*, Columbia and London: University of Missouri Press, 2011, p. 189.

爱尔兰岛由于第四纪冰川的作用，高原湖泊多如繁星，风景秀丽。内伊湖（Neagh Lough，爱尔兰语：Loch Neathach）属冰蚀湖，是北爱尔兰境内乃至整个爱尔兰岛最大的淡水湖，也是不列颠群岛最大的湖泊、欧洲西部第三大湖泊，是北爱尔兰主要的淡水供应来源。内伊湖大部分位于北爱尔兰贝尔法斯特附近（在北爱尔兰的部分占总面积的91%，而其余9%的面积属于爱尔兰共和国），长30公里（19英里），平均宽15公里（9.3英里），面积392平方公里（151平方英里），平均深度9米（30英尺），北爱尔兰地区43%的排水沟都灌注到这条河里，而最终这条河流也通过巴恩河流到大海当中。内伊湖有六英里河（Six Mile Water）、上巴恩河（Bann）、布莱克沃特河（Blackwater）、梅恩河（Main）、巴林德里河（Ballinderry）和莫尤拉河（Moyola）注入，湖水经下巴恩河向北排出。自17世纪船只在爱尔兰成为主要的交通工具以来，内伊湖成为主要的水路交通要道，联结了沿岸的各个城市。湖湾有爱尔兰已知的最古老的人类手工制品出土。北爱尔兰地区的六大郡中有五个郡都是内伊湖的灌溉区域，因此内伊湖被喻为北爱尔兰的"母亲湖"。此外，内伊湖内有包括科尼岛、克罗干岛、帕丁岛在内的七个小岛，吸引着各个种类的鸟儿大量前来栖息，冬天和夏天在海岸边常常是"鸟满为患"；湖内还有大量的鳗鱼，鳗鱼产业在几个世纪以来都是内伊湖的主要产业。① 内伊湖流经北爱尔兰的大部分区域，在北爱的农业、渔业发展以及在维系人们日常生活方面占有重要的地位，确实可被称作哺育北爱人民的"母亲湖"。自小在内伊湖畔的安特里姆（Antrim）长大的希尼，无疑把有关内伊湖的记忆深深地镌刻在脑海中，通过回忆"以景入诗"。

正如哈布瓦赫所说："（个人）只有在社会里才能获取记忆，并通过认同其回忆使记忆找到自己的位置。"② 在记忆的过程中，个人的感知和认识必然受到社会环境的影响，个人记忆受到社会发展的制约，其内容与社会记忆联

---

① 关于内伊湖的介绍主要参考了王振华等编撰的专著和维基百科。参考文献的具体信息为：王振华等《列国志·爱尔兰》，社会科学文献出版社2012年版，第30页，以及http://en.wikipedia.org/wiki/Lough_Neagh。（登录时间：2015年4月10日）

② Maurice Halbwachs, *On Collective Memory*, trans., Lewis A. Coser, Chicago：University of Chicago Press, 1992, p. 38.

系紧密，并在一定程度上反映了社会认识和动向。内伊湖被誉为"母亲湖"，顾名思义，她像母亲对待自己的孩子一样给北爱尔兰人民提供了衣食保障和精神慰藉。希尼出生在典型的北爱尔兰农民家庭，祖祖辈辈均为农夫，所接触和所处的都是农业环境，这样的成长背景和社会环境影响了希尼的个人认知、体验和感受，进而影响了其记忆。在希尼的认知和记忆中，北爱尔兰的农民和渔夫在内伊湖以及周边的土地上耕耘，获得她的馈赠，满足了衣食的需求。同时，对于他们来说，劳动过程中的快乐和收获抵消了劳作的艰辛，从而获得精神上的慰藉。因此，希尼诗作中对内伊湖的回忆不同于传统的湖泊景观描写，并未突出湖泊的观赏价值，而是着重呈现了与北爱尔兰人民的生计相关的渔夫们打渔的场景以及湖里的鳗鱼。

《内伊湖组诗》（*A Lough Neagh Sequence*）以"至渔夫"为副标题，由七首独立的小诗组成。第一首诗以"海滩上"（*Up the Shore*）为题，全景式地描绘呈现了一个虚实相生的内伊湖：湖水具有神秘力量，可以把木头硬化成石头。湖底有一座被淹没的城市，是曼岛留下的痕迹。但诗中第一句和最后一句的重复"内伊湖上每年都需要来认领溺水者"（Heaney，29）①，把诗歌的意境拉回现实，给读者呈现了与生活在北爱的农民、渔夫的基本生活息息相关的内伊湖。诗句：

> 在安特里姆郡和蒂龙郡的海滩上
> 进行着一场公平的游戏：
> 渔夫们在捕捞鳗鱼时，
> 一个一个
> 游出去几米远，
> 但他们从不学习游泳。（Heaney，29）

---

① 本书所引用的希尼诗歌主要来自诗集 *Opened Ground*：*Selected Poems 1966 – 1996*，New York：Farrar，Straus and Giroux，1998 和《希尼诗文集》，吴德安等译，作家出版社 2000 年版。在书中，分别以"Heaney，引用页码"和"吴德安等译，引用页码"的示例标注。前者为笔者自译；后者为参考吴德安等的译文。此外，如在书中引用这两者之外的其他来源，则在注释中另行标注。

使内伊湖上的主角渔夫登场,他们具有最朴实的思想,甘愿冒着生命危险也要在捕鳗鱼的过程中公平竞争。可以说,第一首小诗的景观体现了希尼对内伊湖的总的记忆:一方面,内伊湖具有一种超自然的神秘力量,湖底有古老的传说;另一方面,内伊湖与北爱人民的生计息息相关,人们在和自然相处、向自然索取时也会有危险,甚至要付出生命的代价。第二首小诗——《穿越百慕大》(*Beyond Sargasso*)中内伊湖上的另一主角鳗鱼登场,详细呈现了鳗鱼的迁徙图。诗中鳗鱼被拟人化以"他"来指称,在内伊湖中鳗鱼身上沾满泥浆,无论白昼夜晚,穿过水流、潮汐,巧妙地避开湖中的岩石。鳗鱼的迁徙受到神秘自然力量的指引,并有序完成:

> 正如卫星
> 绕着海洋
> 来回旋转
> 他也紧挨着
> 自己的轨道。(Heaney,30)

第三首小诗《诱饵》(*Bait*)用细节描写的方式开启了内伊湖上渔夫们的捕鱼活动。渔夫们接受内伊湖的馈赠,在午夜灯光摇曳的空旷地里,用灯彩来装饰海湾,引诱鳗鱼钻出泥土,以便捕捉。在该诗中,鳗鱼仍被拟人化为"他",虽然渔夫捕捞鳗鱼,但拟人化消除了两者之间对峙矛盾的关系。两者共同生活在同一个场域,他们之间既相互斗争又相互依存,处于一种奇妙的平衡中。

第四首小诗《布线》(*Setting*)描写了渔夫撒鱼线捕鱼的细节。渔船行驶在内伊湖面上,海鸥掠过头顶,渔夫摇着船桨,解开一束束盘绕在船尾的钩子套上诱饵,"漫不经心地抛出手中的渔线"(Heaney,32)。捕鱼结束:

> 他们清理着桶中最后剩下的虫饵
> 扔向高空,犹如雨点滴落
> 就这样结束了一天的工作

水面上的海鸥围绕着他们。(Heaney, 32)

渔夫们为了生计的捕鱼场面竟是如此祥和,充满诗情画意。诗人进一步点出:

不用垂怜他们
渔夫们不知道
也从来没有把捕鱼当作一种命运。(Heaney, 32)

渔夫们在劳作过程中的愉悦抵消了体力劳动的枯燥乏味和艰辛,内伊湖不仅仅从物质上给渔夫以馈赠,还给劳动者以心灵上的慰藉。

第五首小诗《收网》(Lifting)呈现了内伊湖上一片繁忙的景象:渔夫忙碌着收拾捕获、整理渔线、准备满载而归;鳗鱼在桶里拥挤着、挣扎着想要逃脱却徒劳。内伊湖上的渔夫在接受自然的馈赠的同时,也付出了艰辛:"捕鱼总是通宵进行着":

又是从什么时候开始捕鱼呢?
这个早晨?去年?或是鳗鱼第一次在湖中产卵时?
渔夫们将告诉你答案——在每一个适合的季节。(Heaney, 33)

第六首小诗《回归》(The Return)又把目光聚焦于鳗鱼,把它女性化为"她",详细描写雌鳗鱼产卵的过程,之后回归,"水流带走漂浮的孤卵"(Heaney, 34)。从第三首小诗的《诱饵》到第四首《布线》,再到第五首《收网》,一直描述的是渔夫捕鱼的场景,渔夫获得捕获、内伊湖里鳗鱼的数量减少,所以在第六首小诗《回归》中呈现了鳗鱼产卵的场景。通过产卵,内伊湖中的鳗鱼数量得到补充,稳定了种群的繁衍,同时使湖上的人与自然处在一种奇妙的平衡中。在第七首小诗《幻象》(Vision)中,诗人回忆了小时候大人们告诉他关于湖水的神秘恐怖的力量:"如果头发没有整齐地梳好/虱子就会聚集成的绳索"(Heaney, 35),把他拽到水里。如今,如虱子般聚集着穿过空地的鳗鱼使诗人感到恐惧:

几年以后的一个夜晚
当鳗鱼像可怕的阴影
穿过草地游向水中时
……
任凭时光流逝
他又站在同一地方
在布满胶状物质的路上
观察着鳗鱼穿过空地
就像缠绕着他的世界的活体紧身褡
在他脚下
发着磷光,肌腱沾满了黏液
时光在可怖的电缆上留下痕迹。(Heaney,35)

该诗从诗人儿时的记忆出发,再次展现了自然的神秘和深邃,并通过近距离的详细描写呈现了独特的湖泊景观。雷蒙德·威廉姆斯(Raymond Williams)指出:"自史前社会以来,景观和人类联系紧密,并处于共生的关系中。"① 在诗人笔下,渔夫和鳗鱼被纳入内伊湖的生态系统中,为内伊湖景观的呈现增添了活力、独特性以及哲理性。景观不仅仅"指一个地区的外貌、产生外貌的物质组合以及这个地区本身"②,不仅仅是一种客观的、纯物质形态的自然物象,更承载了丰富的人文意义,作为一种文化建构和表征的方式,它具有区域独特性。同时"景观"一词包含了"景"(风景)和"观"(观看)两个方面的内涵。《内伊湖组诗》中的七首小诗可分为两大部分,第一部分(第一首至第六首小诗)呈现了内伊湖上人与自然和谐共生的生态景观,是"景观"中"景"的内容;第二部分(第七首小诗)是基于童年回忆和生态景观的思考和所揭示的哲理,是"景观"中"观"的内容。第一部分中内

---

① Raymond Williams, *Problems in Materialism and Culture: Selected Essays*, London:Verso, 1980, p. 86.
② 详见 R. J. 约翰斯顿《人文地理学词典》,商务印书馆 2004 年版。

伊湖上的生态景观图由众多意象构成，按照顺序分别呈现了渔夫、鳗鱼、捕鱼等意象和场景，既有内伊湖上的主角——渔夫和鳗鱼的意象，也有人与自然，即两种生命体互动的捕鱼场景。这一生态图景也体现了北爱尔兰湖泊景观的独特性。不同于对湖泊景观的传统的静态描写，诗人着力呈现了在景观中人与自然互动共生的场面，这也符合北爱尔兰当时的社会语境，同时还映照了诗人的成长背景和童年经历。

在物质匮乏、以农业为主要产业的北爱尔兰，内伊湖作为母亲湖，给北爱人民带来的更多是物质上的价值，给人们提供淡水资源、丰富的鱼类产品，同时浇灌农田保证了粮食作物的丰收。希尼童年时期一直生活在内伊湖附近的农业地区，所以给他留下深刻印象的是农民、渔夫赖以生存的内伊湖，而非游玩观光者记忆中的具有观赏价值的湖泊景观。同时，自然的深邃和内伊湖的神秘也通过"以景入诗"的方式在组诗的第一部分中得到呈现，景观的深刻内涵和诗歌的哲理性在第二部分中得到升华。《内伊湖组诗》中呈现的湖泊景观充满了生命力和哲理性，极大地丰富了希尼的诗歌写作，使其更富张力和复杂性。一方面，内伊湖所呈现的湖泊景观中有人类活动印记，人类运用自己的智慧和方法，从景观中获取可供自己生存的食物。另一方面，鳗鱼年复一年地来到人类的生活区域，产卵繁衍，完成种群的延续任务。内伊湖成为人类和鳗鱼共同的生存场所，他们之间既相互斗争又相互依存，处于一种奇妙的平衡中。同时自然又具有神秘和深邃的力量，人类不能完全掌控自然。通过集中描写一个各种力量交集的地方，生命的奥秘得到体现，人和景观之间获得平衡，由此赋予内伊湖景色的诗歌描写以更大的张力，突出了北爱尔兰湖泊景观所承载的哲理。此外，希尼笔下的内伊湖充满了自然力量的更迭和轮回。湖中的圣水保佑了生物的繁殖和延续，人类也从湖中获取供自己生存的食物，地球上的万物处在一个平衡和持续繁衍的链条上。

在诗中，希尼基于成长体验和童年记忆呈现了内伊湖的动态景观图。其人景互动景观图的独特性、哲理性和神秘性一方面使希尼回忆了"母亲湖"给予北爱尔兰人民的无尽的财富及其意义，同时通过"以景入诗"表达其对爱尔兰身份的认同和归属；另一方面增加了诗歌的张力，让读者体会到诗人对世界更丰富、更全面的感受和认知。

二 民族的隐喻：谢默斯·希尼诗歌中的沼泽景观

泥炭沼泽（Peat-bog）是爱尔兰主要的地形特征，呈现出最具特色的爱尔兰景观。在爱尔兰岛：

> 沼泽分布颇广，广大的沿河地区，如适宜夏季放牧的低湿牧场，都可能是天然沼泽。在不便灌溉的中部地区，可以见到两公顷到几平方公里大小不等的泥炭沼泽，而在降雨丰沛的西部地区，山地沼泽也很常见。沼泽也会出现在各鼓丘之间的小块地区，以及排水不畅而形成的无数小湖和池塘周围。（爱尔兰岛上）无人居住地区的1/3到1/2是泥炭沼。①

爱尔兰的泥炭沼泽具有几千年的历史，是由于第四纪冰川的作用以及长期湿润、寒冷的气候作用而形成。② 一方面，泥炭沼泽在爱尔兰人民的生活中发挥巨大的作用，是祖祖辈辈赖以生存的燃料，满足了爱尔兰人民的物质需求，是其生命延续的保证；另一方面，泥炭沼泽记载着爱尔兰的历史，是爱尔兰的"历史轴承"，并储藏着爱尔兰人民的记忆，是可以用来象征爱尔兰民族特性的意象。所以，沼泽地是爱尔兰的基本地形，也成为记载爱尔兰历史的博物馆。

希尼创作了一系列以"沼泽"为主题的诗歌，这些诗歌后来还专门收录在一起，结集为《沼泽诗歌》（*Bog Poems*，1975）出版。③ 希尼在散文《进入文字的情感》（*Words into Feelings*）中写道：

> 我曾朦胧地希望写一首关于沼泽地的诗，主要是因为它是一片对我有着奇特的慰藉作用的风景，对它的联想可以追溯到我早期的童年时代……

---

① 王振华等：《列国志·爱尔兰》，社会科学文献出版社2012年版，第7—8页。
② Robert Lloyd Praeger, *Irish Landscape*, Cork：Mercier Press, 1953, p. 12.
③ 关于希尼的沼泽诗歌，笔者认为可以分为两大类：第一类是自然景观的沼泽，作为爱尔兰国家和民族特性的象征意象，此类景观将在本章节的内容中论述；第二类是储存历史的沼泽（即在沼泽中发现的历史上作为祭祀和暴力牺牲品的人类尸体），作为对爱尔兰民族宗教冲突中对暴力的反思的参照物，这一类景观将在"景观与历史"章节中进行论述。

事实上，如果你到都柏林国家博物馆去看看，你就会明白爱尔兰最珍贵的物质遗产很大一部分是"在沼泽中发现的"。而且，因为记忆是为我提供诗的最初胎动的机缘，所以我有一种试探性的尚未实现的需要，就是要在记忆与沼泽地，以及——由于缺少更恰当的词——我们的民族意识之间制造一种和谐。①

在希尼诗作中，如希尼所述，通过沼泽，把记忆、景观和民族意识联系在一起。希尼关于沼泽的第一首诗是《沼泽地》（*Bogland*），出现在第二本诗集《进入黑暗之门》的末尾。《沼泽地》一诗采用由整体到部分、从总体到局部的方式，呈现了爱尔兰沼泽景观。爱尔兰的沼泽地形不像大草原一样面积广阔、视野开阔，而是像独眼巨人的眼睛一样，是一个个山中小湖。（沼泽）"在太阳落下和升起之间/不断结着硬壳"（吴德安等译，37-38）使沼泽景观画面动态化，使人感受沼泽每天新的变化，消解了泥炭沼泽由于经过几千年甚至上亿年的地质作用形成而带来的静态和死板的认知，同时让爱尔兰人民和读者体验并参与沼泽形成的过程，拉近了与景观的距离，增加了亲切感和归属感。沼泽也是储藏爱尔兰历史和定格爱尔兰日常生活的绝佳场所，并从沼泽中挖掘出爱尔兰麋鹿的骨架、黄油和树干等极具爱尔兰特色的物件。爱尔兰麋鹿是约7000年前生活在爱尔兰的物种，现已灭绝，其骨架在沼泽中被考古学家发现，展览在爱尔兰都柏林的爱尔兰自然历史博物馆。黄油是爱尔兰人民生活的必需品，与人们的日常生活息息相关，滋养着爱尔兰人民，保证了其生命的延续。在沼泽中储存了100多年的黄油"咸而白"，味觉和视觉描写的加入更使景观画面栩栩如生，突出了沼泽的神奇的储藏功能。同时，黄油和沼泽类比——沼泽地本身就是一种黑色的奶油，带给爱尔兰人民精神上的营养。橡树是爱尔兰最主要的植物品种，在沼泽中挖出的树干"软如纸浆"。沼泽储藏的是与爱尔兰人民日常生活息息相关的历史和传统。

诗歌《炭化的橡树》（*Bog Oak*）聚焦于沼泽中的具体事物，呈现了埋藏在泥炭沼泽中的橡树意象，细化了沼泽景观。炭化的橡树系于16—17世纪时

---

① 西默斯·希尼：《希尼诗文集》，吴德安等译，作家出版社2000年版，第265页。

被砍下，在泥炭沼泽中长期埋藏而成，后来成为诗人盖第一所房子时的屋椽。全诗通过回忆，采用倒叙的方式，体现了橡树不同阶段呈现的景观。诗人看着已用作屋椽的橡树干，一步一步以倒叙的方式追溯了橡树干的形成过程：成为屋椽的橡树干——埋藏在沼泽中的橡树干——生长着的橡树林。不同阶段的橡树意象构成了一幅有关橡树的景观图。最后，诗人谴责了入侵爱尔兰、掠夺爱尔兰资源、破坏爱尔兰生态景观的殖民者，控诉了其殖民行为。

诗歌《巴恩沼泽》（*Bann Clay*）聚焦于沼泽中的普通劳动者和沼泽与人们日常生活息息相关的一面，呈现了巴恩沼泽的形成过程。巴恩沼泽位于巴恩河畔，沿巴恩河分布。巴恩河是爱尔兰境内最长的河流，是爱尔兰人民的"母亲河"。诗歌首先呈现了农民们在沼泽劳作的景观图：穿着沾满白色污物衣裤的农民日复一日地在沼泽地里搬方形厚板，他们"悠闲地骑着脚踏车"（Heaney，40）来到沼泽边。"悠闲"一词抵消了整日劳作带来的痛苦，对于劳动者们来说，与沼泽"亲密接触"、在沼泽地里劳作是快乐的，所以都是以愉悦的心情、悠闲的姿态开启劳作的一天。沼泽的形成过程是一个动态的图景：深埋在地下几个世纪，经过无数个日夜的风吹日晒，终成沼泽。又经过河道中淤泥的累积，为沼泽增添了新态。最后呈现了人与沼泽互动的图景：人们爱护自然、清理河道，农民们在巴恩沼泽上劳作着，而巴恩也一直给予人类馈赠，并且"供应过剩"。通过沼泽在爱尔兰日常生活中的图景呈现，表达了诗人对爱尔兰传统的继承和对爱尔兰古朴生活的赞美和怀念。

诗人通过回忆沼泽的地形地貌特征以及沼泽中遗存的鹿骨、黄油、橡树干等意象，展现了一幅具有爱尔兰特色的景观，追溯过往文明，连接历史与现在，再现出爱尔兰的悠久历史和民族传统。从诗歌创作伊始，希尼一直以传承爱尔兰传统文化为己任，试图在诗歌中表现出隐藏在日常生活深处的爱尔兰传统和历史。沼泽是爱尔兰主要的地貌特征，在沼泽里可以"挖掘"到爱尔兰的历史。正如希尼所说，写这首诗的目的是"使保持不变又移动不居的爱尔兰沼泽地成为一个象征，象征爱尔兰人民保持不变又移动不居的意识。历史是世世代代留住我们、邀请我们的松软土地"[①]。希尼在诗中对土地的

[①] 转引自何宁《论希尼的沼泽系列诗歌》，《当代外国文学》2006年第2期，第91页。

描写点出这一主旨，希尼所注重的并不是所谓的地底宝藏或文物，而是爱尔兰的传统和真实的历史。所以，只有承载了传统和象征着自然演变的"巨大的爱尔兰鹿"、日常生活中的"一百年前/沉下的黄油"、可以用来做"屋椽"的橡树干以及与人们的生活息息相关的沼泽才是诗人关注的对象，因为这些意象代表着爱尔兰的传统和历史。同时，诗人笔下的沼泽隐喻了爱尔兰人的性格："深沉""向内向下"，即沉默寡言、含蓄、内敛、把许多东西都深深地埋藏在心内。在"沼泽诗"中，希尼通过景观隐喻重塑了民族性格。

三 神秘与恐惧：谢默斯·希尼诗歌中的森林景观

爱尔兰岛南北高中间低，四周群山环绕，森林覆盖率高，中间地区绿地遍野，岛上的林木枝繁叶茂、苍翠碧绿，从上空中俯瞰，绿色占大部分面积，爱尔兰岛也因此被誉为"翡翠之岛"或"绿宝石岛"。爱尔兰岛上植物群落异常丰富多样，多为原始天然林，森林中长满了青苔、叶苔、地衣和蕨类植物。① 希尼通过童年回忆在诗歌《种植园》（*The Plantation*）中为读者呈现了典型的爱尔兰森林景观。

《种植园》以动静结合的描写呈现了爱尔兰岛的森林景观。首先以动景的形式呈现茂密苍翠的森林：到处伸展的桦树枝，满地的浆果、毒蘑菇和树桩，树干枝丫等燃烧后留下的黑炭，行人的排泄物……更是用"you"作叙述主语，使人参与到这画面中，使景观动态化：在森林中，不论你走到哪儿，树枝缠绕着"你"，马上围成圆圈，尽管"你"走的是直线，到头来还是在不停地绕圈，一路上"邂逅"了无数的毒蘑菇和树桩，在树林里迷路是常有的事……后四节诗以"they"为叙述主语，呈现了寂静的森林和森林带给人的恐惧体验。森林静得可怕，只听见飒飒的风声，行人在林中迷路了，万分想念交通工具的嗡嗡声，行人同时是迷路者又是领航者。

希尼笔下的爱尔兰森林景观不仅仅是纯自然景观的呈现，更是包含了人的体验和感知。浓密葱郁的原始森林本就充满了神秘、未知和黑暗，诗中通过人的参与、体验和认知更加深了其神秘和恐惧。马克斯威尔把《种植园》一诗描

---

① 王振华等：《列国志·爱尔兰》，社会科学文献出版社2012年版。

述为"一则恐怖的森林故事"①。进入森林开启了神秘之旅,带来与以往不一样的体验,导致了疏离感的产生。

    尽管你沿着直线走
    很有可能在绕圈
    一次又一次地
    经过满是树桩和长满毒蘑菇的地方
    刚刚你又一次邂逅它们了吗?(Heaney, 38)

  虽然在诗歌里找不到恐惧的字眼,但诗歌字里行间中充满了神秘和无比的恐惧。此外,希尼用人称"you"和"they"而不是"I",把个人的遭遇和经历上升为普遍的大多数人的体验和经历,使之变成群体的创伤,更增加了疏离感。诗句"有人曾经在此驻足/但你仍然觉得孤独"(Heaney, 38)把现在和过去的存在联系在一起,更说明森林景观带给个体的孤独和疏离的体验是永恒的。在最后一节中引入汉塞尔和格雷特尔的童话故事,更在读者心中留下了森林的恐怖和危险的印象。汉塞尔和格雷特尔兄妹俩在密林深处迷路了,饥寒交迫,好不容易找到一个满是食物的小屋,饱餐一顿之后,又碰到吃人的女巫,威胁着兄妹俩的生命。希尼在诗中对童话故事的引用增加了对森林恐怖记忆,进一步把个人记忆上升到集体记忆、把个人创伤上升到集体创伤。汉塞尔和格雷特尔的童话故事在爱尔兰家喻户晓,森林的恐怖、森林中女巫的残忍以及兄妹俩的不幸遭遇但保持勇敢坚强的精神都给读者留下深刻的印象。现在,汉塞尔和格雷特尔的故事以画册和 VCD 的形式收入《格林兄弟童话故事》,影响着一代又一代的读者。该故事还通过改编于 2013 年拍成 3D 动作恐怖冒险电影《韩赛尔与格雷特:女巫猎人》,把故事从爱尔兰传播向全世界,更由"集体记忆"上升为"全球记忆"。如果说,《种植园》中前半部分的森林景观描写主要是体现个人记忆和个人的恐惧体验,那结尾处

---

 ① D. E. S. Maxwell, "Heaney's Poetic Landscape", in Harold Bloom, ed. , *Seamus Heaney*, New Haven: Chelsea House, 1986, p. 21.

汉塞尔和格雷特尔的故事足以让更多的读者群体更深刻地体会到爱尔兰原始森林的神秘、黑暗和恐怖。

　　记忆隐藏在景观中，并通过景观表征来呈现。爱尔兰神秘恐惧的森林景观不仅仅留存在希尼的个人记忆中，它还变成集体记忆，影响爱尔兰人民至今。据《亚洲经济》报道，日前，在某在线论坛上，一则题为"恐怖的童话森林"成为人们关注的焦点。在公开的照片中，林荫小路曲径通幽，而两旁的树木则绞盘在一起，营造了童话中恐怖森林的氛围。据悉，这条小路名为"The Dark Hedges"，位于爱尔兰北部，为18世纪种植，树木经过岁月的侵蚀长成如今的模样。它每天都会吸引大批国内外游客到此观光，已经成为一处旅游景点。① 根据网上所提供的图片，"恐怖的童话森林"和希尼笔下的森林景观相似度颇高：苍翠茂盛的森林、高大的树木，以及到处伸展的枝丫挡住光线，形成狭小的空间，林荫小路让人望不到头……这无不给行人和来访者以神秘感、恐惧感和疏离感。对爱尔兰森林景观的神秘、危险和恐惧的记忆不仅仅留存在希尼的脑海中，也影响了其他爱尔兰作家及其文学创作。在爱尔兰新生代小说家塔娜·弗伦奇（Tana French，1973— ）获得无数赞誉、位居畅销书榜首的处女作《神秘森林》（*In the Woods*，2007）中，爱尔兰神秘森林成为小说的重要场景和小说叙事发展的推动力。12岁的亚当和两个好朋友进入爱尔兰乡间的森林捉迷藏，之后三个孩子在森林中莫名失踪，搜救队只找到了惊吓过度并失去记忆的亚当。多年以后，亚当隐姓埋名，变换口音，彻底远离当年事发地所在的小镇，成为一名重案组的警探。一起扑朔迷离的女童命案又将他带回了神秘恐怖的森林，被弃置于石头祭坛的12岁少女，案发地点的线索与疑问，都不经意地与当年的悬案产生了神秘的关联，为了触及真相，他只有再次回到森林中……② 弗伦奇的整本小说都是围绕神秘的爱尔兰森林进行的，森林景观强有力地推动了惊悚悬疑的小说情节。可以说，对爱尔兰森林景观的记忆已由个人记忆上升到集体记忆，已形成集体的恐惧记忆。

　　希尼在诗歌中呈现的森林景观充满了黑暗、神秘和危险，体现了诗人的

---

① See http://travel.sina.com.cn/world/2014-02-08/1100246982.shtml. （登录日期：2015年4月12日）

② 详见塔娜·弗伦奇《神秘森林》，穆卓芸译，上海人民出版社2010年版。

疏离感和恐惧感。这一疏离感和恐惧感在诗歌《半岛》（*The Peninsula*）中延续。诗中的半岛指爱尔兰的叮勾（Ding-go）半岛，那里只说爱尔兰语，具有浓厚的乡村风味。《半岛》以远距离的全景式描写呈现诗人所置身的自然环境，由远及近，由事物的大致轮廓到具体的形状，总体给人一种高远、空旷而又模糊的感觉。在三节诗中重复的最后一句"岛上没有里程碑，你将不会有要到达的地方"、"你再次处于黑暗中"、"远处海岛如舟漂入雾中"（吴德安等译，28–29）更加深了景观的模糊、缥缈和不确定性，体现了叙述者的疏离感。在诗中，叮勾半岛可视为爱尔兰的传统。"当你没什么可再讲时，就驾车/绕着半岛转一天"（吴德安等译，28–29），表明诗人试图在爱尔兰的传统中获得创作的素材和灵感，但是驱车在半岛上：

> 天空看上去如此高远，
> 岛上没有里程碑，
> 你将不会到达任何地方
> 只是经过，虽然常常接近靠岸。（吴德安等译，28–29）

绕着半岛转了一圈，到了日落时，"你再次处于黑暗中"，到了最后，"开车回家，仍然没什么可说"（吴德安等译，28–29）……诗人一次又一次地迷失，未能在爱尔兰传统中找到归属感，诗人的身体和思想都远离所置身的景观，对爱尔兰传统具有深深的疏离感。诗人类似的经历和对爱尔兰传统的感受出现在《西部圣地》（*The Stations of the West*）中。诗人"为了呼吸纯粹的爱尔兰空气"（吴德安等译，71），到爱尔兰西部说盖尔语的地区，但是发现所谓的"最纯正的传统"只是一些腐朽死板的教义和一些无实际意义的语言。于是，身处"西部圣地"的诗人对"曾要根除的语言（指英语）生了思乡病"（吴德安等译，71），这体现了诗人对爱尔兰传统的矛盾情结。在《半岛》中，诗人带着深深的疏离感"开车回家，仍然没什么可说"。希尼开车绕着半岛去寻找创作的灵感，但以"仍然没什么可说"的个人体验结束，并在半岛（传统文化）中迷失。

出自希尼创作中期的诗集《斯特森岛》（*Station Island*）的《在山毛榉

中》(In the Beech),以诗人儿时经历和童年记忆中的一棵山毛榉树为描述对象,呈现了别样的森林景观。诗中呈现的是一幅以山毛榉树为中心和分界点且形成强烈对比的景观图:山毛榉树像一根圆柱,无数的常青藤盘绕着树干,与它奶白的齿边和锥形的纹理交织在一起,让人看了不禁迷惑这到底是树皮还是石雕。树的一边是水泥公路,坦克在路上行进,留下履带的印痕;建筑工人正在用红砖砌烟筒,层层叠叠,像苍蝇倚着山。另一边是树丛,公牛在这里栖身,不远处的泥潭充满了恶臭,成为中学生手淫的场所。在这一景观中,山毛榉树成为原生态自然景观和工业文明景观的分界点,但是两者都没有给诗人留下美的印象。在诗人的回忆中都极其不和谐、不协调。树丛满目疮痍,充满了恶臭;水泥道路上充满了威胁,行进的坦克预示着战争的来临。即使是作为诗人记忆中年轻时的避难所的山毛榉树,虽给人带来慰藉,但又很陌生,被描述为是监视哨("监视哨"一词表明作为避难所的山毛榉树除了美好的一面,也具有一定的危险性,如诗人后来看到的满目疮痍的树丛与极具破坏性和攻击性的坦克)。所以,诗人对山毛榉树的个人体验和感情认知是矛盾的,既是"我的智慧树",也是"监视哨"(吴德安等译,131 – 132)。因此,通过诗人童年记忆呈现的山毛榉树景观展现了家乡自然景观中不美好的一面,深刻地体现了诗人的陌生感和疏离感。

四 黑暗与悲凉:谢默斯·希尼诗歌中的反田园景观

莫里斯·哈蒙(Maurice Harmon)提醒读者"不要忽视希尼诗歌中的冲突要素"[1],并且由冲突导致的疏离一直伴随着希尼的诗歌创作。在早期的诗歌中,疏离出现在以孩童的视角观察熟悉的事物和景观、但遭受挫折进行反思、最后顿悟的时候。因此,这一疏离强调和表明了在儿童性格形成期留下的不可磨灭的印迹。

在诗歌《一个自然主义者之死》中,希尼回忆儿时的生活,看到"城市中心化脓腐烂的亚麻池",展开想象,"肚皮臃肿的青蛙令人作恶,聚集在一

---

[1] Maurice Harrmon, "We Pine for Ceremony: Ritual and Reality in the Poetry of Seamus Heaney, 1965 – 1975", in Elmer Andrew, ed., *Seamus Heaney: A Collection of Critical Essays*, London: Macmillan, 1992, p. 26.

起为了报复"(吴德安等译,9-10)。出于好奇,希尼通过想象创造了一系列恐怖的意象和景观,进入了一个他未曾涉足的领地。诗歌主要围绕三个意象"亚麻池""蛙卵""青蛙"构成一幅黑暗、恐怖的自然景观图:绿色的亚麻池在城市中心化脓腐烂着,在烈日的暴晒下,池子里的气泡发出咕咕声,散发着恶臭。绿头大苍蝇、蜻蜓、蝴蝶在周围嗡嗡飞舞。密密麻麻的蛙卵漂浮在池面上,把它们装入瓶中放在阳台上,等待变成蝌蚪,再变成青蛙。又在一个炎热的夏日,肚皮肿胀的一群青蛙来到亚麻池,发出粗鲁低沉的咕咕叫声,"松弛的脖子搏动着像帆一鼓一鼓"(吴德安等译,9-10)。有的齐足跳着,有的坐着,像土制的地雷,给人带来威胁,令人作呕。三个意象之间又是相互联系的:密密麻麻的蛙卵漂浮在亚麻池河畔的阴影中,蛙卵经过一段时间的等待变成蝌蚪,蝌蚪又进化成青蛙,青蛙妈妈又在河畔产下蛙卵……在呈现"蛙卵"意象时,诗人回忆了小时候沃丝小姐上过的有关自然和青蛙的课程。相较而言,沃丝小姐的讲授呈现了自然美好的一面,以及诗人在探索自然奥秘时的愉悦心情。但是诗人亲身经历和对自然的接触消除了诗人心中的田园自然。

不同于华兹华斯笔下充满诗情画意、给来带来慰藉的自然,在诗歌《一个自然主义者的死亡》中,自然被描绘为一种恐怖、吞噬的力量。诗中暗含了对自然的两种描绘和认知。一是沃丝小姐在课堂上讲述的美好、田园化的自然;二是诗人通过接触自然、参与自然而体验到的令人恐怖、黑暗的自然。"诗人对沃丝小姐在课堂上讲授的可爱的自然提出质疑,这也是对传统的田园化、理想化的自然描写的一种质疑。"[①] 同时,诗人也懂得了要接近自然仅仅作"自然主义者"(从客观、科学、他者的角度研究自然)是不够的,更要接近自然、融入自然、体验自然,诗歌的标题"自然主义者的死亡"暗示了诗人对自然描写和自然呈现的选择。诗人认为只有通过自己亲自接触、参与自然才能知道老师解释的不足,以及传统自然书写的缺陷。

诗人自身对自然的体验和认知还体现在诗歌《采黑草莓》(*Blackberry-Picking*)中,诗中包含了对自然之美和自然的残酷无情的两种体验,增加了

[①] Donna L. Potts, *Contemporary Irish Poetry and the Pastoral Tradition*, Columbia and London: University of Missouri Press, 2011, p. 305.

真实感。通过回忆儿时采摘草莓的经历，诗人在诗歌中聚焦于"草莓"意象，以对自然的真实体验和认知，呈现了两幅不同的自然景观图。诗的第一部分呈现了田园自然的景观：从视觉上，经过一周的雨水和光照，成熟了的"黑"草莓在未成熟的"红绿"草莓中闪烁，"一嘟噜紫"显得非常诱人。从味觉上，黑草莓甘甜可口，"如饮醇酒"，让人有采摘的欲望。人们便拿着瓶瓶罐罐到荆棘丛中、草地里、玉米地、马铃薯垄采摘草莓，希望将这自然之美和自然的馈赠永久保存。第二部分写到自然的不美好和残酷的一面，呈现了黑暗的自然景观：在采摘草莓的过程中便感受到了自然的残酷，手被荆棘刺伤，流着血，满是伤痕。当诗人试图保存"美好的事物"（草莓）却不能如愿。鲜草莓在缸里长了毛，"霉菌充斥着窖藏"，"汁水散发着臭味"，"所有可爱的罐罐都散发着霉烂的气味""真不公平／我常常想哭"（吴德安等译，11－12）。突出了诗人对自然体验的真实性和情感性。

进入谷仓的经历也导致了疏离感的产生。"当你进入时明亮的东西形成，你感觉肺部被蜘蛛网绞住，又迅速逃向阳光明媚的庭院。"（Heaney, 9）（《谷仓》The Barn）此外，《期中假期》（Mid-Term Break）中四岁的弟弟出车祸死亡，也把诗人带入到令他觉得迷茫和疏离的成人世界。当诗人回到家的时候，"大人们都站起来和（他）握手"，因为他是家中的长子，这让诗人觉得特别难为情。疏离更体现在诗的结尾，诗人冷静客观地用数字来描述弟弟的死亡："四英尺的盒子，一英尺代表他一年的寿命。"（吴德安等译，15－16）同时，数字也表达了诗人心灵上的创伤和无尽的悲伤。这些诗歌片段充满了诗人孩童视角和成人视角并置的过渡时期的迷茫和疏离。一个自然主义者眼中的理想田园、纯真风光慢慢逝去，取而代之的是暗流涌动的黑暗。诗人通过亲身的体验和认知，描绘了记忆中恐怖、黑暗的自然景观图，揭示了童年记忆中黑暗和困惑，表达了对家乡以及对爱尔兰传统的疏离态度。

希尼的早期诗歌回忆了童年生活的家乡和儿时的经历，呈现出一幅幅湖泊、山川、沼泽等自然景观，并体现了诗人对北爱传统及故乡既继承又疏离的矛盾情结，同时诗人也在为超越客观身份的限制、为创作更优秀的诗歌做出努力和有益的尝试。

第三节　记忆中的传统：谢默斯·希尼诗歌中的劳作景观

在早期诗歌中，通过回忆，希尼不仅仅给读者呈现了自然景观，也展现了世世代代爱尔兰民众的劳作场景和生存方式。希尼对劳作景观的回忆主要有两种：一种是呈现家庭成员的劳作场景；另一种是描写和重现爱尔兰传统艺人和匠人的技艺及其劳作场景。掘煤炭的祖父，挖土豆、犁田的父亲，搅拌奶酪的母亲，占卜者、打铁者、修补屋顶的匠人们构成了一幅幅具有爱尔兰特色的劳作景观。一方面，劳作成为希尼继承传统的最佳方式，并与诗歌创作活动形成类比。希尼对"挖掘"这一典型的劳作传统的继承，由一种方式不同但精神实质相同的生存之道所代替，"挖掘"这一动作永恒存在，劳作的传统从祖辈到父辈再到希尼，从古至今始终未变。另一方面，希尼对劳作景观的"旁观者"式的描写不可避免地体现了对爱尔兰传统文化的疏离。

一　继承传统：谢默斯·希尼诗歌中家庭成员的劳作景观

诗歌创作与农业劳动紧密相关。正如弗雷德·查普尔（Fred Chappell）所言："诗歌和农业活动之间的永久关系富有感情，而且让人出乎意料。因为两者都要求耐心、对自然的敬畏和对土地的尊重。"① 希尼选择了以诗歌创作来继承父辈的传统，用"笔"作为工具来延续对"乡村"和"泥土"的情结。

在诗歌《挖掘》（*Digging*）中，诗人描绘了父亲和祖父劳作的场景，呈现了一幅具有北爱尔兰特色的"挖土豆、掘煤炭"景观。希尼于1964年夏天写下这首诗，是在他开始涉猎诗歌两年以后。希尼曾言：

> 《挖掘》实际上就是我写的第一首我认为感情深入的文字，或更准确地说，是感觉进入文字的诗作。它的节奏与音响依然使我快乐……正如帕特里克·卡瓦纳所说，一个人涉猎诗歌并且发现诗歌是他的生命。这

---

① Fred Chappell, *Plow Naked*, Ann Arbor: University of Michigan Press, 1993, p. 74.

是我第一次觉得我所做的不仅仅是文字的排列：我感到我已掘进到现实生活中去了。①

在《挖掘》一诗中，诗人通过回忆童年经历，以饱满的感情栩栩如生地呈现了爱尔兰农民的现实生活。诗歌以祖父、父亲和"我"祖孙三代为劳动者，分别以泥炭、马铃薯和文字为劳动对象，主要呈现了三幅劳作景观图：第一，祖父挖泥炭的景观图，他"弯下身利落地切割/把草皮甩过肩"，不停地挖掘，"越挖越深"，"挖出的泥炭/比任何在托尼尔挖炭的人都多"（吴德安等译，7-8）。第二，父亲挖马铃薯的景观图，父亲拿着铁锨在马铃薯垄挖掘，"粗糙的长筒靴稳踏在铁锨上，长柄/紧贴着膝盖内侧结实地撬动"（吴德安等译，7-8），铁锨落地，碰到石头，发出清脆的响声，父亲在马铃薯垄间弯下腰又起身，反反复复，不停地劳作。第三，"我"写文字、创作诗歌的景观图，"我"坐在屋里，手拿着笔，"矮墩墩的笔"夹在"食指和拇指间"，"偎依着像杆枪"，"我将用它挖掘"（吴德安等译，7-8）。

土豆和泥炭是爱尔兰农民祖祖辈辈赖以生存的粮食和燃料，是生命延续的保证，最能体现和代表爱尔兰的传统。父亲挖土豆时"结实地撬动着铁锨"，发出"清晰而刺耳的声音"，祖父"利落地切割草皮"，毫不费力地甩过肩等一系列对父辈劳作景观的精确描写，从视觉和听觉上呈现了承载着爱尔兰凝重文化的父辈从先人手中继承下来的劳作方式。在诗的最后，希尼指出：

> 我没有铁锨去追随像他们那样的人
> 我的食指和拇指间
> 夹着一支矮墩墩的笔
> 我将用它挖掘。（吴德安等译，7-8）

希尼以笔和铁锨类比，用"笔"作"铲"，继承父辈的传统，热爱土地，

---

① 西默斯·希尼：《希尼诗文集》，吴德安等译，作家出版社2000年版，第254页。

挖掘爱尔兰古老的民族精神，传播爱尔兰文化。希尼坚信诗歌创作的脑力劳动也跟父亲和祖父的劳作一样可以穿透"生命之根"并"觉醒意识"，留下"马铃薯地里的冰凉气息，潮湿泥炭中的咯吱声和啪叽声，铁锹锋利的切痕"一样的记忆。①

诗歌《追随者》（*Follower*）回忆父亲犁地的场景，呈现了另一幅劳作景观图。此诗也成为希尼回忆父亲的经典诗作之一。诗人回忆了孩童时期跟随父亲在田垄犁地的经历，以具体的动作描写和远距离的全景描写方式，呈现了父亲劳作的景观图。诗歌一开始就是父亲犁地的全景图：父亲在田垄犁地，马拉着犁，父亲吆喝着，犁马汗流浃背，拼尽全力，父亲的"双肩在垄沟和长犁柄间/拱成球形像鼓满风的帆"（吴德安等译，13-14）。同时，具体的动作描写鲜活了劳作时父亲的形象，更体现父亲"一个农业专家"的身份："眼睛眯成一条缝从某个角度盯着土地准确地规划田垄"，"设定犁翼，安好犁头，控制头马，拉着缰绳"（吴德安等译，13-14），一系列的动作流畅自然。而诗人也跟随着父亲到田垄，顺着父亲宽大的脚印步行，也曾"绊倒"，也曾在"光滑的草皮上跌倒"，"总是哇啦哇啦地叫唤"，是父亲的"小麻烦"。但是，看着父亲劳作的场景，诗人"盼望自己长大成人也能耕种/也闭上一只眼睛，绷紧双臂"（吴德安等译，13-14）。

在诗中，"父亲"泛化成为"传统"的象征意义。在诗人的成长路上，他没有像父辈"用铁锹挖掘、用犁耕地"，而是以"笔"为工具，从事诗歌创作，以另一种"挖掘"的姿态效仿父辈，秉承父辈的传统，孕育精神之父，迈向希望的阶梯。在诗的结尾，作为曾经的"农业专家"、犁地能手，诗人无比钦佩、羡慕的父亲如今却只能"跌跌撞撞地"跟在诗人身后。希尼作为家中的长子，通过写作肩负起家族传承和历史传承的重任。

诗歌《搅奶日》（*Churning Day*）是母亲的劳作景观图，同时它以细腻的笔触展现了爱尔兰普通民众家庭通过手工方式制作奶酪的传统工艺。首先是对制作奶酪的准备工序的描写，呈现了牛奶、油酥皮、陶罐、搅奶器等意象：

---

① 希尼在《进入文字的情感》中也曾指出："诗是挖掘，为寻找不再是草木的化石的挖掘。"见西默斯·希尼《希尼诗文集》，吴德安等译，作家出版社2000年版，第254页。

"牛奶在陶罐里发酵""油酥皮慢慢变硬""搅奶器已擦洗干净/忙碌的声响在风干的木头上回荡"（Heaney，8）。以视觉和听觉相结合的方式呈现了准备工作的繁忙，一切所需物品都井然有序地陈列在厨房里，准备就绪。接着呈现了制作过程中的细节和步骤："装在陶罐中的牛奶被倒入搅奶器中—插上搅奶棒—盖上盖子—用搅奶棒敲击数小时—直到牛奶凝结成金黄色的小点—把凝乳捞起来，滴完水，放入碗中。"（Heaney，8）制作过程的劳作主体首先是"母亲"，之后使用"他们"，把"搅奶""制作黄油"这一劳动和手艺由个人的家庭活动上升到整个爱尔兰民族的传统工艺。最后从嗅觉、听觉、视觉多方位呈现了制作完成的场景："屋里充斥着刺鼻难闻的像硫黄一样的气味"，"空陶罐靠墙排列着/黄油陈列在货架上"，脑海里满是"牛奶的汩汩声"和"割黄油时的轻拍声"（Heaney，8-9）。

受气候条件的影响，草原遍布爱尔兰岛，全岛绿草青青，适合畜牧业的发展。牛奶和黄油、奶酪等相关的奶制品也成为爱尔兰人民的主要食物来源。诗歌《搅奶日》呈现了由牛奶手工制作黄油这一古老的爱尔兰传统工艺。在这一制作过程中，劳作主体首先是诗人的"母亲"：

> 母亲上场了
> 她照着节奏有规律地用搅奶棒敲击数小时
> 直到胳膊酸疼，手掌起泡
> 脸上和衣服上都溅满了牛奶沫子……（Heaney，8）

而在接下来的描写中劳作主体转变为"他们"："他们再往搅奶器中加热水/消毒……"（Heaney，8）这一变化使"搅奶制作黄油"这一劳作过程不仅体现了家庭范围内的劳作，更体现了爱尔兰古老的传统手艺。诗人把这一劳作的过程通过诗作详细地呈现出来，使之得到精确的记录，并使之永恒。虽然在诗中未出现诗人直接表明要传承"搅奶制作黄油"这一爱尔兰古老的传统技艺，或要通过它传承爱尔兰传统等直接的字眼，但通过"以景入诗"的方式，诗人用实际行动把这一传统以优美的诗意文字记录在自己的作品中，使这一技艺和劳作者永恒，流芳百世，真正通过"用笔挖掘"这一行为传承了爱尔兰的优秀传统,为民族文化的发展做出了贡献。

二 延续工艺:谢默斯·希尼诗歌中爱尔兰传统艺人的劳作景观

爱尔兰以其独特的地理位置和历史文化传统衍生了独特的传统技艺,造就了一批拥有传统技艺的劳作者,比如,裁切土豆种子的人、铁匠、修葺屋顶的劳动者以及水源占卜者。

诗歌《种子裁切者》(The Seed Cutters)是诗人为姑妈玛丽·希尼(Mary Heaney)① 而作的《莫斯巴恩:两首献诗》(Mossbawn: Two Poems in Dedication)中的第二首,出自诗集《北方》(North)。诗歌呈现了在爱尔兰劳作者裁切土豆种子的画面。诗人开篇提到彼得·勃鲁盖尔(16世纪著名的画家,他一生以农村生活作为艺术创作的题材,被称为"农民的勃鲁盖尔"):"勃鲁盖尔/你会理解他们的,要是我能写活他们"②,表明诗歌将像"农民画家"勃鲁盖尔的画作一样栩栩如生地呈现一幅农民劳作图。诗句"他们是种子裁切者"明确了此诗中的劳作主体是马铃薯种子裁切者,之后围绕两个中心意象"种子裁切者"和"马铃薯种子"呈现了劳作图:凉风阵阵,种子裁切者蹲在篱笆下,围成半个圆圈,手拿利刃,慢吞吞地切着摊在手掌里的马铃薯种子。被埋在稻草下的马铃薯种子伸出了长着褶子和皱边的叶芽,被切开的种子发出"一缕奶白色微光","切片中间,(还有)暗色的水印"。③

马铃薯是爱尔兰人民的主要食物,其对爱尔兰人民的重要性是不言而喻的。在19世纪中期,马铃薯的歉收使爱尔兰爆发了大饥荒,导致人口减少达110万人。④ "马铃薯辅以乳制品、蔬菜或鱼,在爱尔兰是一种较为普遍、平衡的膳食搭配。而对下层民众来说,马铃薯几乎是唯一的食品。"⑤ 所以,对于诗作中描画的劳作者来说,马铃薯是他们生存和延续生命的保证。诗句

---

① 在许多希尼作品的中译本中,把 Mary Heaney 翻译为或称呼为希尼的"姨妈",但笔者认为,翻译应称呼其为"姑妈",因为 Mary Heaney 的姓氏和希尼父亲的姓氏一致(父亲:Patrick Heaney;母亲:Margaret Kathleen McCann),据推断,其应该为希尼父亲的姐姐或妹妹。
② 黄灿然:《谢默斯·希尼诗选译》,《诗书画》2014年第2期,第120—121页。
③ 黄灿然:《谢默斯·希尼诗选译》,《诗书画》2014年第2期,第120—121页。
④ See Mike Cronin and Liam O'Callaghan, A History of Ireland, London: Palgrave Macmillan, 2014.
⑤ 王振华等:《列国志·爱尔兰》,社会科学文献出版社2012年版,第52—53页。

"他们似乎在千百年以外"带给读者时空的穿越,同时表明在爱尔兰,马铃薯种子切割这一劳作活动历史悠久,已存在了数百年。此外,时空穿越感联结了历史和当下,通过种子裁切者在诗作中的呈现传承了爱尔兰的传统和历史。同时,诗人热情地歌颂了默默无闻的劳动者——"画一群人吧/我们都在那里,我们的无名氏。"① 诗中的种子裁切者靠着自身不仅传承了具有爱尔兰特色的马铃薯种子切割这一技艺,同时通过默默无闻的辛勤劳作体现了爱尔兰劳作者的优秀品质。诗人所刻画的这种景观实际上也用自己的职业传承了爱尔兰的传统。

在诗歌《铁匠铺》(*The Forge*)中,诗人通过回忆小时候的一位铁匠邻居呈现了铁匠这一传统手工劳动者的劳作图。诗人通过诗句"我所知道的只是一扇通往黑暗的门"开启了探索神秘、未知事物之旅,把读者带入一个诗人通过想象构建的"祭坛",铁匠在祭坛"为形状和音乐耗尽精力"。诗歌按照由内到外、视觉和听觉相结合的方式呈现了铁匠劳作的景观。外面和里面的景观形成鲜明的对比:"外面,旧车轴和铁箍生着锈"是一幅破败、死气沉沉、时间久远的画面;而"里面"从视觉和听觉相结合的方式呈现了铁匠劳作的画面,在"祭坛为形状(视觉)和音乐(听觉)耗尽精力":看到的是"扇形的火花""一头尖如独角兽,一头方屁股"的铁砧;听到锤子落到铁砧上时"短促的叮当声"、刚做好的新的马蹄铁在水中变硬时发出的"嘶嘶声"。除了劳作的场面,劳作主体铁匠出场了:"围着皮围裙,鼻孔长着毛/倚在门框上探出身来"(吴德安等译,25),看着路上成群掠过的汽车,嘴里嘟囔着,转过身进屋,又回到他的"祭坛":

> 鼓动风箱
> 又一阵砰砰和轻击
> 把实实在在的铁锤平。(吴德安等译,25)

铁匠在爱尔兰是古老的职业。由于爱尔兰在漫长的时间里都处于农耕社

---

① 黄灿然:《谢默斯·希尼诗译》,《诗书画》2014 年第 2 期,第 120—121 页。

会，对各种简单农具和牲畜用具需求量很大，这些用品就通过铁匠的手工作坊来打造。希尼在诗中描写的铁匠是希尼小时候的邻居，他在学校的演出中还扮演过铁匠，也向他的邻居借过铁砧作为道具。可以说，希尼对铁匠这一职业以及打铁这一手工劳动是熟悉的，所以在诗歌中的景观呈现丰富多彩：有视觉描写、有听觉描写，用词精准、有层次，既有力量的展示，也有柔美的技艺的表现。在访谈录《"婴儿"的启迪》中，希尼表示：

> "砰砰"是一个重词，用锤头——"嘭"。而"轻拍"则是一个柔和的词。这两个词要把作用力和力量，响声和技艺同时表现出来。粗线条的力量与柔和的造型混合在一起发生。……"砰砰"、"嘭"，是锤子；而"轻拍"是当他给马蹄铁最后定型时，他把它扔进水里在边刃上轻拍。有的粗重，有的柔和。①

诗人以细腻的笔触、精准的语言、饱满的感情呈现了铁匠劳作景观图，以诗歌向手工打造传承爱尔兰古老劳作方式工具的铁匠致敬。铁匠为其他劳作者提供传承爱尔兰古老劳作方式的工具，而诗人以铁匠及其技艺为诗歌描述的对象，使之永恒。因此，诗歌表达了诗人对爱尔兰劳作者的敬意，继承了爱尔兰传统技艺，体现了对爱尔兰身份的认同。

除了马铃薯裁切者、铁匠，传承具有爱尔兰特色的技艺的还有盖屋顶的人，同名诗歌《盖屋顶的人》（Thatcher）以细腻的笔触、传神的描写呈现了盖屋顶的人的形象及其劳作景观。盖屋顶者的"米达斯之技"的景观图按劳作的步骤呈现：一天早晨，盖屋顶的人在"我们"的期盼中推着自行车登场了，车上驮着"一袋刀子一个轻便梯"。他便开始了一天的工作。早上进行的是准备工作："捅屋檐"、"察看旧索具"、抽出捆麦秆的柳枝榛条，"用手甩着试其重量，拧弯看会不会断折"，把"一捆捆麦秆处理妥当"。（吴德安等译，26—27）准备工作做好以后：

---

① 西默斯·希尼：《希尼诗文集》，吴德安等译，作家出版社 2000 年版，第 440—441 页。

>他搭好梯子，摆出磨快的刀
>修剪麦秆将枝条的两端削尖
>再把两头弯下，做成门形白色尖头钉（压住）一把接一把的麦秸。
>（吴德安等译，26-27）

盖屋顶者每天的工作便是蹲在屋顶的橡架上，把每捆麦秆"接头处剪齐嵌平，把麦秆钉在一起/形成蜂窝状的倾斜，如一片收割后的麦地"（吴德安等译，26-27）。盖屋顶者精湛的技艺得到大家的赞美和钦佩，称赞他的技艺犹如"米达斯之技"①。

"由石头砌成、刷着白墙、以爱尔兰橡木为屋椽、屋顶盖着黄色麦秸的一层小屋是爱尔兰乡村传统的建筑。"② 这是爱尔兰独有的传统建筑。爱尔兰乡村传统建筑历史悠久，由农民就地取材修建，并通过祖祖辈辈一代一代地传承下来。盖屋顶的人就是传承了这一技艺、以修缮盖着黄色麦秸的屋顶为生。诗中"我们预约了好几星期"盖屋顶的人才姗姗来迟，在一定程度上反映出当时在爱尔兰掌握这门技艺、从事这一行业的盖屋顶的人较少，达到供不应求的状态。因此，诗人在字里行间流露出在爱尔兰对盖屋顶这一技艺传承匮乏的焦虑，所以用"以景入诗"的方式在诗中记录下了这一精湛技艺和盖屋顶的人这一职业，以另一种方式传承了这一宝贵的技艺。诗歌中对盖屋顶这一技艺从最初工具的准备，到盖屋顶人一早上的准备工作，再到搭盖修缮的过程，都进行了具体、细致入微的描写，诗人虽未从事这一职业，没有实践过这门技艺，但对其流程却十分熟悉，对此做了仔细的观察和专门的调研，并用优美的文字把盖屋顶人的"米达斯之技"记录下来，传承了爱尔兰技艺和传统。

诗歌《卜水者》（*The Diviner*）记录了在爱尔兰从事水源占卜这一古老行

---

① 米达斯为希腊神话中弗利治亚的国王，贪恋财富，曾求神赐给他点物成金的法术。此处喻盖屋顶人高超的技艺，能够点麦秆成金。
② Robert Lloyd Praeger, *Irish Landscape*, Cork: Mercier Press, 1953, p. 12.

业的劳动者①。通过占卜寻找水源时,占卜者紧握住 V 形"砍自绿色灌木丛的榛木杈"的两端,不停地在地上画着圈,一直试探着。占卜者职业性的沉静掩盖了其紧张的情绪,专注于手中的 V 形榛木杈。突然,木杈猛地一颤,犹如蜂蜇,"发布地下水的消息",顺利探到水源。旁观者看到占卜者看似轻松的举动,纷纷要求试试,占卜者"一言不发地把魔杖递给他们"(吴德安等译,17),可木杈在他们手中便失去了"魔力",一动不动,当他抓住旁观者握着木杈的手腕,魔杖又开始震颤,预报着水源。

在工业和科学技术欠发达的爱尔兰乡村地区,劳作者思想朴素,仍留存着一些古老的思想和迷信的方法。在从事农业活动的过程中,如遇到需要预测或解释一些自然现象时,仍然会采用占卜的迷信方法。诗歌中呈现了占卜者神秘的魔力及其占卜的景观图,充满了未知、神秘和魔力。诗人对占卜者及其占卜的技艺进行了深入的观察,甚至用精确的语言描绘了占卜者的主要工具——"魔杖":"砍自绿色灌木丛的一根榛木杈""呈 V 形",同时对其魔力也充满了好奇。当旁观者手握同样的榛木杈重复和占卜者一样的动作时,榛木杈便失去了魔力,"一动不动"。工具和动作是相同的,但是只有占卜者能使之发挥魔力,探到水源,其他的普通人却不能。基于这一点,占卜者这一职业和诗人高度相似。拥有同样的生活经历、同样的成长背景,面对同样的写作素材,只有诗人有把普通的日常生活化为优美文字、升华为丰富情感的"魔力"。希尼也曾言:"诗是占卜;诗是自我对自我的暴露,是文化的自我回归,诗作是具有连续性的因子,带有出土文献的气味和真确感,在那里被埋葬的陶瓷碎片具有不为被埋葬的城市所湮没的重要性。"② 希尼把诗歌等同于占卜,具有和占卜一样的魔力和神秘性,像占卜者一样,也只有诗人能把握别人看似普通的经历和素材,使其发挥魔力,达到不同的效果。占卜者以其精湛神秘的魔力继承和发扬了爱尔兰的传统,希尼以与占卜具有同样功效的诗歌写作实现了对爱尔兰文化的回归,在诗歌中用自己的生活经历和认知描画着一幅幅的景观图,实现诗歌"自我对自我的暴露",继承了爱尔兰传

---

① 译者注:"卜水者"用一种称为"魔杖"的木杈试探矿杖找水。找水时卜水者用两手握住杈呈 V 形杈的两端,杈柄对着地面,走到有水处,杈柄会自动向下垂,是一种探寻水源、矿脉的迷信方法。

② 西默斯·希尼:《希尼诗文集》,吴德安等译,作家出版社 2000 年版,第 253—254 页。

统，并使诗中的画面永恒，使之"不为被埋葬的城市所湮没"。

希尼在诗歌中描写传承爱尔兰传统工艺的劳动者（挖泥炭和土豆的人、犁田者、挤奶工、马铃薯种子裁切者、铁匠、盖屋顶的人、占卜者），使他们在农耕劳作市场获得一席之地，也永远地留在了爱尔兰的历史中。正如迈克尔·帕克（Michael Parker）所言："在诗歌和散文中，希尼频频向他的邻居手工艺者们表示敬意，觉得这是他应该为他们做的。同时把自己的成就和手工艺者们糅合在一起。"① 希尼对各类传统手工艺的描写表明写作不仅仅是学术活动、脑力劳动，更等同于农耕劳作，也需要勇气、体力和智力。如同土豆可以为爱尔兰人提供食物、草皮提供燃料，写作也可以维持、浇灌、耕耘爱尔兰这片土地。就像"一直向下"的挖掘，写作也会永不停歇地继续下去（《挖掘》一诗的主时态为现在时），同时两者都成为传统的一部分。

三 疏离传统：谢默斯·希尼的劳作经历

伊恩·汉密尔顿（Ian Hamilton）曾认为希尼早期的诗歌以其最为清新的语言，传达出一个乡村少年初次面对性、责任、死亡时的困惑与不安，就其虔诚性而言，作品传达出一种对正在消失的淳朴的乡村世界的感伤和爱恋。但在其对乡村的崇敬之外，可以隐约地感觉到，希尼对于如何最好地保持对自己部族和祖先价值观的信仰，而又不堕入其三言两语的叙述和沉默有着焦虑。② 实际上，希尼的出生和所处的社会现实导致了不可避免的迷茫和疏离。希尼发现自己处在一个分裂的世界中："如果这是一片团结的国土，那它也是一片分裂之地。……教派敌意与亲和的边线也延伸在这片土地的边缘。"③ 希尼所在的这片土地是疏离的根源，而之后所接受的正式教育加深了疏离感。希尼认为正是教育导致了"自我意识的矛盾"（Consciousness and quarrels），

---

① Michael Parker, *Seamus Heaney: The Making of the Poet*, Iowa City: University of Iowa Press, 1996, p. 5.
② Ian Hamilton, *Oxford Companion to 20th Century Poetry*, Oxford: Oxford University Press, 2000, p. 318.
③ 西默斯·希尼：《希尼诗文集》，吴德安等译，作家出版社2000年版，第221页。

正如劳伦斯所言"我的教养之声"(the voices of my education)与"传统的声音"(ancestral voices)背道而驰。自 1951 年起(诗人年满 12 岁时),希尼就在学校寄宿上学,从此远离家乡踏上了漫漫求学路。在 1983 年托马斯·奥唐奈(Thomas O'Donnell)的一次采访中,希尼承认:"从 18 岁到 24 岁,我都没在家里干过活,我都一直在学校和大学的'传输带'上。当我大学毕业拿到学位之后又去教书了,所以我几乎都没在农场从事过农业劳动,只是我生长在那里,小时候参与过一些相关的活动而已。"①"只参与过一些相关的活动"是显而易见的,少年希尼仅仅是在大人劳作时听着(窗下,响起清脆刺耳的声音/铁锹正深深切入多石的土地,我的父亲在挖掘),看着(我往窗下看去/直到他紧绷的臀部在苗圃间,低低弯下,又直起),或"捡拾[父亲]撒出的新薯",或给辛苦劳累的祖父"送一瓶牛奶"。对搅奶制作黄油、马铃薯种子裁切、打铁、修盖和修缮屋顶和占卜等技艺,诗人也仅仅是旁观者,只是在一旁观察着,未曾亲自参与其中的劳动。希尼把诗歌创作等同于其他人及父辈的体力劳动,也愿意像先辈们把"手伸进泥土里",但是客观的现实未能使他实现这一愿望。"挖掘"意象的类比是希尼意识到疏离之后想要缩短鸿沟、填补文化间隙的努力,但由于不恰当的类比使这一尝试效果甚微。莫里森(Morrison)也认为,"笔——铁锹"的类比在"视觉上是不准确的,在诗歌中所暗含的意思也容易让人误解"②,诗人自己创造了他们之间的共性,但是没有考虑到他的写作事业与本土文化中一些所不能媲美的特质。

希尼通过回忆父亲等家庭成员以及邻居爱尔兰手工业者的劳作场景,在诗歌中呈现了一幅幅具有爱尔兰特色的劳作景观图,呈现出他深厚的景观意识,借此构建出爱尔兰文化和历史的图景,继承了爱尔兰传统,确立了爱尔兰身份认同。但是诗人和父辈、邻居们截然不同的经历和教育背景,也导致了诗歌景观图中不可避免地体现出诗人对传统的疏离。家乡文化的分裂和多种相互冲突但又并存的意识形态要求诗人既要忠诚于自己客观的身份,同时

---

① See Thomas O'Donnell and Donna Campbell, "Interview", *Cottonwood*, 30 (1983), pp. 62–74.
② Blake Morrison, *Seamus Heaney*, London: Methuen, 1982, p. 70.

要有自己的写作空间来表达自己的声音。在诗歌中，希尼是通过景观来创造这样的空间的，诗歌中构建的景观为诗人解决文化身份、艺术创作等矛盾提供了一个新的场域，进入一个包含不同文化且有利于诗歌创作的想象世界，为自己更高层次的艺术创作找到了一条新的出路。

第二章 暴力的"客观对应物":谢默斯·希尼诗歌中的景观与历史

景观具有鲜明的历史时代性,承载和记录了历史的变迁。在爱尔兰,不同历史时期呈现了不同的景观。20世纪70年代,北爱尔兰民族矛盾和宗教冲突升级,希尼从丹麦考古学家P. V. 格列布(P. V. Glob)的《沼泽人》(*The Bog People*)一书中获得灵感,在诗歌中呈现了可以用来象征北爱现实困境、为古代部落的祭祀而牺牲的古尸意象,为北爱尔兰的现实冲突找到"客观对应物"。同时诗歌中呈现的北欧海盗入侵爱尔兰岛时留下的遗迹和景观探寻古今历史的相似性,以古今对比的方式间接谴责了20世纪70年代北爱尔兰的暴力现实,成为在诗歌中表达北爱问题的新范式,人类历史和暴力的循环也引起了诗人的深思。同时,诗歌中的景观呈现有助于保持诗歌创作的独立性和艺术审美价值,共同建构了希尼作为北爱尔兰天主教社区成员以及从事艺术创作的诗人的多元身份,为诗歌创作创造了超越民族、宗教等二元对立的空间。

第一节 景观与历史之关系

一 景观与历史的关系

"自史前以来,景观和人类处于共生关系中。同时,历史通过可感知的环境和景观来记录不同的人类和人性。"[①] 因此,景观、历史和人类处在一

---

① Williams Raymond, *Problems in Materialism and Culture: Selected Essays*, London: Verso, 1980, pp. 86 – 102.

个互动的关系中，景观承载着不同时代背景的历史和文化信息。同时，"景观是物质环境与人类社会之间最持久的联系之一，景观完整而清晰地记录着人类历史的发展进程"①。所以说景观是历史进程的忠实记录者，是记录和体现人类活动印迹的历史文本。通过历史呈现的景观承载了一代代人的审美习俗和文化象征，其被赋予的内容和意义也正是通过景观一代代传承延续。

    景观既是未来生活的憧憬，也是历史生活场景的记忆，更是现代生活的空间和系统。景观是人类自我言说的方式，其体现了对生活的认知，对生命的思考；景观是社会关系交流的舞台，也是历史文化流变的载体。景观不仅仅被人类创造，同时也在约束和影响并创造着人类的行为模式。②

  景观主动参与文化象征的创造与再创造，呈现出行为的互动和情感的交流，具有对历史的思考和评价的作用。同时，景观具有鲜明的时代性。"景观是时间变化的产物"③，而"时间是一种历史的质……历史不再发生在时间中，而是因为时间而发生。时间凭借自身的条件而变成了一种动态过程和历史的力量"④。时间获得了历史的力量，同时，随着时间的流逝，景观凝结在历史中，形成具有深度和厚度的文化表征和文化演绎，以及成为既往历史重要的叙述载体。也就是说，景观借助对历史印迹、历史事件以及历史符号的再现创造出一个新的诠释空间，通过历史的感召反思现实、启迪未来并联结过往、现在与未来。

---

  ① 伊恩·D.怀特：《16世纪以来的景观与历史》，王思思译，中国建筑工业出版社2011年版，第186页。
  ② 转引自邱天怡《审美体验下的当代西方景观叙事研究》，博士学位论文，哈尔滨工业大学，2014年，第33页。
  ③ 伊恩·D.怀特：《16世纪以来的景观与历史》，王思思译，中国建筑工业出版社2011年版，第1页。
  ④ 彼得·奥斯本：《时间的政治——现代性与先锋》，王志宏译，商务印书馆2004年版，第27页。

第二章 暴力的"客观对应物":谢默斯·希尼诗歌中的景观与历史

　　由于景观历史悠久,所以景观包含着现在和过去之间的相互作用,而且它在不同尺度上,赋予了个人、地方、区域和国家以身份感和认同感。景观是多层次的,它们构成了一种记忆载体,记载了人类在地球表面上连续不断的各个阶段的活动历史。①

　　另一方面,历史影响景观。在某一特定的历史时间内,人类的行为、活动以及环境的变化可以改变景观的外在形态。因此,一个时期的自然因素和文化活动共同决定并塑造了这一历史时期内这一地的景观的外在形态,同时,景观又影响了后来的人类活动和文化演绎。罗伯茨(Roberts)认为:"景观不仅是人类活动的被动结果,也是积极参与社会发展过程并与之相互作用的动态因素。所以,我们在理解某一景观时,必须考虑景观形成和演变的前因后果。"② 人类周围的事物和环境总会改变,甚至会灭亡,但是在剩下的痕迹中包含着人类的经历和思想。从延续生命的意义上来说,人们对过去的意识是必需的。因为没有了过去的意识,人们会失去对事物的因果联系的考虑,进而失去连续感和对自己身份的了解。③ 通过历史呈现的景观提供了认识事物的因果联系的一种方式,并延续了对自己身份的了解和认识。

　　马丁·海德格尔(Martin Heidegger)认为:"历史可以看作人类对所生活的空间关注的一个编年史。"④ 历史表征与身份的形成紧密相关,两者处于不断的协商过程中。在这个永不停歇的过程中,不同的景观、不同的群体以及个体参与到流动的身份矩形阵,并通过自我表征构建了与他者的关系。自我与他者之间的表征和认知相互支撑,共同构成民族身份建构的脚手架。⑤ 历史

---

① 伊恩·D. 怀特:《16 世纪以来的景观与历史》,王思思译,中国建筑工业出版社 2011 年版,第 1—2 页。
② B. K. Roberts, "Landscape Archaeology", in J. M. Wagstaff, ed., *Landscape and Culture*, Oxford: Blackwell Publishers, 1987, pp. 26 – 37.
③ David Lowenthal, "Past Time, Present Place: Landscape and Memory", *Geographical Review*, 65 (1975), pp. 1 – 36.
④ Martin Heidegger, *Poetry, Language, Thought*, trans., Albert Hofstrader, New York: Perennial Library, 1971, p. 42.
⑤ Duncan S. A. Bell, "Mythscapes: Memory, Mythology, and National Identity", *British Journal of Sociology*, 54 (2003), p. 5.

的叙述和表征在构建关于民族和身份的故事中起着至关重要的作用。因此，景观具有民族性和建构性。"景观构建了一个框架。通过这一框架，民族主义者可以操控景观的描述，传递民族主义的话语和意识形态，并将民族的神圣性烙印在景观框架中。"① 具有典型民族特征和隐喻的景观可以表征和建构民族的身份和认同，凝聚民族情感。

二 爱尔兰景观和历史溯源

在爱尔兰民族性格和民族文化的塑造中，环境、景观等在其中起了关键的作用。"在文化、民族或身份和具体的某一地之间存在亘古不变的联系……换句话说，文化、民族和地域之间是同源的。"② 这一同源性保证了爱尔兰的文化、政治和社会实践从古至今的延续。

据考证，爱尔兰岛最早的居民是捕猎者，他们在公元前 7000 年左右的中石器时代通过狭长的海峡从大不列颠岛来到爱尔兰岛。到了公元前 3000 年左右的新石器时代，农夫来到了爱尔兰岛，他们耕种土地，饲养动物。从如今发现和出土的房子、遗址、工具和陶器等看，这一时期主要呈现的是围绕农业生产的景观，其中最著名的景观是位于米斯郡（County Meath）纽格兰奇的米格里斯克巨大墓穴。③ 在公元前 2000—前 1000 年，爱尔兰岛上出现了手工业者，出土了手工工艺品、青铜器物和黄金饰物。公元 6 世纪左右，凯尔特人第一次从中欧跨海进入爱尔兰岛，在随后的几个世纪里，越来越多的凯尔特人涌入爱尔兰岛，同时带来了他们的语言和文化。在公元 8 世纪左右，凯尔特人慢慢统治了爱尔兰全境，在爱尔兰岛上强制推行他们的法律和语言，并把关于自己民族的神话传说、艺术融合到爱尔兰本土文化中，其知识阶层"菲林"传承了古老文化，创造了盖尔文明和具有特色的盖尔景观。公元 8 世纪之后，爱尔兰岛不断受到维京人（Vikings）的侵扰。但是，维京人并不仅

---

① Brian Graham, "The Past in Europe's Present: Diversity, Identity and the Construction of Place", *Modern Europe: Place Culture and Identity*, London: Routledge, 1998, pp. 49.

② Smadar Lavie and Ted Swedenburg, eds., *Displacement, Diaspora, and Geographies of Identity*, Durham, NC and London: Duke University Press, 1996, p. 1.

③ 位于米斯郡的巨石古墓建造于公元前 3500 年左右，早于埃及金字塔，是爱尔兰岛上早期人类文明的重要标志。

仅是强盗，也是优秀的商人，他们在爱尔兰城市建设和商业发展方面做出了重要贡献，在爱尔兰的历史上留下了许多具有维京特色的景观，爱尔兰最古老的城市沃特福德郡（County Waterford）以及都柏林（Dublin）在维京时代就打下了基础。公元11世纪后半期开始，诺曼人入侵爱尔兰岛，并迅速控制了爱尔兰岛境内四分之三的土地。到了1180年前后，爱尔兰本土王朝基本瓦解，从此开始了英国对爱尔兰长达几个世纪的统治。在英国对爱尔兰殖民地的统治期间，其对爱尔兰的影响涉及社会的方方面面。殖民者把政治制度、宗教信仰、法律、城市建设照搬到爱尔兰岛，爱尔兰的地理、政治、文化和宗教信仰方面都留下了深深的英格兰印迹，出现了许多具有英格兰特色的景观和遗迹。到了18世纪，英国殖民者对爱尔兰的殖民统治加强，通过一系列严格的法令限制民众的经济和社会生活，以及宗教信仰自由。爱尔兰主要的城市和东部地区的良田几乎被英国殖民者和新教徒占领，对爱尔兰岛实行全面的"英国化"，破坏了爱尔兰原有的景观。①

19世纪中后期，在爱尔兰日益高涨的民族独立和地方自治的运动中，爱尔兰民族景观的理念自觉形成。因为在爱尔兰民族景观理念中，英国一直被视为"压迫者"，所以爱尔兰西部"未被破坏"的景观成为民族景观意象的核心。在爱尔兰西部，英语化、现代化的痕迹并未突出，盖尔语和爱尔兰特色的乡村景观得以幸存。因此，爱尔兰民族景观的意象为：古老的乡村文明景观、新石器时代的巨石墓葬群以及铁器时代具有盖尔特色的城堡和寺院。这些意象强调了爱尔兰在经受盎格鲁—诺曼人侵略以前的独特的、遥远时代的回忆。② 爱尔兰的景观形象是位于遥远的西部崎岖风景区之中的村舍，如阿兰群岛（the Aran Islands）、伯伦（the Burren）和康尼马拉（Connemara）地

---

① 对爱尔兰历史的叙述主要参考了 Dáibhí ÓCróinín, eds., *A New History of Ireland: Prehistoric and Early Ireland*, London: Oxford University Press, 2005; W. E. Vaughan, eds., *A New History of Ireland: Ireland under the Union* Ⅰ *1801 – 1870*, London: Oxford University Press, 2010; W. E. Vaughan, eds., *A New History of Ireland: Ireland under the Union* Ⅱ *1870 – 1921*, London: Clarendon Press, 2006; Roy F. Fostor, *Modern Ireland: 1600 – 1972*, Harmondsworth: Penguin, 1990.

② Brian Graham, "Heritage Conservation and Revisionist Nationalism in Ireland", in G. J. Ashworth and P. J. Larham, eds., *Building a New Heritage: Tourism, Culture and Identity in the New Europe*, London: Routledge, 1994, pp. 135 – 158.

区，这些景观也具有类似的人为性质。①

到了 20 世纪，北爱尔兰天主教与新教之间的矛盾日益激化，天主教徒争取公平待遇的民权运动日益高涨，涌起爱尔兰争取民族统一的斗争浪潮。在爱尔兰文艺界，"重新出现于过去 20 年间的不列颠/爱尔兰的纷争所导致的一个后果，就是一种以极为怀疑的眼光看待任何可能被解释为民族主义的习语的倾向"②。在文艺创作中，爱尔兰诗人对以历史和相关的核心景观意象为主的爱尔兰主义的表达持不同的观点："叶芝曾提醒未来的爱尔兰作家约守他们与受压迫的过去的联系，做依然不屈不挠的爱尔兰人。"③ 卡瓦纳认为："这样的爱尔兰主义是一种反艺术的形式，一种乔装诗人的方式。"④ 他进一步强调："所谓的爱尔兰文学运动……是一个地道的孕育于英国的谎言，原因在于它对那个国家的异国情调和田园风光的推崇方式，与此同时却忽略其本真的天主教信条和衰败，并伴以对异教和英雄主义遗风的补偿性幻想。"⑤ 路易斯·麦克尼斯（Louis MacNeice）的创作根植于英格兰，带有浓厚的托马斯·哈代式的乡土气息，通过具有启示性的距离来展现爱尔兰题材，他的作品实际上"是以一种从政治上看有用的方式来肯定'爱尔兰性'这个范畴不再限于那些带有本土血脉的人们，而是被扩展到那些在爱尔兰出生的人们，他们希望有权处理与他们的记忆和所继承的遗产构成整体的所有其他维度"⑥。实际上，麦克尼斯对混乱的阿尔斯特的疏离保持了其诗歌创作的内涵和艺术生命力，也成为现代爱尔兰诗歌历史中举足轻重的人物，被后来的诗人保罗·墨尔顿（Paul Muldoon）、德瑞克·马洪（Derek Mahon）和迈克尔·朗利（Michael Longley）等尊为楷模。他提出的"杠杆原理"（或"杠杆作用"）⑦ 的诗歌创作理念深深地影响了希尼。在马洪

---

① D. Lowenthal, "British National Identity and the English Landscape", *Rural Hitory*, 02 (1991), pp. 205 – 230.
② 西默斯·希尼：《希尼诗文集》，吴德安等译，作家出版社 2000 年版，第 304 页。
③ 西默斯·希尼：《希尼诗文集》，吴德安等译，作家出版社 2000 年版，第 304 页。
④ 西默斯·希尼：《希尼诗文集》，吴德安等译，作家出版社 2000 年版，第 305 页。
⑤ 西默斯·希尼：《希尼诗文集》，吴德安等译，作家出版社 2000 年版，第 305 页。
⑥ 西默斯·希尼：《希尼诗文集》，吴德安等译，作家出版社 2000 年版，第 311 页。
⑦ 这里是借用了物理学的概念。在力学中，"杠杆原理"是借助杠杆这一工具增加力量，撬起近距离无法挪动的物体。所以说，在近距离无法处理的事情通过拉开距离在较远处可以解决。麦克尼斯在诗作中远离混乱的北爱尔兰矛盾表达爱尔兰性就是运用了这一技巧。

的诗歌中,对于精神困境,"诗人常常求助于绘画中分解了的静止状态,或者求助于超越时间的、接纳性的顿悟瞬间,典型地表达为解脱和免除"①。

随着北爱冲突的加剧,在贝尔法斯特和德里郡的暴力冲突愈演愈烈,爱尔兰主义被视为迎合种族矛盾的低级趣味的表达方式和伤感文学,而且被视为一个潜在的代码,是被爱尔兰共和军利用"以暴制暴"的工具。所以希尼觉得到了1970年代"表达对爱尔兰文学复兴理想的忠诚变得越来越困难",并认为:

> 这些理想从本质上讲起源于一种健康的对文化帝国主义欺压进行纠正的意愿,它看上去并不会与恐怖活动联合。这种恐怖活动以自认为道德的花言巧语来为自己辩护,它们(这些理想)所反对的是一种原初的、已被历史弃绝的、在政治上令人反感的英帝国主义。②

鉴于北爱尔兰当时复杂的政治环境和意识形态,文艺界对于爱尔兰主义的表达陷入了困境,在努力寻找新的出路,"英国和爱尔兰的知识界急切地将虚构性的写作局限于一个经过消毒的领域。这个领域可能包括谐谑、反讽、滑稽模仿、讥讽、悲情、家庭生活、哀歌和自我指控,但它会审慎地排除幻视的语言、爱国者的见证和民族的史诗"③。对于希尼来说,在诗歌写作中借助历史和景观找到了表达爱尔兰主义和身份认同的新方式。

三 希尼诗歌中的景观和历史

从1966年第一部诗集《一个自然主义者之死》的出版到1995年获得诺贝尔文学奖,谢默斯·希尼的诗歌创作历程也见证了从20世纪60年代末北爱天主教徒和新教徒之间矛盾的激化、民权运动的爆发到1994年爱尔兰共和军宣布停止军事活动的北爱尔兰"最黑暗、最痛苦挣扎"的时期以及争取和平的历程。希尼在授予诺贝尔文学奖时的演讲词《归功于诗》("Crediting Poetry")中

---

① 西默斯·希尼:《希尼诗文集》,吴德安等译,作家出版社2000年版,第317页。
② 西默斯·希尼:《希尼诗文集》,吴德安等译,作家出版社2000年版,第305页。
③ 西默斯·希尼:《希尼诗文集》,吴德安等译,作家出版社2000年版,第306页。

回忆了这一段历史并称其为"四分之一世纪的生命浪费和精神浪费"①。北爱纷争由来已久,1920年英国议会通过《爱尔兰法案》,从此开始了对爱尔兰岛的"英爱分治"。爱尔兰32个郡中的26个郡获得独立,组成自由帮,成立了"爱尔兰共和国",剩下的6个郡留在联合王国,称为"北爱尔兰",属于英国,继续由英国统治。爱尔兰岛领土的分裂给以后北爱民族矛盾和宗教冲突埋下了祸根。爱尔兰原来的宪法也规定:"本国领土包括整个爱尔兰岛,各岛屿及其领海。"爱尔兰共和国成立后,全体爱尔兰人民把谋求全岛的统一作为民族愿望和奋斗目标。同时,大不列颠又不肯让步放弃北爱尔兰6郡。宗教信仰的差异也加深了两地人民之间的隔阂。在爱尔兰共和国,天主教占绝对的优势,在爱尔兰民众中,天主教徒的比例高达92%。而在北爱尔兰民众中,新教徒居多,所占比例约为60%。民族矛盾和宗教冲突在20世纪60年代末激化,北爱尔兰天主教徒争取民权的运动声势浩大。1972年,为了抗议天主教徒在北爱尔兰受到的"不公平"待遇,爱尔兰民众焚烧了驻都柏林的英国大使馆。此后开始了北爱两大派别之间长时间的军事武装冲突,英国当局派遣大量军警镇压,造成了大规模的暴力活动和群众性的流血冲突事件,无数的平民在动乱中死伤。直到20世纪末的最后几年里,双方达成"停火协议",通过协商和对话解决争端和矛盾,使北爱问题取得历史性突破,由此北爱尔兰也迎来和平时期。②

谢默斯·希尼出生在北爱尔兰传统的天主教家庭,他的诗歌写作生涯正与北爱激烈的民族矛盾和宗教冲突时期重合。作为天主教教徒中的一员,希尼面临着来自种族和公众的巨大压力。社区及爱尔兰天主教的民众要求希尼承担起社会和民族的责任,在诗歌创作中"站在他们这一边""为他们发出声音",表现出对自己民族和宗教信仰的忠诚;而新教民众却要求希尼理性看待问题,谴责伤害无辜平民百姓的暴力行为。由此,希尼陷入了诗人的现实责任和艺术追求的两难选择中,这也是他诗歌创作的历史背景和必须面对的问题。希尼客观冷静地面对北爱尔兰冲突和动乱,意识到使平民死伤无数的暴

---

① 西默斯·希尼:《希尼诗文集》,吴德安等译,作家出版社2000年版,第426页。
② 对北爱尔兰问题和矛盾的叙述主要参考了J. R. Hill, eds., *A New History of Ireland: Ireland 1921–1984*, London: Oxford University Press, 2003; Jonathan, *Northern Ireland: Conflict & Change*, London: Longman, 2002。

第二章 暴力的"客观对应物":谢默斯·希尼诗歌中的景观与历史 | 85

力活动是由北方的亲英派军事组织和贝尔法斯特暂编的爱尔兰共和军共同制造,在诗歌中他竭尽全力寻找一种既能为民族和大众发出正义的声音,同时又能维护诗歌作为艺术作品的审美性的写作范式,即他自己所定义的一种"既忠实于外部真实的冲击,又敏感于诗人存在的内部法则的秩序"①。因此,希尼在诗歌创作中,对故乡和童年生活的回忆和回顾历史体现的景观是为了在北爱尔兰持续不断的暴力冲突的现实背景下更好地处理现实与艺术的矛盾,在民族苦难中寻求一种新的艺术表达方式。

面对民族的危难和暴力的现实,希尼在诗歌创作的道路上开始了探索适当表达"爱尔兰民族主义"和"爱尔兰性"②之旅。希尼认为:

> 英国和爱尔兰的历史是相互交织的。爱尔兰性是个多容性概念,但我们不能放弃对爱尔兰性的坚持……我出生在北爱尔兰的少数派,接受的是占统治地位的英国文化教育。我的身份在这样的环境下得到强调,而非侵蚀。我建议北爱尔兰的多数派也应当进行相应的努力来维系这一平衡,把自己置身于爱尔兰的因素之内,而不是从外部来审视他们自身。③

在早期诗歌中,希尼回忆了在北爱尔兰的乡村生活和童年生活,爱尔兰性主要表现为对乡村生活和童年经历的叙述。但希尼呈现的乡村生活与叶芝爱尔兰性中"理想化的乡村"不同,具有丑陋和黑暗的一面,是乡村生活的

---

① 西默斯·希尼:《希尼诗文集》,吴德安等译,作家出版社2000年版,第426页。
② 爱尔兰性是爱尔兰民族主义者在意识形态领域内对抗英国殖民统治的一个概念。在不同的历史时期有不同的定义。如:"叶芝、格里高利夫人、辛格等爱尔兰作家试图用文化的力量引导政治民族主义,用充满活力的观念来重构爱尔兰想象的共同体——乡村、传统的爱尔兰;而王尔德、萧伯纳认为文学与政治的粗率结盟剥夺了艺术家的自由,损害了艺术的独立,将产生褊狭的观念。不是文学真实地再现爱尔兰的现实,而是主观构想、不真实的爱尔兰成了文学模仿、描绘、讴歌的对象。这样,想象的爱尔兰只不过是虚假的爱尔兰;乔伊斯的爱尔兰性的核心是批判,是砸碎套在爱尔兰人身上的精神枷锁,让爱尔兰人认识到宗教、道德、形形色色的民族主义狰狞的面目,体现出文化批判意识和现代知识分子的弑父心里情结以及彻底批判精神。"(参见陶家俊《爱尔兰,永远的爱尔兰——乔伊斯式的爱尔兰性,兼论否定性身份认同》,《国外文学》2004年第4期,第48—54页。)
③ Seamus Heaney, *The Redress of Poetry: Oxford Lectures*, New York: Farrar, Straus & Giroux, 1980, pp. 201–202.

真实反映。① 到了 70 年代，面对激烈的动乱和暴力冲突，希尼在诗歌中将爱尔兰性扩展到历史的叙述中。"从那时起，诗歌的问题就从仅仅是获取令人满意的措辞转移到了寻求与我们的困境相吻合的意象和象征。"② 他从丹麦考古学家 P. V. 格列布的《沼泽人》一书中获得灵感，在诗歌中呈现了可以用来象征北爱现实困境、为古代部落的祭祀而牺牲的古尸意象。此外，希尼还原了北欧海盗入侵爱尔兰岛时留下的遗迹和景观，通过古今历史的相似性去探寻表达北爱现实矛盾的新范式，人类历史和暴力的循环引起了诗人的深思。

希尼在《诗歌的纠正》中引用西蒙娜·薇依（Simone Weil）在著作《重力与神恩》表达文学创作中平衡、抵消暴力与纠正现实的观点：

> 如果我们知道社会在何种情况下失去平衡，我们必须尽我们自己所能往天平较轻的一边增加砝码以增加重量……我们必须形成一种平衡观念，并始终准备如同寻求公平那样改变两端，而公平则是"征服者们的阵营里的逃亡者"。③

希尼用这样的平衡理念对抗现实中的暴力，以诗歌作品来"纠正动乱的现实"。在其 70 年代的作品中，希尼把目光转向历史，通过呈现埋藏在沼泽中的古代为祭祀仪式而牺牲的殉道者，影射北爱尔兰动乱的现实，既谴责了北爱亲英派和爱尔兰共和军的暴行，也通过历史呈现的景观保证了诗歌的审美性和诗性的智慧，使诗歌"既包含着深邃的伦理，又洋溢着抒情之美"。

希尼关于象征北爱尔兰暴力的"沼泽诗"的创作灵感来自丹麦考古学家、人类学家格列布所著的《沼泽地人》一书。此书记载了在丹麦朱特兰沼泽地区发现并挖掘且保存完好的男性尸体和女性尸体。这些尸体在古老的铁器时代被用于祭祀仪式，他们都是裸体的，有的被勒着脖子窒息而亡，有的死于

---

① 具体分析参见本书第一章第二节："记忆中的故乡：谢默斯·希尼诗歌中的自然景观"。
② Seamus Heaney, *Preoccupation: Selected Prose 1968 – 1978*, New York：Farrar, Straus & Giroux, 1980, p. 56.
③ Qtd. in Seamus Heaney, *The Redress of Poetry: Oxford Lectures*, New York：Farrar, Straus & Giroux, 1980, p. 3.

割喉,在尸体标本中伤口仍清晰可辨。据格列布考证和论述,这些是祭祀土地母神的牺牲品。土地母神在每年冬天都需要"新郎"与其在"圣地"(即沼泽地)同眠,这样才能保证来年土地的肥沃和农作物的丰收。希尼在《进入文字的情感》中直言:"这就不仅仅是一个古老的野蛮的祭仪,而是一个原型。这些难忘的牺牲者的照片与过去与现在爱尔兰宗教和政治斗争的漫长祭仪中的暴行的照片在我的脑海中混在一起。"① 希尼用历史以及对埋藏在沼泽中的尸体现象学考察般的审视和细致入微的景观呈现,使古代的暴力和北爱尔兰的现实相联系,古今对比,使暴力呈现出历史循环的特点,以此表达对暴力的谴责和对民族的忠诚,这样的写作方式也使他在北爱尔兰混乱现实中找到恰当的诗歌写作方式和表达身份的方式。正如诗人在接受谢默斯·迪恩(Seamus Deane)访谈时所说:

> 北欧铁器时代早期是一个提供了与当下爱尔兰历史非常满意的想象的相似物时期……你拥有一个嗜血仪式的石器时代的社会,你拥有一个女孩因通奸而被割头的社会,你拥有一个以领土为中心、与大地和大地女神、牺牲相关的宗教。目前,在许多方面,爱尔兰共和主义的狂暴与类似的宗教有关,与一个以各种伪装出现的女性神灵有关……对我来说,这种宗教和时代与我们自己的时代存在着令人满意的对称。②

因此,希尼通过借用历史以及诗歌中对沼泽尸体和周围环境的细致入微的景观描写找到了言说北爱尔兰现实冲突和暴力的"客观对应物",为在现实困境中的诗歌创作和身份表达找到了新的出路。在描写沼泽尸体的景观中,虽然希尼借古喻今将历史与现实对照,但是在诗歌中却一直避免正面直接地回应北爱尔兰的现实暴力,在诗歌中也没有出现相关的描写,这样使诗歌也超越了政治和暴力的界限,在社会危机中保持了其艺术审美价值。"希尼的诗歌和艺术作品构建了一个想象的世界,避开了对暴力冲突和混乱现实的正面

---

① 西默斯·希尼:《希尼诗文集》,吴德安等译,作家出版社 2000 年版,第 268 页。
② 转引自欧震《重负与纠正——谢默斯·希尼诗歌与当代北爱尔兰社会文化矛盾》,中国社会科学出版社 2011 年版,第 200 页。引文稍有改动。

反映，而是把它们置于一个更广阔的情境中。"①

通过埋藏在沼泽中的尸体和相关历史②，希尼找到北爱尔兰现实暴力的"客观对应物"，考古学家也在爱尔兰岛的一些城市挖掘出来的遗迹（如维京海盗船的残骸、人的骨架等）中"进入"希尼的诗歌创作中，明争暗斗、相互残杀的维京侵略者最后都以失去生命为代价，埋藏在石船中的武器残片遗留下来成为暴力的见证和警醒后人的有力证据。此外，被维京艺术家雕刻在骨头上成为"审判的碎片"的文物也"进入"了希尼的书写中，成为一种独特的历史景观，象征和考古学的呈现使希尼找到了在北爱尔兰的现实矛盾中减轻心中的痛苦、内疚、矛盾等复杂情感的途径。诗歌《北方》、《维京都柏林：审讯的碎片》（*Viking Dublin：Trial Pieces*）、《骨之梦》（*Bone Dreams*）以象征、比喻等修辞手法呈现的历史景观，使希尼在北爱尔兰的现实矛盾中平衡了社会责任和艺术责任。

第二节　困境的象征：谢默斯·希尼诗歌中的沼泽尸体景观

"沼泽诗"是谢默斯·希尼创作的具有代表性的一组诗歌，诗歌以爱尔兰最普遍的地形地貌景观"沼泽"为中心意象，通过呈现沼泽景观的外形特征以及对此的历史思考表达出诗人对爱尔兰民族文化象征及含义的思考。后来，关于"沼泽"的诗歌被收录到一起，名为"沼泽诗歌"（*Bog Poems*），于1975年组成诗歌集出版。《沼泽诗歌》可以分为两部分：第一，描述"沼泽"这一自然形貌景观的诗歌，如《沼泽地》（*Bogland*）、《巴恩沼泽》（*Bann Clay*）、《炭化的橡树》（*Bog Oak*）③，在这一类诗歌中，沼泽被视为爱尔兰民族的象征，隐喻民族精神和民族性格；第二，对照北爱尔兰现实暴力和动乱，呈现埋藏在沼泽中、古代在祭祀仪式中牺牲的古尸，如《沼泽女皇》（*Bog Queen*）、《格拉伯男尸》

---

① Patricia Boyle Haberstroh, "Poet and Artist in Seamus Heaney's North", *Colby Quarterly*, 23 (1987), p. 207.
② 详见上一节的叙述。
③ 关于这一类诗歌的具体景观呈现和分析详见本书"自然景观"一节。

(*The Grauballe Man*)、《惩罚》(*Punishment*)、《托兰人》(*The Tollund Man*)、《奇异的果实》(*Strange Fruit*)、《亲属关系》(*Kinship*) 等，在这一类诗歌中，将现实和历史对比，诗人借助历史题材来迂回地回应现实的北爱尔兰暴力冲突。芬坦·奥图尔（Fintan O'Toole）曾言："介于精神与物质之间，可见事物与不可见事物之间，承担与疏离之间，是希尼诗歌的基本面貌，这恰恰也成就了他关于政治的优秀诗作。"① 这是对希尼诗歌创作方式的概括，诗人平衡对民族忠诚的现实责任和保持诗歌的艺术审美的努力贯穿整个诗歌创作过程，周旋于民族、政治、文化、艺术之间。在北爱尔兰的暴力冲突和动乱中，希尼尽最大努力避免正面回应暴力的现实，而转向历史解决现实责任和诗歌审美价值之间的矛盾，通过历史呈现的景观更直观地达到了古今对比的作用，同时也增强了诗歌的审美价值。

1969 年，希尼读了丹麦人类学家、考古学家格列布的著作《沼泽地人》，书中记载着埋藏在沼泽里、在古代用于祭祀仪式的尸体。希尼又于 1973 年 10 月访问丹麦，在锡尔克堡（Silkeborg）的博物馆中看到了埋藏在沼泽中的尸体标本。诗人从中得到启发，找到了在现实困境进行诗歌创作的新主题和素材，以及"足以隐喻当前困境的象征"②。希尼曾在一次采访中表达寻求象征的必要性：

> 我的思想、我的感情以及所有瞬间的能量都融入了诗歌中。奇特的是，两千多年前的古尸比现实中在街头爆炸中死去的尸体更能激发我的这些情愫和能量。更糟糕的是，当融合了恐惧、怜悯等情愫时，词语和语言就不再按我的意志和预期"存活"在诗歌中。③

"词语和语言就不再按我的意志和预期'存活'在诗歌中"，所以希尼在两千年前的古尸中找到了象征困境的"客观对应物"。

---

① Fintan O'Toole, "Poet Beyond Border", *The New York Review*, 03 (1999), p. 43.
② Seamus Heaney, "Feeling into Words", *Finders Keepers: Selected Prose 1971—2001*, New York: Farrar, Straus & Girroux, 2002, p. 56.
③ Brian Donnelly, ed., *Seamus Heaney*, Copenhagen: Denmarks Radio, 1977, p. 60.

一 祭仪与原型：谢默斯·希尼诗歌中沼泽男尸景观

对于《托兰人》(The Tollund Man)一诗的创作背景，希尼曾谈道："从那时（1966年创作《清教徒安魂曲》）起，诗的问题就从简单的获取令人满意的语言图像变为探寻适于我们境遇的意象和象征了。"① 此后希尼从《沼泽人》中看到的铁器时代被埋在沼泽里的尸体景观，这给他留下了深刻印象，"这些难忘的牺牲者的照片与过去与现在爱尔兰宗教和政治斗争的漫长祭仪中的暴行的照片在我的脑海中混在一起"②。所以，希尼在《托兰人》③ 一诗中借古喻今、将历史与现实对照，呈现了埋藏在沼泽中的男尸托兰人以及构成的景观。

全诗分别是对历史的呈现、现实的叙述以及诗人结合历史和现实的情感的表达。第一部分呈现了埋藏在沼泽中的托兰人男尸的历史并与之对应的景观。诗人首先以考古学和解剖学般精确的方式呈现了沼泽男尸的形象，使之成为标本式的景观，给读者留下直接、震撼的印象，也呼应了诗歌标题。对沼泽男尸的描写首先从头部开始："炭褐色的头/温柔的豆荚形眼睑""染黑了的脸"以及"尖顶皮帽"（吴德安等译，58-59），这一外部描写呈现了男尸与沼泽融合的景观。接着诗人似外科医生般"解剖"了沼泽男尸："他最后喝下的冬麦种做的粥/已在他的胃中结成了饼"（吴德安等译，58-59）；最后诗人对沼泽男尸做了整体和全面的观察：

> 他赤裸裸只剩下了
> 帽子、绞索和腰带
> ……
> 她（北欧土地女神）那黑色的汁水渐渐把他
> 变成圣徒不朽的尸体。（吴德安等译，58-59）

---

① 西默斯·希尼：《希尼诗文集》，吴德安等译，作家出版社2000年版，第267—268页。
② 西默斯·希尼：《希尼诗文集》，吴德安等译，作家出版社2000年版，第267—268页。
③ "托兰人"指丹麦考古学格列布教授1950年在丹麦迦太兰（Jutland）的比艾斯科夫溪谷（Bjaeldskov Dal）发现的2000多年前被埋在沼泽地中的男尸。希尼在《沼泽人》一书，觉得托兰人具有历史神话情感的象征意义，故写了此诗。

"这种对死者身体的现象学般的考察，赋予了诗人的观察一种履行文化仪式的意味。"① 第一部分还交代了沼泽男尸的来源和"出土"（即被后来的世人发现）的过程。据《沼泽地人》的作者格列布教授考证，托兰人是祭献给北欧土地女神内尔瑟丝，以祈求保佑人民丰产：

> 新郎祭祀给了女神
> 她收紧了套着他的项圈
> 张开了她的沼泽……（吴德安等译，59）

这样的描写扩大了沼泽男尸的指涉范围，泛化了意象，使之更具有人类学文化仪式的特征。此外，在古典田园诗歌中，人类和自然总是同时出现，并处于共生的系统中。在希尼的沼泽诗中，用于祭祀仪式的尸体和自然、土地（即沼泽）是紧密联系在一起的，沼泽地保存和延续了他们的存在，沼泽尸体也具有了自然的特征："托兰人'炭褐色'的头、被泥炭'染黑的脸'，（沼泽）'黑色的汁水渐渐把他变成圣徒不朽的尸体'"，突出了诗歌中的景观特点。诗人还具体描绘了沼泽男尸被后来的世人发现的情景：

> 在靠近那里②的平坦乡间
> 他们把他挖了出来
> ……
> 采泥炭的人们
> 在蜂窝状地方得到的宝物。（吴德安等译，59）

诗人着重描写男尸被发现的地方和情景使历史和环境融合在一起，呈现了独特的具有文化仪式意义的沼泽景观。此外，沼泽景观在情感上更容易被爱尔兰民众所接受，可以更好地发挥隐喻爱尔兰现实的作用，同时保留了诗

---

① 欧震：《重负与纠正——谢默斯·希尼诗歌与当代北爱尔兰社会文化矛盾》，中国社会科学出版社 2011 年版，第 183 页。

② 奥尔胡斯，丹麦的港口城市。

歌的艺术审美价值。诗歌的第二部分是对爱尔兰历史上在暴力冲突中牺牲者的叙述。在诗歌开头，诗人用了整整两节诗将历史从丹麦过渡到爱尔兰：

  我能冒着亵渎神明的危险
  使古代异教徒的泥沼成为
  我们的圣地，并向这托兰人
  祈祷，使那些散落的种子
  发芽，那些在伏击中死去的
  劳动者的死尸
  有袜无鞋躺在农民院子里
  等待殡葬的尸体。（吴德安等译，59）

之后诗人联想到爱尔兰内战期间的暴力动乱和牺牲者，在 1920—1924 年的爱尔兰内战中，因宗教信仰不同，来自天主教家庭的四兄弟被新教徒杀害，并在杀死后沿着铁路线拖了四英里：

  四个兄弟的皮肤和牙齿
  斑斑点点撒在枕木上
  泄露了暴力的真情
  他们被沿线拖拉了四英里。（吴德安等译，59 – 60）

诗人对四兄弟被害历史的栩栩如生的呈现令读者对暴行和动乱触目惊心，对现实（当前的北爱问题）具有深刻的警示作用。但是，诗人始终叙述的是历史事件（无论是丹麦的还是爱尔兰的）和业已发生的暴行，均未直接正面地提到当前的矛盾和动乱，这样的写作手法避免了使诗歌成为政治的"发声筒"和"代言者"，保持了其艺术审美价值。同时，诗歌的第三部分的叙述拉近了历史暴力和现实动乱的时间距离，强调了暴力和动乱的历史循环特点，北爱尔兰的现实暴乱是埋藏在沼泽中通过景观呈现的历史暴力的循环。沼泽中的尸体呈现的景观使时间凝固，静止的历史使读者感受到暴力，体现了诗人通

第二章 暴力的"客观对应物":谢默斯·希尼诗歌中的景观与历史

过诗歌中历史和景观叙述承担的现实责任和对民族的忠诚。

> 托兰人,格拉贝利人,内贝尔加德人
> 看着乡下人
> 指路的手
> 却不懂他们的语言
> 在迦太兰
> 在古老的行刑教区内
> 我将感到迷惘
> 悲伤,就像是在家乡。(吴德安等译,60)

诗歌《格拉伯男尸》(*The Grauballe Man*)以更为细致精确的考察和描写冷静客观地呈现了沼泽男尸。诗人用放大的视角审视了已与自然和大地融为一体、在祭祀仪式中牺牲的沼泽男尸,呈现了人类与景观的联系。1973 年 10 月希尼应丹麦英语教师协会的邀请第一次访问了丹麦。此次访问中他在奥尔胡斯看到了格拉伯男尸,并受到鼓励写关于沼泽的诗。第二次访问后他写了此诗,为其"沼泽组诗"之一。《格拉伯男尸》以"整体意象—四肢—躯干—头部"的顺序呈现了尸体与沼泽相结合的景观,首先是对躺在沼泽中的死者身体的整体呈现:

> 他好像是从柏油模中
> 铸出,躺在
> 一个泥炭枕头上
> 似乎流着
> 自身黑河的泪。(吴德安等译,87)

接着是对四肢的描写:"手腕的纹理像炭化的橡木""脚跟呈球状像一个玄武岩的蛋""脚背萎缩像天鹅的脚一样冰冷/像潮湿沼泽里的树根"(吴德安等译,87);接下来呈现的是躯干部分:"双股是小山脊/是一个隆起的贝壳""脊椎像条鳝鱼/被拘禁在闪光的泥中"（吴德安等译，87）；最后描写的是头部："他的头昂起""扭曲的脸"：

> 下巴是一个面盔
> 被举在咽喉处
> 一道砍开的切口上
> 切口已晒黑变硬
> 那愈合的伤口
> 又向内张开，一种
> 接骨木果的红黑色
> ……
> 腐蚀了的头发
> 并非如一簇野草
> 而怪如胎发。（吴德安等译，87）

诗人以考古学般的方法细致全面地呈现了沼泽男尸身体的各个部位，使读者感受到了古代祭祀仪式中暴力和历史本身，但在描述中，诗人用了比喻等修辞手法，抵消了客观、死板的考古学观察，呈现了人类与自然融合的景观，体现了诗歌的审美性和艺术价值。然后诗人回忆了第一次在照片上看到格拉伯男尸的情景：

> 他的头和肩
> 在泥炭田中露出
> 瘀伤累累像钳子拉出的婴儿。（吴德安等译，88-89）

这一诗句以形象的比喻突出了古老祭仪的暴力特征。诗歌的最后两节是诗人对暴行的思考，引入艺术雕像作品《垂死的高卢人》①，以多元的方式比

---

① 《垂死的高卢人》是一座有名的雕塑。高卢人是罗马人的奴隶，被迫在角斗场中相斗而死，实为被谋杀而死，与格拉伯男尸一样，都是暴力的牺牲品。高卢人没有真实的尸体存在，只是艺术的想象；格拉伯人则是真实的男尸，没有那些艺术细节。此处比较了艺术和现实。

较艺术和现实中的暴行。垂死的高卢人和抛入泥炭田中用于祭仪的格拉伯人都是暴力的牺牲品，但高卢人仅仅出现在艺术中，而非现实，所以，作为艺术品的它体现了美，而作为现实的格拉伯男尸体现的是暴行（正如诗句"一边是美，一边是暴行"），诗中形成了两组强烈对比的关系："美—暴行"与"艺术—现实"。实际上，现实与艺术的对比更突出了祭祀仪式中的暴行，同时也更有力地照应了北爱尔兰愈演愈烈的现实暴力。

玛丽·布朗（Mary Brown）提出希尼的沼泽诗"体现出古老的祭祀仪式和现实之间的连贯性"①。"通过人类学上的联系希尼把北爱尔兰的现实冲突戏剧化，使过去连接了现实。"② 罗伯特·赫尼格（Robert Henigan）认为："在诗中诗人通过发生在远古历史时期的暴力牺牲者找到了北爱尔兰现实动乱的'客观对应物'。这不仅仅是隐喻或象征、不仅仅是类比、不仅仅是引人注目的比拟，也不仅仅是约翰·蒙塔古（John Montague）所声称的'希尼对祭献土地女神的延续和沉思'，而是以强有力的方式体现了人物、事物和事件，体现了希尼寻求对北爱尔兰问题的情感表达的思考。"③ 希尼在远古历史的祭祀仪式中找到了北爱尔兰现实暴力的"客观对应物"，并认识到连接北爱尔兰和"迦太兰教区"文明的深层岩石，所以在诗歌中，诗人"挖掘"了这一联系，并作为表达现实困境的"客观对应物"。这样的隐喻、类比和"客观对应物"的概念使希尼更加深入地了解了暴力的祭祀仪式。遭受暴力但不屈从于暴力，希尼对自我和诗歌创作有了更全面的认识，使诗歌成为控诉暴力的场所，但又不限于此，也保持了其艺术审美性。

二 历史的记录：谢默斯·希尼诗歌中沼泽女尸景观

诗歌《沼泽女皇》（*Bog Queen*）与以往呈现沼泽尸体的诗歌有较大不同，它以成为暴力牺牲品的女性死者为描述对象，且在叙述上以沼泽女皇的口吻、第一人称讲述自己的遭遇和故事，呈现了沼泽女尸景观。诗歌把读者的目光

---

① Mary P. Brown, "Seamus Heaney and North", *Studies*, 70 (1981), p. 293.
② Mary P. Brown, "Seamus Heaney and North", *Studies*, 70 (1981), p. 296.
③ Robert H. Henigan, "The Tollund Man on Bogside: Seamus Heaney's Political Objective Correlative", *Publications of the Arkansas Philological Association*, 05 (1981), p. 51.

从欧洲其他国家回到爱尔兰本土，选取了埋藏在爱尔兰沼泽中的女性死者为描述对象。诗人和叙述者"我"——沼泽女皇融为一体，进入其身体内部，讲述着自己的遭遇和故事。全诗以同样的诗句"我躺着等待"开始和结束，体现沼泽女皇所经历的时间变换：

> 我躺着等待
> 在泥炭草皮和大庄园的围墙之间
> 在田边茂盛的石楠灌木
> 和围墙上的玻璃刺之间。（吴德安等译，84）

描写了沼泽女皇所处的景观环境，同时也表明沼泽女皇是爱尔兰历史上暴力的牺牲品。"泥炭草皮"和"田边茂盛的石楠灌木"喻指爱尔兰，而"大庄园"和"围墙上的玻璃刺"则指代英国的领地，诗中的两个"之间"不仅对比了爱尔兰和英国的景观环境，并说明沼泽女皇同时是爱尔兰和英国的暴力牺牲品，指涉了北爱尔兰现实矛盾中爱尔兰共和军和亲英派新教军事组织的暴力行为，更巧合地对应了北爱尔兰暴力冲突的双方。"我的身体是盲文/受缓缓变化的影响"（吴德安等译，84）突出了沼泽女皇身体的记录和记载功能，留下岁月的痕迹。同时，沼泽女皇的身体走过了日月交替和四季轮回，具有悠久的历史：

> 破晓的阳光暗中摸索我的头
> 傍晚在我的脚底冷却
> 冬天地下渗出的水
> 浸过我的衣服和围着的兽皮
> 消化着我
> 文盲的植物根
> 进入我的身体沉思并死在
> 我的胃穴
> 和眼窝里

我躺着等待。(吴德安等译,84-85)

接着是沼泽女尸和自然(沼泽)融合形成的景观:在沼泽底:

大脑变黑
像一罐蝌蚪
在地下发酵
梦想着波罗的海的琥珀项链
……
指甲像青肿的草莓
王冠朽成骨溃疡
王冠上的宝石
像历史的轴承
……
肩饰带是黑色的冰河
布满皱纹,染色的波纹
和腓尼基人的刺绣
在我的胸部柔软的冰川上
受潮腐烂。(吴德安等译,85-86)

诗人与叙述者融为一体,以自白的方式呈现着身体景观。实际上,在人类历史上,人的死亡是颇具神秘和隐秘的,一般死者的尸体都要被包裹起来,放入灵柩中,以示对死者的尊重。而在诗人展现历史暴力的诗歌中,死者的尸体暴露在公众面前,并被人以考古学般的姿态长时间观察和凝视。在《托兰人》《格拉布男尸》等诗歌中,叙述者是以第三人称的角度来考察和凝视这些尸体,呈现的景观中也有暴力描写的诗句。而在《沼泽女皇》中,以女性死者的角度来叙述,诗中也无具体的暴力的描写,呈现的景观也只是身体和沼泽融合的结果,这样很容易让读者忽视其中的暴力因素。但是,对沼泽女尸的全景式的呈现就暗含了暴力,尸体对公众的展示和暴露本身就是发生在暴乱和冲突时期。

当历史暴力已经成为生活的一种的常态,成为人们日常生活的一部分,历史和生活、公众和私人之间的界线被打破,都变成暴力的牺牲品和展示区。这是沼泽女尸遭受的第一次暴力伤害。后面的诗节描写了"我"遭受的再次伤害:

> 我的头发也被他们劫掠
> 我被一个挖泥炭人的铲子
> 剃了头
> 被剥得精光
> 他又再次给我的身体蒙上薄纱
> 并柔和地填上身旁的凹地
> 在石头的门框之间
> 在我的头和脚边。(吴德安等译,86)

这些诗节讲述了沼泽女皇被埋藏在沼泽地之后,被人类挖出来、剃了头,再埋回沼泽的遭遇。诗歌以沼泽女皇多次遭受暴力伤害的经历影射了爱尔兰历史上多次的暴力冲突和动乱。

诗歌《奇异的果实》(*Strange Fruit*)以考古学般精细、冷峻地观察和以各种果实意象为喻体的形象化比喻呈现了成为暴力牺牲品、埋藏在沼泽中的身体景观。首先是对埋藏在沼泽中的女孩身体的景观描写:"掘出的葫芦似的头""椭圆形的脸""李子似的肌肤""李子核似的牙齿""盘卷的头发""破碎的鼻子黑如泥炭块""眼窝空如旧矿场的坑"。(Heaney,114)诗人对沼泽尸体的描写中,客观的考古学式的观察和形象的比喻在这一首诗中尤为突出,比喻的喻体都为果实类物体。对死者身体部位的形象化描述体现了诗歌审美的一种张力,使诗歌介于对历史的描述和对艺术的审美关照之间,既表达了诗人的社会责任,也体现了诗歌的艺术审美价值。接着,诗歌借古希腊历史学家狄奥多罗斯·西库卢斯①之口表达了对历史以及暴力的看法:"他对诸如此类已逐渐处之泰然:被谋杀的、被遗忘的、无名的、可怕的、被斩首的女

---

① 公元前1世纪的古希腊历史学家。

孩。"（Heaney，114）诗人真正如狄奥多罗斯·西库卢斯一般经历了太多历史和暴力，对此已经能泰然处之了吗？这样的诗句也成为希尼被其他评论家攻击的证据，认为希尼在借用历史的写作中陷入了一种"历史决定论"的泥潭中①，是对应该承担的现实责任的一种逃避。特别是在 1972 年 8 月，希尼一家离开暴力冲突不断的贝尔法斯特，举家迁到爱尔兰共和国北部的威克娄（Wicklow）乡间，这一举动更是引起了北爱尔兰天主教社区人民的谴责，甚至一些极端分子视此为一种背叛。实际上，这表达了诗人的一种无奈，在散文《贝尔法斯特》中，希尼记录了 1971 年年末到 1972 年希尼一家在贝尔法斯特的水深火热的生活：希尼和三岁的儿子在街上被拦截要求到警察局；在女王学院的普通教员休息室，一支拆弹小队突击检查了一捆书籍，因为怀疑那是一个炸药包；在商场，希尼刚要付钱，就有炸弹警报传来；在香基尔路（Shankill Road）上有四个人遇难；有一次，希尼的妻子被安保人员拦截是因为在她的购物袋里有一个计时器（实际上是一只从拍卖市场淘回来的钟表），被误以为是定时炸弹，但几天前一个计时器就让学院路上一幢办公大楼发生了爆炸。② 暴力和恐惧充斥着希尼的生活，已经威胁到希尼及其家人的生命财产安全。在他的生活中，到处都是全副武装的警察和士兵处处监视着：

> 到了晚上，吉普车和装备武器的轿车关闭车灯呼啸而过；路障被匆匆设置……枪声在四处噼啪作响。当你驾车行驶，路上专门设计用来减速的小凸面会使你上下颠簸，并抬眼瞥见一对年轻人在道路远远的另侧正将双手放在脑后，接受手持花名册的军人搜身。这一切都司空见惯。同时，在北部敏感的地区灯火全无，在夜色的庇护下，狙击手和射手可以更好地行动……③

在充斥着暴力和动乱的北爱尔兰，无数无辜的平民百姓失去了宝贵的生

---

① Blake Morrison, "Speech and Reticence: Seamus Heaney's North", in Peter Jones and Michael Schmidt, eds., *British Poetry since 1970: A Critical Study*, Manchester: Cancaret Press, 1980, p. 110.
② 西默斯·希尼：《希尼诗文集》，吴德安等译，作家出版社 2000 年版，第 216—217 页。
③ 西默斯·希尼：《希尼诗文集》，吴德安等译，作家出版社 2000 年版，第 216 页。

命，暴力横行，恐惧在人们心中蔓延。"谁知道共和军的名单上下一个目标是谁？谁知道报复性的行动会不会威胁到自身的所在？"① 所以，从这个意义上来说，希尼离开贝尔法斯特迁居威克娄一方面是为了艺术创作和为民族"发声"保存有生力量；另一方面与暴力和动乱保持一定的物理距离以便理性地审察和反思历史问题，这也是希尼在艺术创作中一直强调的"杠杆原理"。可以说，希尼一直没有忘记自己现实责任和艺术责任，后来创作的充满对个体生命的悲悯和同情以及兼具丰富审美价值的诗歌便是明证。

诗歌《惩罚》（Punishment）② 也呈现了一具在沼泽中保存了两千多年的女性尸体，以优美的语言、讲究的辞藻和饱满的感情描述了沼泽女尸的容貌，呈现了死者与沼泽融合的景观。诗歌以"我能感觉到"开头，诗人与因通奸而被族人绑上重石沉入湖底的年轻女子在感情上融为一体，用优美的语言栩栩如生地呈现了年轻女子的身体与沼泽融为一体的景观，年轻女子身体赤裸着：

> 像一棵剥了皮的小树
> ……
> 风掠过
> 裸露的前胸
> 风使她的乳头绽开成
> 琥珀珠花
> ……
> 橡木似的骨头
> ……
> 小木盒似的脑
> ……
> 被剃了的头

---

① 西默斯·希尼：《希尼诗文集》，吴德安等译，作家出版社2000年版，第84—86页。
② 这首诗写的是诗人看到的一张照片上的一具两千多年前的女尸：一个年轻的女子因通奸而被族人用重石沉入湖底。她的尸体两千年来一直被很好地保存在沼泽中，现在作为考古的重大发现而被挖掘出来。诗人借发生在这具女尸身上的暴力故事来反映他对爱尔兰现实政治的看法。

第二章 暴力的"客观对应物":谢默斯·希尼诗歌中的景观与历史

> 像收割后的黑谷地
> ……
> 眼睛上蒙着的布是一条脏污的绷带。(吴德安等译,90)

对沼泽女尸全景式观察的景观描写体现了"惩罚"年轻女子的族人的暴行,"牵引在她脖子上的绳索""尸体上重压的石头"和"漂浮着的柳条、树枝"都留下了暴力的痕迹、控诉着"仪式性的、族群的、情欲的报复"(吴德安等译,90–91)。"蕴藏着爱情记忆的戒指""小淫妇""替罪羔羊"等意象道出了年轻女子被"惩罚"的原因:年轻女子与不同宗教信仰的异族小伙通奸,受到族人的"惩罚",在她身体上绑上石头并沉入湖底,成为"可怜的替罪羔羊"。对年轻女孩生前的外貌描写"淡黄色的头发""美丽的脸庞"与如今躺在沼泽中的"黑如焦油""像收割后的黑谷地的头"等外貌描写相对比,形成强烈的视觉冲击,更凸显了年轻女子作为"可怜的替罪羔羊"的意象和族人的暴行。诗歌最后继续呈现沼泽中女尸的身体景观:

> 暴露的大脑
> 和它黑色的沟回
> 窥视着网状肌肉
> 和你所有标着数字的骨头。(吴德安等译,91)

之后是诗人面对暴力的自我反省,"艺术的窥淫者"(artful voyeur)一词精确地概括了诗人的矛盾心态,一方面,由于艺术创作和诗歌呈现的需要,诗人以考古学般的观察、细腻的笔触、感同身受的饱满情感审视了受难者的身体,同时用形象的比喻、优美的诗歌语言使描述精致化,达到艺术创作的目的;另一方面,面对现实的暴力,诗人也具有妥协和软弱的一面,"我也只能站在/惩罚你的人群中沉默如石"(吴德安等译,91)。诗人也提到了与历史相似的现实:在北爱尔兰的民族矛盾和宗教冲突期间,来自天主教社区和家庭的女孩与来自新教社区或与镇压爱尔兰共和军的英国士兵谈恋爱,女孩被族人头涂柏油,在栅栏边示众,以示惩罚,而诗人"哑然地旁观",并"默默地赞许/这种文明的暴行"（吴德安等译，92）。诗歌中，对受"惩罚"的沼泽女尸的指称发生了变化：由身体景观描写和呈现时的"她"变为"你"，这一变化使沼泽女尸在诗人眼中由作为描写和呈现对象的客观事物转变为倾诉情感的对象。所以，面对沼泽女尸，诗人以"我"与"你"的人称与之交流、向其倾诉、向其坦白，对自己"默许文明的暴行"这一行为的忏悔和自责，是内心深处情感的迸发。其实，读者从中可以感受到面对暴力在承担真实生命的重负时，诗人的无奈和无力。所以，在诗歌中呈现祭祀仪式中牺牲的沼泽尸体景观只是为了展示和呈现（这也解释了为什么诗人用考古学的方式描述沼泽尸体），排除了个体生命的痛苦体验，更多的是为了呈现给观看的人，起到警醒的作用。在这里，诗人想要强调的是，暴力是普遍的、是人性的一部分，艺术作品中"暴力"的展示和呈现是为提醒人们站在"正确""安全"的一边。莫里斯·哈蒙（Maurice Harmon）认为：

> 《北方》充满了仪式性的隐喻……诗歌没有与暴力对抗，也没有提及个人暴行以及个体痛苦的生命体验。相反，希尼是用一种公共的姿态来反应。无论他对个体生命结束和受难的感受是什么，诗歌都进入了一种仪式化的姿态。①

这也是希尼平衡现实责任和诗歌创作的一个方式。为了避免陷入北爱尔兰问题和暴力而影响自己理性思考和诗歌的艺术审美，诗人通过仪式性隐喻的历史和景观呈现，构建了一个更加广阔、开放的空间来回应北爱尔兰的现实矛盾。

值得注意的是，在这些沼泽诗中叙述主体和诗人在诗歌中的叙述身份更换频繁。《托兰人》中出现的人称有"我""他""她"，分别指称叙述者、埋藏在沼泽中的托兰男尸和北欧土地女神［据格列布教授考证，指托兰人被祭祀给了北欧土地女神内尔瑟丝（Nerthus）］。叙述主体和诗人合二为一，以旁观者的身份冷静客观地观察托兰沼泽男尸，呈现出暴力的历史和尸体与沼泽融为一

---

① Maurice Harrmon, "We Pine for Ceremony: Ritual and Reality in the Poetry of Seamus Heaney, 1965 – 1975", in Elmer Andrew, ed., *Seamus Heaney: A Collection of Critical Essays*, London: Macmillan, 1992, p. 76.

体的景观,之后由描述转为面对历史暴力和所呈现景观的论述和自我审察,表现出暴力的今昔对比之意。在《格拉伯男尸》中,从头至尾,只出现了两个人称,即"他"和"我",分别指称格拉伯男尸和叙述者(诗人)。诗人同样以旁观者的角度如考古学般对沼泽男尸做了详细的剖析和描写,但又脱离这种客观身份,进入沼泽尸体内部,用形象的比喻和优美的语言呈现出死者尸体与自然相融的景观,具有艺术审美价值。在《沼泽女皇》中,埋藏在沼泽中的尸体成为叙述主体"我",以自白的方式将自身的遭遇和故事娓娓道来,增加了叙述的可信度,使读者充分认识到暴行,更好地指涉了北爱尔兰的现实暴力。在《惩罚》中,"我"以叙述者的身份出现,讲述着"她"(沼泽女尸)的故事。诗的开头以"感觉"一词拉近"我"与"她"的距离,对"她"的遭遇感同身受,更好地指涉了在北爱尔兰现实矛盾中的诗人感受。而到了诗歌第六节,沼泽女尸的指称由"她"变为"你",叙述上也变为回忆古代由于通奸而触犯了宗教条例被"惩罚"的"小淫妇"。指称的变化为诗人"默默地赞许/这种文明的暴行"埋下伏笔,体现了诗人在北爱困境中的矛盾情愫。所以说,在这些诗歌中:

> 时而诗人是一个站在现场的不动声色的旁观者;时而诗人又脱离这种客观身份,进入他观看的身体的内部,与被观看的身体的身份重合;时而诗人在描述,时而诗人又在自白……并且这种身份和角色的变化是在一首诗内部完成的。这种不断转换和调整的叙述很容易让读者困惑,但却造成了一种叙述情景的张力和叙述角色之间的对话。①

这样的对话超越了时空,缩短了历史与现在的距离,融合了沼泽中的受难者、诗人以及读者之间的感受,形成了一个具有容纳性和张力的开放空间,体现了诗人在北爱尔兰现实矛盾中的身份选择和对现实责任和艺术责任的平衡。

实际上,希尼的沼泽诗歌乃至诗集《北方》自始至终致力于处理在诗歌

---

① 欧震:《重负与纠正——谢默斯·希尼诗歌与当代北爱尔兰社会文化矛盾》,中国社会科学出版社 2011 年版,第 204 页。

中控诉暴行和文化冲突中呈现诗歌的艺术价值两方面的关系。詹姆斯·拉弗蒂（James Lafferty）注意到希尼在诗歌中引用"客观对应物"和建构类比时的矛盾和困难，因为"面对这些暴力和牺牲，希尼总是在同情或憎恶两种情愫之间徘徊，有一种痛苦的矛盾情结"①。正如希尼自己所言，他"没有放弃对民族的忠诚和对诗歌艺术价值的追求。（他在）坚持'人道的思想'和表达宗教冲突与暴力的真实性和复杂性之间犹豫不决"②。这也解释了为什么希尼在诗歌中对北爱尔兰的现实冲突和暴乱没有做出正面、直接的反映，而是迂回地借助历史和景观描写来暗示。但是在沼泽诗歌中读者可以感受到诗人想要和某一具体的政治事件达成和解的努力，为北爱尔兰暴力、殖民、身份以及冲突等现实困境的选择提供了新的出路。同时，通过对历史的借用和景观描写，诗歌也超越了政治和暴力的界限，在社会危机中保持了其艺术审美价值。"希尼的诗歌和艺术作品构建了一个想象的世界，避开了对暴力冲突和混乱现实的正面反映，而是把它们置于一个更广阔的情境中。"③

第三节 暴力的循环：谢默斯·希尼诗歌中的北欧历史景观

一 爱尔兰岛与北欧国家的历史渊源

在历史上，爱尔兰岛曾遭受过多次外来侵略，对爱尔兰岛的形貌景观以及以后的发展造成深远影响。据历史记载，在公元800年前后，维京人来到爱尔兰岛，侵占盖尔人的领土，掠夺其钱财。伴随着侵略和掠夺的是维京人对爱尔兰岛的建设和改造。维京人以灵活的头脑和聪明才智著称，他们并不仅仅是强盗，也是优秀的商人，他们在爱尔兰城市建设和商业发展方面做出

---

① James J. Lafferty, "Gifts from the Goddess: Heaney's 'Bog People'", *Eire-Ireland*, 17 (1982), p. 135.
② Seamus Heaney, *Finders Keepers: Selected Prose 1971—2001*, New York: Farrar, Straus & Girroux, 2002, pp. 56-57.
③ Patricia Boyle Haberstroh, "Poet and Artist in Seamus Heaney's North", *Colby Quarterly*, 23 (1987), p. 207.

了重要贡献,在爱尔兰的历史上留下了许多具有维京特色的景观,如爱尔兰最古老的城市沃特福德郡(County Waterford)以及都柏林(Dublin)都是维京时代就打下了基础。维京人在爱尔兰的统治维持了 3 个世纪左右,在爱尔兰岛和这些城市中留下了许多维京遗迹。诺曼人约在公元 12 世纪到达爱尔兰岛,在之后的几个世纪里一直控制着爱尔兰岛的大部领土,成为爱尔兰的殖民者,深刻地影响了几个世纪以来爱尔兰的政治、经济、文化等方方面面,在爱尔兰历史上留下浓墨重彩的一笔。同时,爱尔兰岛由于受到外来入侵而改变的景观和历史遗迹"进入"了谢默斯·希尼的诗歌创作中,历史景观的呈现起到了借古喻今、古今对照的效果,表达了诗人对新时期北爱尔兰问题的思考以及诗人现实责任和艺术责任之间的平衡。

埋藏在沼泽中的尸体和相关历史①使希尼找到北爱尔兰现实暴力的"客观对应物",考古学家也在爱尔兰岛的一些城市挖掘出来的遗迹(如维京海盗船的残骸、人的骨架等)"进入"希尼的诗歌创作中,明争暗斗、相互残杀的维京侵略者最后都以失去生命为代价,埋藏在石船中与他们斗争的武器残片遗留下来成为暴力的见证和警醒后人的有力证据。此外,被维京艺术家雕刻在骨头上成为"审判的碎片"的文物也"进入"了希尼的书写中,成为一种独特的历史景观,通过象征和考古学的呈现使希尼找到了在北爱尔兰的现实矛盾中减轻心中的痛苦、内疚、矛盾等复杂情感的方法。诗歌《北方》、《维京都柏林:审讯的碎片》(Viking Dublin: Trial Pieces)、《骨之梦》(Bone Dreams)以象征、比喻等修辞手法呈现的历史景观,使希尼在北爱尔兰的现实矛盾中平衡了社会责任和艺术责任。

二 "审讯的碎片":爱尔兰岛上的北欧历史遗迹和景观

《北方》(North)② 一诗通过诗人的想象呈现了公元 8—10 世纪活跃在爱尔兰岛以及欧洲海岸的海盗维京人留下的历史遗迹和景观,并通过这些景观反思北爱尔兰的现实暴力。诗人通过想象以及突出爱尔兰岛和北欧海岸线特色

---

① 详见上一节的叙述。
② 《北方》一诗着重描写 8—10 世纪时劫掠欧洲海岸的海盗"维京人"在北爱尔兰和整个欧洲的地理和语言中留下的历史痕迹,比较北欧海盗和当代爱尔兰生活中的暴力。

景观的方式回到"一个长长的海滩/一个弯廉形的海湾","找到了大西洋波涛雷鸣般/非宗教的神力"(吴德安等译,81-82),面对冰岛和格陵兰岛,诗人"眼前出现了那些传奇中的北欧海盗",呈现了在"明争暗斗"和"杀戮"中矢去生命的维京人的身体景观以及残留的历史遗迹:北欧海盗"有的躺在奥克尼群岛和都柏林/齐头并脚""有的埋在石祭船/坚固的腹中""有的被砍了头",历史遗迹有"生锈的长刀""石祭船"和"在带冰的河流中闪烁的/武器残片"。(吴德安等译,81-82)这些景观和遗迹都记载着历史上的暴力,诗歌第五节开始是暴力的启示和对暴力的反思,诗人听见"淹没在震耳欲聋的海涛中"的"北欧海盗船的击水声"一次又一次响起,"带着暴力和启示"警告着:

  海盗神索尔的锤子挥动
  带来的是土地和金钱
  愚蠢的婚姻和复仇
  朝臣的互相仇恨和
  明争暗斗,谎言和女人
  斗累了的时候便倡议
  和平仇恨的记忆孵化着杀戮流血。(吴德安等译,82)

  诗歌点出了维京海盗为了土地、金钱、婚姻和复仇而明争暗斗和杀戮流血,即形成历史景观的原因。之后诗人借北欧海盗船击水声的启示用文字记录下这段历史,同时表达了对历史暴力的反思:

  在珍贵的文字中
  躺下,探索你
  大脑回沟中充满的
  盘曲和闪光
  在黑暗中创造
  在长期的侵袭中
  满足于微弱的北极光

第二章　暴力的"客观对应物"：谢默斯·希尼诗歌中的景观与历史

　　而别盼望瀑布般下落的光明
　　让你的眼睛保持明亮
　　就像垂冰的气泡
　　相信你的双手熟知
　　那些感觉得到的尖利财富①。（吴德安等译，82–83）

　　诗人通过景观和历史遗迹在诗歌中记录了维京海盗的暴力活动，使他们"在珍贵的文字中躺下"，北欧海盗的身体景观的呈现也更进一步地说明了无论是何种形式的暴力都害人害己，都会给双方造成不可磨灭的伤害，甚至威胁到生命安全。面对现实中爱尔兰共和军和亲英派军事组织的暴力活动，诗人在"黑暗中创造"，使"眼睛保持明亮"，在现实矛盾和艺术创造之间找到一个可行的出路，消弭了自己的身份焦虑。

　　如果说，诗歌《北方》中的"维京味"和与之相关的景观呈现有限的话，那么在诗歌《维京都柏林：审讯的碎片》中，诗人以组诗的形式全方位展示了维京人在爱尔兰岛和都柏林留下的历史遗迹及其形成的景观。组诗共包括六首小诗，均围绕体现历史上维京海盗暴力的意象展开，第一首小诗呈现了维京人在都柏林的暴力活动后留下的一块骨头的意象，开篇就强调：

　　这是从一个强壮结实的人
　　身上切下来的一块颌骨
　　或一块肋骨，或身体的某一部分……（Heaney，100）

　　诗歌中虽然没有直接描写暴力血腥的场面，但通过呈现作为暴力牺牲品的身体景观来隐喻历史上的暴力。成为都柏林审讯碎片的颌骨意象是身体景观的一部分，诗人从客观的角度用比喻的修辞手法来呈现：

　　（颌骨）显现出小小的轮廓

---

① "尖利财富"（nubbed treasure），指即便像垂冰一样，但真实存在、双手能认知的财富。

用金属架构把它们连接起来
就像小孩跟着书法字帖
读书
就像鳗鱼
在拥挤的筐里
相互吞噬
连成的线使它惊愕
避开了
喂养它的手。(Heaney, 100)

诗人笔下由历史体现的景观不尽相同。沼泽诗中的身体景观以考古学的视角整体全方位地描写成为暴力牺牲品的尸体，而通过北欧历史呈现的身体景观更多的是呼应了诗歌的标题"审讯的碎片"，因此呈现的是身体上某一部分（历经千年的时间留下来的骨头）的景观。在第二首小诗中，诗人称这些骨头为"审讯的碎片"，通过神秘的工艺在骨头上印上了"植物""言集"，"如古老的贸易通道上的/网状道路一样巧妙地交织"（Heaney, 100），身体景观不仅仅以其自身是暴力牺牲品的特性承载了灾难和历史的痛苦，也成了记录历史的证据。而在第六首小诗中，诗人借友人之口以直接的方式描写令人触目惊心的身体景观：

你曾经听说过
他们在都柏林城里
发现的头盖骨的事吗？
有白色的、黑色的
黄色的，其中一些
还长着完整的牙齿
有些仅剩了一颗牙齿
放在盘子中的一颗头颅
使历史变得沉重……（Heaney, 103）

这些承载着"沉重历史"的"审判的碎片"（即身体景观）"进入了我（诗人）的书写中"，记录了历史、同时以古喻今，影射北爱尔兰的现实暴力。维京海盗"审判的碎片"除了身体景观还有极具暴力特征的武器长剑和运送侵略者漂洋过海的船：

  埋在湿润的泥土中的
  带鞘长剑
  平底船急速地钉在
  河岸的斜坡上
  它由熔岩块建成的船身
  充满了刺和爆破音
  正如都柏林。（Heaney，101）

  长剑和船作为历史暴力的痕迹也"进入"诗人的书写中，并把船的意象通过语音和都柏林联系在一起。从词源学的角度来看，"Dublin"一词来源于两个爱尔兰词汇："dubh"和"linn"，分别意为"黑色"和"池子"。[①] 显然，这样的词源学的联系说明了都柏林最早的民族是爱尔兰人。但是，在诗歌中，都柏林一词就和维京海盗的船只意象联系起来，赋予北欧历史以爱尔兰意味，挖掘其中所包含的关于爱尔兰性的内容，以便更好地指称北爱尔兰的现实困境，把不同的民族、不同的语言以及不同意识形态融合在一个以相似历史为中介的场域中。除了北欧海盗维京人，在第四首小诗中，诗人还引用了哈姆雷特的典故，作为政治谋杀和报仇的隐喻：

  我是丹麦人哈姆雷特
  大脑的训练者、寓言的比喻者
  腐烂的嗅闻者。（Heaney，102）

---

① Eugene O'Brien, *Seamus Heaney: Searches for Answers*, London：Pluto Press, 2003, p.134.

虽然诗人与哈姆雷特时空相隔，但诗人此时此刻在北爱尔兰的处境与哈姆雷特的处境颇为相似。哈姆雷特处在阴谋、政治斗争以及复仇的旋涡中，威胁着自身安全。同时，诗人处在北爱尔兰种族矛盾和宗教冲突的激烈斗争中，"为民族宿怨的漫长阴影所困扰"①，在日常的生活中，爱尔兰共和军和新教亲英派军事组织的暴力活动深深地影响了诗人及家人的生活，甚至威胁到生命安全，差点成为种族仇恨、政治斗争的牺牲品。从深层次来讲，不仅仅是诗人和哈姆雷特同处于困境中，诗人对困境的反应也和哈姆雷特一样，也在困境中像哈姆雷特一样犹豫不决。希尼就是哈姆雷特式的人物，"在坟墓中跳来跳去，意识突然清醒/但仍踌躇不前，胡言乱语"（Heaney，102），目睹着国家的腐烂，缺乏勇气与各种非正义的力量作斗争：

    浸渍在各种各样的毒中
    被鬼魂和疾病
    还有谋杀与虔诚
    所束缚。（Heaney，102）

  由此，希尼陷入了现实矛盾和困境中，虽然声讨和谴责了暴力，但他仍然"默默赞许/这种文明的暴行"，"同时也领悟这种仪式性的/族群的、情欲的报复"（吴德安等译，92）。希尼面对现实暴力的犹豫不决和疏离引起了很多批评家和民众的不满。作为在北爱尔兰受压制的天主教社区的一员，民众希望希尼用诗歌作为"武器"忠诚于自己的民族和信仰，坚定地站在天主教这一边，而作为北爱尔兰新时代的诗人代表，新教的民众希望希尼理性对待北爱现实问题并谴责爱尔兰共和军的暴行。所以，希尼陷入了现实困境的社会责任和艺术责任的矛盾中。"我的言语舔舐着铺满鹅卵石的码头/如大头鞋一般，轻轻掠过铺满头盖骨的土地"（Heaney，103），在诗歌中，诗人号召"祖先"与他一起让"古老的祖先与我们同在"以坚定信念。

---

① 西默斯·希尼：《希尼诗文集》，吴德安等译，作家出版社2000年版，第215页。

诗人通过历史呈现身体某一部分的景观延续到诗歌《骨之梦》中，组诗开篇就提到"我找到了白色的骨头"，突出主题，并用比喻和排比的修辞手法呈现了其景观："泛黄的颜色/深深地嵌入草地中""如石头一般冰冷""如燧石一般""如天然贵金属的记号"。（Heaney，104）诗人通过再一次"触摸它"：

  把它缠绕
  在心中的吊索上
  投掷在英格兰
  并沿着落下的痕迹
  一直到陌生的领地。（Heaney，104）

诗人在《骨之梦》中找寻的历史范围扩大了，有"伊丽莎白时期的天篷""诺曼时期的装置""普罗旺斯五月开花的草木""牧师的常春藤拉丁语""游吟诗人发出的拨弦声"，以及哈德良长城①、梅登堡②和奔宁山脉③。此外，在诗歌中，通过"白色的骨头"的景观以"语文学和隐喻的表达法"到"堆满骨头的洞穴"，诗人在现象的世界和认知的世界中持续转换，从语言的现象学描述进入感觉丰富的现实世界：

  堆满骨头的洞穴
  是绿草地里的

---

① 哈德良长城（Hadrians Wall）是在英国的不列颠岛上的一条古长城遗迹，于罗马帝国在占领不列颠时修建，从建成后到弃守，它一直是罗马帝国的西北边界。哈德良长城包括城墙、瞭望塔、里堡和城堡等，完整地代表了罗马帝国时代的戍边系统。（详见百度百科，登录日期：2015年5月23日）
② 梅登堡（Maiden Castle）是英国多塞特郡多切斯特附近福丁顿山上的一块面积为115英亩的场地。这里有一座史前城堡，约建于公元前2000年。1934—1937年莫蒂默·惠勒爵士在此挖掘，并证明它是建于铁器时代的城堡。公元43年被罗马皇帝韦斯巴彦占领，后于70年弃城而去。（详见百度百科，登录日期：2015年5月23日）
③ 奔宁山脉（Pennines）旧译"佩奈恩山脉"。英国英格兰北部的主要山脉和分水岭，从北部的南泰恩河谷地到南部的特伦特河谷地，南北延伸241公里，东西平均宽度为48公里。境内有史前和罗马时代建筑遗迹。（详见百度百科，登录日期：2015年5月23日）

爱巢。
我捧起妻子的头
如水晶一般
我凝视着
自己也被硬化
我是依附在她悬崖上的
碎石
镌刻在她开阔高地上的
巨大记号
我的手触摸着她脊柱下陷的壕沟
并朝着关口移动。（Heaney，104-105）

很显然，诗人采用了隐喻和拟人的修辞手法，"我"和"妻子"分别代表了爱尔兰和英格兰。诗人从通过历史呈现的身体景观出发，以隐喻和拟人等修辞方式，把爱尔兰和英格兰的关系置于一种新型关系的构架中，以"我"与"妻子""爱巢"等隐喻从一定程度上减弱了爱尔兰和英国的对立局势。北爱尔兰虽然地处爱尔兰岛，但在政治上属于英国。英国长期统治着北爱这片土地，民族种族冲突不断。尤其到了20世纪后半期，由于宗教和政治的冲突，北爱几乎没有宁静的时刻，英爱纷争、北爱内部宗派斗争激烈。但是激烈的政治冲突也伴随着英爱文化的交融。爱尔兰文化保留着自身的传统与特性，但另一方面，它已非单纯、孤立的爱尔兰文化本身，而是在英国长期统治、英爱文化交融，并在欧洲古老历史文化影响下的爱尔兰。"如果我的土地和你的土地交界，那么我们被边界分离的同时也是被它联结的。"① 这恰恰是爱尔兰民族文化与英国文化的形象写照。爱尔兰与英国、天主教与清教徒并不能简单地切分，也不可以用原始田园和传统风俗来取代当今的爱尔兰。爱尔兰文化已经是一种杂糅与交融，并不应该以单纯的民族主义来定义。民族

---

① 本尼迪克特·安德森：《想象的共同体：民族主义的起源与散布》，吴叡人译，上海世纪出版社2005年版，第47页。

主义和民族性本身就是由一种想象的、历史性的、具体语境决定的，并不是一成不变地待在那里。此外，文化种族之间彼此交织和影响本身也构成了民族文化的一部分。希尼出生并成长在英属北爱尔兰，自小受到两种相互冲突文化的熏陶。作为一个天主教家庭的后代，他的根在爱尔兰，盖尔文学是爱尔兰真正的文学传统，生活中他耳濡目染的也是爱尔兰文化传统。但是他当时读书的学校却是英国政府出资创办的，接受的是来自英国传统文化的教育，学的是英国的语言、历史、文化，因此他又不可避免地受到英国文化的影响。诗人自己说过："我猜想，我身上的隐性因素与爱尔兰有关，而男性张力来自英国文学。"① 因此，诗人自身的文化场域具有一种双重性，置身于英国的影响和本土经验的吸引之间，就像"置身于庄园领地和沼泽潭之间"。希尼不但拥有英国的教育背景，而且他诗歌的起步与成名也始于英国。因此，希尼对民族文化的理解不局限于纯粹的爱尔兰人的爱尔兰，而是正视爱尔兰文化与包括英国在内的各民族文化相互交融的历史，正视爱尔兰文化所面临的现代化进程这一事实。这与希尼自身的教育背景、文化眼光是分不开的，并反映在希尼文学作品的创作里。希尼也从在爱尔兰与英国之间的徘徊而走到对二者共同的包容与接受中。希尼阐述了他的平衡观念："我们无须放弃对爱尔兰的认同，而是把它看作一个可伸缩的定义：人们可以在多个文化身份中协调的理念应该受到推崇。我建议北方的多数派也能回应这一平衡的提议，开始在爱尔兰框架之内，而非之外考虑问题。"② 希尼就是以这样的理念创作诗歌的。《骨之梦》中还提到了历史遗迹哈德良长城、梅登堡以及奔宁山脉，这三处历史遗迹如今都位于英国，但都建立于史前和罗马时期，带有深厚的罗马帝国时代的烙印。这样的历史遗迹和景观呈现把诗歌叙述的范围从北爱尔兰、英国扩展到历史更悠久且对整个欧洲产生深远影响的罗马，在一定程度上消解了爱尔兰和英国之间的矛盾。正如格里·史密斯（Gerry Smith）所言："这样有助于产生新的认知地图。在新的认知地图中，爱尔兰人民可以参照周边

---

① Seamus Heaney, *Finders Keepers: Selected Prose 1971—2001*, New York: Farrar, Straus & Girroux, 2002, p. 12.

② Seamus Heaney, *Finders Keepers: Selected Prose 1971—2001*, New York: Farrar, Straus & Girroux, 2002, p. 36.

的环境以及这些环境中的权力关系来重新定位自己。"① 实际上，通过在诗歌中选择具有历史维度的题材，诗人意图在承担北爱尔兰的现实悲剧和痛苦的现实责任与作为英语诗人忠诚于自由创作的艺术责任之间架起一座沟通的桥梁，同时在诗歌写作的过程中实现自我与外部的交流，这也是在北爱尔兰两极化的政治语境中解决政治与艺术矛盾的最佳方式。诗歌中通过历史呈现的景观形成一个开放、包容的场域。在这个空间里，不同的意识形态、不同的文化、不同的民族相互交融、相互作用，构成多元的联系。因此，希尼在诗歌中通过历史呈现的景观为在北爱尔兰的现实矛盾中处理身份问题带来更广阔的视野，开启了一个有益于交流和讨论的空间，缓和了北爱尔兰矛盾双方的紧张关系。诗人也试图以历史的融合性打开政治的边界，呈现一种既能回应北爱尔兰的现实矛盾又能体现诗歌艺术审美价值的新的写作范式，致力于在文学作品中建立一个面向未来的想象的爱尔兰。

---

① Gerry Smith, *Space and the Irish Cultural Imagination*, Basingstoke: Palgrave Macmillan, 2001, p. 19.

第三章　开放与多元：谢默斯·希尼诗歌中的景观与语言

景观的文化特质是不言而喻的，并与意识形态、民族情愫、身份认同等紧密相关。如景观在构建身份认同中发挥的作用一样，民族的语言也在意识形态和政治上具有无可比拟的重要性，是构建身份认同的重要方式。语言和景观呈现是一致的①，景观可以被翻译成语言，语言描写呈现景观。通过语言呈现的景观成就了希尼诗歌创作中的地名诗。地名诗是体现语言和景观结合的有效途径，是体现其文化含义的一种建构。在地名诗中，希尼以"作为符号体系的外部景观以及以思维和感觉为主的内心景观二者之间的联系和亲密性"②为视角，"注重集体意识以及通过元音（在诗歌中希尼把爱尔兰情感视为元音）和历史，呈现了神秘感"③。纵观希尼的诗歌创作生涯，地名及地名诗贯穿始终，地方的转换反映了诗人的创作轨迹和不断演变的创作历程。同时，地名诗以希尼熟悉的北爱尔兰地名为基础，融合具有爱尔兰特色的语言，呈现出丰富的爱尔兰乡土世界，确立了爱尔兰人的身份标识。希尼在《格兰莫组诗》中通过语言及其景观呈现上启古希腊古罗马文学传统，下承英语诗歌传统，使诗歌语言"既忠实于外部真实的冲击，又敏感于诗人存在的内部法则"④的秩序，突出其英语诗人的身份标识。诗人身体力行，通过具有英语

---

① Marie Mianowski, ed., *Irish Contemporary Landscapes in Literature and the Arts*, London and New York: Palgrave Macmillan, 2012, p. 28.
② Elmer Andrews, *The Poetry of Seamus Heaney: All the Realms of Whisper*, New York: St. Martin's Press, 1988, p. 53.
③ Elmer Andrews, *The Poetry of Seamus Heaney: All the Realms of Whisper*, New York: St. Martin's Press, 1988, p. 59.
④ 西默斯·希尼：《希尼诗文集》，吴德安等译，作家出版社2000年版，第426页。

语言文学传统的诗歌创作，建立了一个包含不同优秀文化传统的创作空间。

第一节　景观与语言之关系

一　景观与语言之关系

早在 19 世纪，黑格尔曾断言："时代精神的产生依附于特殊环境和其他观念目的"①，表达了景观的文化特质。法国学者泰纳在《艺术哲学》和《〈英国文学史〉序言》中也强调了环境对于形塑民族性格以及时代文艺的重要性。景观的文化特质是不言而喻的，并与意识形态、民族情愫、身份认同等紧密相关。如景观在构建身份认同中发挥的作用一样，民族的语言也在意识形态和政治上具有无可比拟的重要性，是构建民族和身份的重要方式。柄谷行人强调了语言在构建民族国家和身份认同中的作用：

> 现代民族国家的母体形成是与基于各自的俗语而创出书写语言的过程相并行的。但丁（《神曲》）、笛卡尔、路德（《圣经》翻译）、塞万提斯等所书写的语言分别成就了各国的国语。这些作品在各自的国家至今仍作为可读的古典保留下来，并不是因为各国的语言没有太大的变化，相反，是因为通过这些作品各国形成了自己的国语。②

由此可见，语言有着政治的动机，与民族国家的出现、民族身份的构建紧密相关，民族不仅仅是政治斗争的产物，更是与景观、文化、语言等因素相关，人们可以在景观和语言等因素中找到体现民族身份的根性。

人们生活的这片土地的自然特征与他们所讲的语言的产生和发展有紧密的关系。进一步讲，"语言和景观呈现是一致的"③。第一，景观可以被翻译成语言。如果没有创造和维持生命的自然条件，人类就不可能建立民族国家等

---

① 黑格尔：《美学》（第 1 卷），朱光潜译，商务印书馆 1979 年版，第 19 页。
② 柄谷行人：《日本现代文学的起源》，赵京华译，生活·读书·新知三联书店 2003 年版，第 195 页。
③ Marie Mianowski, ed., *Irish Contemporary Landscapes in Literature and the Arts*, London and New York: Palgrave Macmillan, 2012, p. 28.

团体,当然也不可能出现语言。如在盖尔语的建构过程中,爱尔兰中世纪游吟诗人发挥他们的才能,理解自然环境中的"韵律",在景观中注入情感、思想以及灵感转化成优美的语言,同时对当时的世俗语言、乡村牧人的口语产生了影响。游吟诗人在诗歌中呈现的自然的"韵律"创建了景观和普通语言之间的联系,促进了由景观转化而成的语言的传播。① 第二,语言描写呈现景观。在极具地方特色的爱尔兰口语中,一个简单的发音就可以构成一幅幅优美的景观画,勾起无尽的乡愁。"口语是家族、乡间风景、宗教等能指符号所指向的共同生活形态的形式表现。"② 在希尼的诗中,具有爱尔兰特色的语言表征了景观,呈现了爱尔兰乡土世界,呼应了爱尔兰文化民族主义的主张,抗拒了英国的殖民统治,同时通过两者之间的想象性的构建,获得了哲理上的升华。

二 爱尔兰景观和语言

爱尔兰的语言和景观有着复杂的联系,并与国家的历史和命运息息相关。在爱尔兰,语言和景观同时经历了历史,并成为历史的载体。因此,爱尔兰本土语言和景观及其联系与爱尔兰的殖民史紧密相关,即与由于殖民所带来的传统语言和环境景观的改变相关。传统爱尔兰盖尔景观的破坏是与包括语言、宗教、艺术等领域的传统文化的控制和压迫同时进行的,但是激烈的政治冲突也伴随着英爱文化的交融。所以,爱尔兰语言和景观之间天然联系和文化融合造就了丰富和多样化的语言和景观。同时:

> 爱尔兰的殖民史也是一部爱尔兰本土语言盖尔语经受毁灭性打击的辛酸史。在殖民主义的历史过程中,宗主国对殖民地土地的鲸吞、对财富的掠夺、对民众的统治,总是伴随着对地方的重新命名、对所有权的再次分配和阐释、对政治合法性的论证以及对语言的改造。殖民主义的扩张毫无例外地在物质和文化两个领域同时展开。而语言由于其特有的

---

① Marie Mianowski, ed., *Irish Contemporary Landscapes in Literature and the Arts*, London and New York: Palgrave Macmillan, 2012, p. 42.
② 杜心源:《喉音的管辖——谢默斯·希尼诗歌中语言的民族身份问题》,《文艺研究》2013 年第 4 期,第 26 页。

物质和文化的双重特性，总是成为殖民主义文化掠夺的最前哨。①

早在公元 800 年左右，爱尔兰受到维京人（Vikings）的侵扰。维京人一直持续不断地入侵和掠劫爱尔兰的修道院，使得爱尔兰许多以本土语言写成的珍贵书籍和文物被掠夺和破坏。同时，爱尔兰语言中出现了许多维京词语。到了 13、14 世纪，英国对爱尔兰的入侵和殖民拉开了序幕，宗主国从政治、经济、文化、宗教等方面对殖民地进行了全方位的控制。1366 年，时任总督克拉伦斯伯爵召开议会，制定了 35 项严厉的法例，试图全方位地推进爱尔兰的英格兰化。其中，对爱尔兰进行文化隔离和语言封锁的条款有："爱尔兰贵族不得供养和款待云游弹唱者、行吟诗人和文人"；"居住在英国人中的爱尔兰人需用英国的姓氏来命名地方街道、商场店铺以及旗帜纹章，同时英国需作为通用语言，沿用英国的习俗"；等等。同时，英国政府加强了对爱尔兰人民的宗教控制。1560 年，爱尔兰议会在英国政府的操控下通过了"王权至高法案"和"信仰划一法"，规定英国女王为爱尔兰教会的最高统治者，所有被任命的教士和牧师都必须使用《英国国教新祈祷书》，同时每个星期天都必须到国教教堂做礼拜，如有缺席，每次罚款 1 先令。迫于英国政府的压力和长期、全方位的统治控制，越来越多的爱尔兰人开始使用英语，爱尔兰语的生存空间越来越小，使用者也越来越少。此外，"大饥荒"等发生在爱尔兰的自然灾害使讲爱尔兰语和保持爱尔兰传统的人数锐减，破坏了爱尔兰语发展和存在的基础，导致了爱尔兰语的几乎灭绝。② "1845 年时还有 400 多万爱尔兰人讲盖尔语；而到了 1851 年就减少了一半。相应地，西部地区（即所谓的盖尔族地区）的乡风民俗以及民间文化传统也为之大变。"③ 尽管在 19 世纪爱尔兰语区遭到严重的破坏、导致严重衰落，但是爱尔兰人并没有放弃对爱尔兰民族文学和爱尔兰语的关注。

---

① 欧震：《重负与纠正——谢默斯·希尼诗歌与当代北爱尔兰社会文化矛盾》，中国社会科学出版社 2011 年版，第 129 页。

② See Roy F. Foster, *Modern Ireland: 1600—1972*, Harmondsworth: Penguin, 1990.

③ 王振华等：《列国志·爱尔兰》，社会科学文献出版社 2012 年版，第 54—55 页。

第三章 开放与多元:谢默斯·希尼诗歌中的景观与语言

19世纪末为了振兴爱尔兰民族文化,道格拉斯·海德(Douglas Hyde,1860—1949)和麦克尼尔(Eoin MacNeil)成立了'盖尔语联盟',组织群众学习盖尔语,启发人们对爱尔兰历史、文化的兴趣,主张通过复活爱尔兰的传统来振兴文艺。民间韵文的倡导者还有戴迈德·奥沙里范(Diarmaid O Suilleabhain,1760—1847),迈里·布·尼莱里(Maire Bhui Ni Laoghaire,1770—1830),肖恩·奥杜恩尔(Sean O Duinnle,1897—?)和米歇尔·鲁易希尔(Micheal Ruisedl,1928—?)。①

在爱尔兰文艺复兴时期,爱尔兰文学中发起了"言文一致"运动。以海德为主导成立的"盖尔语联盟"鼓励人们用爱尔兰语创作,同时关注对爱尔兰盖尔语手稿的研究、民俗学以及翻译工作。在翻译活动中,英语中加入了许多爱尔兰盖尔语的口语、词汇以及特殊用法,使得英语爱尔兰化,并和标准英语区分开来。英语中出现了许多被英语化但又体现地理特征的爱尔兰词汇。例如:bog("沼泽",16世纪时用"peat land"来指称,之后衍变为用爱尔兰盖尔语"bog"),lough("湖",中世纪英语为"lake",爱尔兰盖尔语为"loch"),glen["峡谷",ME(中世纪英语):"valley";IrG(爱尔兰盖尔语):"glean")]和drumlin("冰丘""鼓丘",19世纪中期的英语中用"elongated hill""diminutive of drum"指称;IrG:"ridge""narrow hill");rath("由土墙建成的圆形堡垒建筑",ME:"circular enclose surrounded by an earthen wall";IrG:"rath");clachan("小村庄",ME:"a small village";IrG:"clachán");currach("克勒克艇",ME:"the Irish name for coracle, a small boat";IrG:"curach""boat""little ship");crannog("人工岛""湖上住所",17C:"ancient lake" or "bog-dwelling";IrG:"crannog");shebeen("无执照的小酒馆",late 18C:"house where alcohol is illicitly sold";IrG:"síbín""shebean");boreen("窄巷""乡间小路",19C:"a country lane or narrow road";IrG:"bother road + een")……这些词汇承载了爱尔兰特色,有助于构成具有盖尔特色的爱尔兰乡村景观。同时,许多地理特征和地形标志也体

---

① 王振华等:《列国志·爱尔兰》,社会科学文献出版社2012年版,第222—226页。

现在地名诗中，比如词汇 dun（"山丘"），drum（"鼓丘""山脊"），glen（"峡谷"），cairn（"石堆""石冢"）。① 同时，描绘植物的传统爱尔兰词汇更形象地呈现了盖尔景观。例如：词汇 shamrock（"三叶草"，16C："diminutive of seamar clover"；IrG："seamróg"）；dulse（"红藻"，IrG："duileasg"）；carrageen（"角叉菜"，19C："after the Waterford village"；IrG："Carragheen"）。来自盖尔语的具有军事意义的英语词汇还有：kern（"中世纪爱尔兰或苏格兰的轻武器步兵"，ME："foot soldier"；IrG："ceithern"）；"galloglass"（"武装侍从""保镖"，16C："soldier or mercenary"；IrG："gall-óglach"）。还有一些表示对抗意义的词汇在盖尔语中的意义得到保留：Fenians（"芬尼亚会会员"，19C："members or associates of the Irish revolutionary organization"）；spalpeen（"地痞流氓""无赖"，19C："casual farm labourers, but also rogues, rascals"；IrG："spailpín"）；rapparees（"爱尔兰民兵""土匪""强盗"，17C："Irish irregular soldiers or, more broadly, plunderers or robbers"；IrG："rapairidhe"）。在英语词汇中得到保留的一些表示职业的词：bard（"吟游诗人"，15C："poet""singer""minstrel"；IrG："bard"）；banshee（"爱尔兰民间传说中预报死讯的女妖精""女鬼"，18C："female spirit"；IrG："bean sídhe""woman of fairyland"）；leprechaun（"爱尔兰民间传说中的小妖精"，17C："mischievous elf"；IrG："leipreachán"）。② 来自盖尔语的表示饮食、服饰的英语词汇：whiskey（"威士忌酒"）；poteen（"爱尔兰用马铃薯酿成的威士忌"，19C："illicit spirit distilled from potatoes"；IrG："poitín"）；Donegal tweed（"多尼盖尔粗花呢"）；brogue（"粗革皮鞋"）。③ 通过语言形式的变迁，进入英语中的盖尔语词汇形成了文化景观。盖尔文化所遭受的变革和冲击也体现在语言形式的变迁上，具有反抗英国殖民统治和宗教压迫的政治动机，体现了民族主义。由此，语言景观被深深地打上了殖民和民族主义的烙印。

---

① Marie Mianowski, ed., *Irish Contemporary Landscapes in Literature and the Arts*, London and New York: Palgrave Macmillan, 2012, p. 52.
② Marie Mianowski, ed., *Irish Contemporary Landscapes in Literature and the Arts*, London and New York: Palgrave Macmillan, 2012, p. 53.
③ Marie Mianowski, ed., *Irish Contemporary Landscapes in Literature and the Arts*, London and New York: Palgrave Macmillan, 2012, pp. 53–54.

19 世纪爱尔兰文艺复兴中的"言文一致"运动还促进了语言、传统爱尔兰人的形象、国家形象和爱尔兰的景观的联系。沼泽是塑造爱尔兰人民民族气质和性质的最典型的自然景观特征。实际上,本土爱尔兰人长期以来和泥炭沼泽融为一体,在语言上有"沼泽爱尔兰人"(the bog Irish)一词,用以代指出生于底层阶级的爱尔兰普通民众和劳动人民。这一词汇在 17 世纪末期变为"bogtrotters""boglanders",到了 20 世纪演变为"boghoppers",到了现在,可用"bog wogs"和"wogs from the bog"表示爱尔兰人民与沼泽的紧密关系。在爱尔兰,沼泽是最显著的地形特征,并承载了丰富的文化象征意义,在爱尔兰民族性格的形成中发挥了重要的作用。沼泽对爱尔兰人的意义以及环境对人的作用在古老的爱尔兰谚语中可见一斑:"你可以从沼泽中找到任何人,并且每个人身上都看得到沼泽的影子。"(You can take the man out of the bog, but you can't take the bog out of the man.) 沼泽作为国家象征的演变也体现在语言中,爱尔兰的名字的拼写经历了由"Teagueland"(17 世纪末期到 19 世纪)、"Paddyland"(19 世纪中叶),"Mickeyland"(19 世纪后期),到"Murphyland"(至 20 世纪 40 年代止)的变迁。"Greenlanders"一词既可以指"经验不足的人",也可指"本土爱尔兰人"。"Irish"一词在 19 世纪和 20 世纪也经历了一系列的变迁,其中大多包含否定的意义,例如:Irish bull("一种自相矛盾的说法"),Irish promotion("降级"),Irish evidence("伪证"),Irish twins("出生时间相差不超过 12 个月的兄弟姐妹")。① 爱尔兰语还在人名、地名等方面对英语产生了影响。从爱尔兰语中来的"Larry, Barney, Seamus"成为英语中常用的人名。英语中以爱尔兰祖先的名字命名的情况更为普遍和多样化:"Kelly"和绿色相关,"Murphy"有许多相关的意义:第一,指典型的爱尔兰人;第二,专指警察;第三,指称土豆。② 体现在名字方面的爱尔兰语对英语的影响形成了独特的与姓名相关的景观。以姓名的方式对英语的影响,爱尔兰的天主教、粗暴、包容、土豆等主题和特征得以体现。同时,有

---

① Marie Mianowski, ed., *Irish Contemporary Landscapes in Literature and the Arts*, London and New York: Palgrave Macmillan, 2012, p. 56.
② Marie Mianowski, ed., *Irish Contemporary Landscapes in Literature and the Arts*, London and New York: Palgrave Macmillan, 2012, p. 57.

关警察的词汇出现的频率也很高,这与爱尔兰的国情紧密相关。由于爱尔兰岛特殊的历史原因和动荡的局势,大量的爱尔兰人从事警察这一行业以维护和平和稳定,数量庞大的警察队伍也成为爱尔兰的一大特色。

奥斯卡·王尔德(Oscar Wilde)曾言:"撒克逊人侵占我们的国土,使我们的家园满目疮痍;我们却使用他们的文字并给它加上美的因素。"① 这一论断在希尼的诗歌中得到了体现,迈克尔·帕克认为,希尼在诗集《在外过冬》里已经形成了以描写原初的爱尔兰语区为主题的想法,并将语言当作爱尔兰文化身份的表征。② 希尼以语言为出发点,呈现出一幅幅具有爱尔兰特色的景观,并与民族身份的表达紧密相连:"没有一个地方比北爱尔兰更具对自身的敏感和现实主义,没有一个地方比北爱尔兰更有资格指责任何的韵律上的华丽辞藻和抱负的挥霍。"③ 希尼在提及他那些充满语音上的乡愁的诗歌说:

> 当他们被写下来时,我有一种强烈的轻松感,一种喜悦或者说是无所顾忌的感觉,它们向我证明了,一个人可以既忠诚于英语的本质——在某种意义上这些诗是盎格鲁—撒克逊的舌头发出的具有感官性的口唇间的乐曲,与此同时又忠于他的非英语的起源——对我来说就是家乡德里郡。④

因此,在希尼的诗歌创作中,通过盖尔语的韵律和发音与英语的结合,呈现出一幅幅景观,并与其身份表达和艺术呈现紧密相连。

三 希尼诗歌中的景观与语言

蒂姆·鲁滨逊(Tim Robinson)认为:"地名诗联结了语言和景观。"⑤ 地

---

① Hyde H. Montgomery, *Oscar Wilde*, London: Eyre Methuen, 1976, p. 69.
② Michael Parker, "From Winter Seeds to Wintering Out: The Evolution of Heaney's Third Collection", *New Hibemia Review*, 11 (2007), p. 135.
③ Seamus Heaney, "Crediting Poetry: The Nobel Lecture", *The New Republic*, Dec. 25 th, 1995, p. 28.
④ Seamus Heaney, *Preoccupations: Selected Prose, 1968 – 1978*, London: Faber and Faber, 1980, p. 26.
⑤ Tim Robinson, *Setting Foot on the Shores of Connermara and Other Writings*, Dublin: Lilliput Press, 1996, p. 115.

名诗是体现语言和景观结合的有效途径,是体现其文化含义的一种建构,"一个地方的地形、外貌特征都与其地名和地名文化紧密相关"①。同时,"地名显示了人类从语言、文化等方面对景观的参与,并通过命名来体现其对空间的占有"②。只有被命名,景观才能呈现出文化意义。因此,命名的过程也是一种建构的过程。同时,通过对某一地域或某一景观的命名,命名主体加入了自己的意识形态,使景观呈现命名者的主体性和主观意志,为其"发声"。约翰·威尔逊·福斯特（John Wilson Foster）阐释了地名、语言和景观三者之间的联系：地名有时候受到地理区域的自然特征（如山地、沼泽、海滩、河流、井等）的影响,但又不仅仅局限于地理特征,而是紧密地和所有者、家族及团体相连……地域、有关地域的传说以及地名：透过强大的文化棱镜,爱尔兰的景观被建构、观赏和解读。③ 在早期的盖尔文学中,"地名诗"（dinnshenchas）这一术语一方面指文学上的一个发展分支；另一方面指在 12 世纪编撰而成的一系列地名文学。④ 同时,地名诗在社会中也占据重要的地位。"自古以来关于地名诗的景观和故事传说是上层阶级和社会教育的核心内容……如果诗人不熟悉地名诗会被认为没有足够的教养。"⑤ 因此,地名诗中景观成为仪式、故事、神话和记忆的传承载体,诗人在创作中也格外关注景观。地名诗通过其独特的语言和景观呈现了有关地名的知识,并成为诗人身份表征的重要方式。在长期处于英国统治和压迫的爱尔兰,地名诗成为留存本土文化、反抗殖民压迫和帝国剥削的"文本证据"。由爱尔兰特色的语言呈现的景观被当作一种文本,讲述着爱尔兰被遗忘的古老传奇故事,记载着爱尔兰被压迫的历史,体现了爱尔兰性。这也符合成功的艺术作品中体现的历史和哲学意义都不同程度地根植于景观中这一规律。⑥ 在早期诗歌中,希尼表现出对地名

---

① J. Hillis Miller, *Topographies*, Stanford: Stanford University Press, 1995, p. 1.
② Edward Relph, *Place and Placenames*, London: Pion, 1976, p. 12.
③ John Wilson Foster, *Nature in Ireland: A Scientific and Cultural History*, Dublin: Lilliput, 1997, p. 43.
④ Caoimhin Mac Giolla Leith, "Dinnseanchas and Modern Gaelic Poetry", in Gerald Dawe and John Foster, eds., *The Poet's Place: Ulster Literature and Society, Essays in Honor of John Hewitt, 1907 – 1987*, Belfast: Institute of Irish Studies, 1991, p. 158.
⑤ Edward Gwynn, *The Metrical Dinnsenchas: Part I-V*, Dublin: Hodges, Figgis & Co., 1935, p. 91.
⑥ Gerry Smith, *Space and the Irish Cultural Imagination*, Basingstoke: Palgrave Macmillan, 2001, p. 38.

诗、景观、语言、边界等的深切关注，把艺术作为一种言说"爱尔兰性"、表达身份的隐喻。在同时间段创作的散文中，希尼也多次阐释了地方、景观以及身份之间的关系。当他回忆起从小生长的莫斯巴恩时，写道：

> 凭着那些田野和乡镇的名字，凭着其中混杂的苏格兰、爱尔兰和英格兰词源，这一侧国土每每让人回忆起它的拥有者们的历史：布罗、朗瑞格（the Long Rigs）、贝尔山（Bell Hill）；布莱恩原野（Brian Field）、圆草场（the Round Meadow）、戴梅森（Demesne），每一个名字都倾注着对每一寸土地的热爱。如此诉说这些名字使得不同的地域互相疏离，并将它们转化成华兹华斯所称的一幅意识的图景，它们深深地铺展着，仿佛不可抹去的铭记被写入了精神谱系之中。①

希尼的这段描述把土地或区域划分（田野、乡镇）、地名（布罗、朗瑞格等）、景观和文化认知置于同一意识图景中。蒙塔古曾言："所有的爱尔兰地名以其相联系的事物可以编织成一个世界。"② 希尼的诗歌正是实践了这个论断。

在散文《进入文字的情感》中，希尼谈道："唯有语言货真价实。"③ 景观和语言的关系在希尼诗歌中体现在地名诗中，以使用爱尔兰口语和特殊词汇与呈现爱尔兰古朴的美景图表达了诗人对爱尔兰身份的选择。同时，通过诗歌语言和景观，希尼摆脱了政治、历史、宗教、民族的困难选择，挖掘诗歌中最内在的因素，还原语言符号的原初意义和本真状态，忠诚于艺术创作，找到清晰的、理性的自我认识，对民族的苦难和外部世界的纷争保持理性的超然和宽广的释然。正如希尼在《贝奥武甫》（*Beowulf*）译本序言中所说："我一直有一种强烈的欲望想要回到语言的最初岩层去'探析其矿藏'……而翻译《贝奥武甫》则是确保自己个人的语言学的铆钉在盎格鲁—撒克逊的海

---

① 西默斯·希尼：《希尼诗文集》，吴德安等译，作家出版社2000年版，第204页。
② John Montague, *The Figure in the Cave and Other Essays*, Dublin: Lilliput Press, 1989, p. 43.
③ 西默斯·希尼：《希尼诗文集》，吴德安等译，作家出版社2000年版，第258页。

床的方式。"① 正如托马斯·麦克唐纳所说:"爱尔兰诗歌最突出的特征恰恰显示于将盖尔诗歌的韵律和发音与英语诗歌交织在一起之时。"② 所以，在希尼的写作和翻译过程中，他越来越发现爱尔兰和英语之间并非对峙的对立关系，而是相互影响、相互交融的重叠关系。在写作的初期，希尼想以对抗英国的殖民主义和文化专断的方式拯救爱尔兰文化。但经过不断的感悟和实践，他转向英爱文化的交融，用独特的语言塑造充满了杂交性和复杂性的爱尔兰文化景观，这种景观可以同时包容与爱尔兰人的生存经验有关的、无论是适宜的还是抵触性的文化遗产。正如希尼在《贝奥武甫》译文序言的最后所表达意思:

> 对于一个爱尔兰诗人，把 "bawn" 一词用在《贝奥武甫》的翻译中，这似乎意味着和征服与殖民、吞并与抵抗、完整与敌对的复杂历史达成了和解。相关的人们都需要清楚这样历史以支配自己的意志向前，向前，不停地向前……③

"不停地向前"也一直激励着希尼的创作，使他超越了民族矛盾和种族冲突的历史负担，通过语言和景观创造了新的身份空间。从一系列的地名诗到专注于艺术创作的诗歌，希尼完成了出生于北爱尔兰天主教家庭的公众文化人语言和文化上的精神迁移。这一过程既体现了爱尔兰文化在历史上的遭遇，也促进了爱尔兰公众文化人摆脱历史悖论和文化悖论，回到纯粹的艺术世界。语言成为作品的主角，语言符号还原到最初的本真状态，体现原初的意义。

同时，希尼诗歌中具有海德格尔的语言观。理查德·基尔尼（Richard Kearney）指出:"希尼把回家表述为在吸引和排斥、强烈的追求和怀疑的

---

① Seamus Heaney, "Introduction", *Beowulf: A New Verse Translation*, New York and London: W. W. Norton & Company, 2001, p. xii.

② Seamus Heaney, *Preoccupations: Selected Prose, 1968–1978*, London: Faber and Faber, 1980, p. 41.

③ Seamus Heaney, "Introduction", *Beowulf: A New Verse Translation*, New York and London: W. W. Norton & Company, 2001, p. xxx.

追问来回摆动这种模糊态度，与海德格尔把诗人'对存在的搜寻'看作通过'无家性'回'家'的辩证运动的观念是相似的。"① 而另一位学者阿利斯泰尔·戴维斯（Alistair Davies）进一步指出，基尼尔将希尼和海德格尔联系起来，就是受后者"唯有词语给事物以存在"这一观点的影响。② 把语言视作人类存在根基突出了语言的重要性，促使希尼等其他爱尔兰诗人冲破民族和宗教的藩篱，在创作过程中更加注重对语言的自身性质以及语言与其他事物关系的探索，使语言从表意层面上升到审美层面，再到哲学层面。

对希尼来说，词语是一个通道，像两面神"雅努什"（Janusz）："词语本身就是门；两面神'雅努什'在一定程度上就是它们的神，它一边回顾根源的分支和联系，一边前瞻观念和意义的净化。"③ 语言于希尼一方面是家园，用来回顾"根源的分支和联系"；另一方面包含了具有前瞻性的神秘力量。"诗歌的力量总是比它声明的含义更加深邃。作为连接因素的词语之间秘密，往往是一种写作者和读者都感到困惑，只能部分领会的古老力量。"④ 因此可以看出，希尼对语言属性认知依赖于历史经验，具有不稳定性。在描写父亲、母亲和爱尔兰乡邻的诗歌中，希尼在语言上高度自制，更多的是以无声的动作和行为呈现出一幅幅劳作景观（本书第一章第三节已对此做了详细的分析）。其实，这与爱尔兰人的性格有关。爱尔兰人都信奉"好男寡语"，性格沉默寡言，在语言上极端克制，情感的交流和内心想法的表达主要是靠行动。在诗歌中，希尼的语言根植于历史语境和个人人生体验中，极具特色。同时，他具有异乎寻常的捕捉词语意义的能力，对声音的微妙变化高度敏感，能把古老的盖尔词汇、爱尔兰地方性语言和英语融合在一起，并使之不产生冲突，达到流畅、优美的文学效果。希尼认为"诗歌足以表达我的全部经验"，在对待不同的语言传统时，希尼期望爱尔兰语和英语两个英语传统都能平衡地呈现在诗歌中，并在散文《约翰·克莱尔的食粮》（"John Clare's Prog"）借用

---

① Richard Kearney, *Transitions: Narratives in Modern Irish Culture*, Dublin: Wolfhound, 1988, p. 113.
② See Elmer Andrews, ed., *The Poetry of Seamus Heaney*, New York: Columbia University Press, 2000, pp. 69–74.
③ 西默斯·希尼：《希尼诗文集》，吴德安等译，作家出版社2000年版，第263页。
④ 西默斯·希尼：《希尼诗文集》，吴德安等译，作家出版社2000年版，第299页。

奥西普·曼德尔施塔姆（Osip Mandelstam）的"对世界文化的乡愁"（nostalgia for world culture）的概念来表达：

  对一种世界文化的梦想，归根到底，是对一个如此世界的梦想：在那里没有哪种语言会被贬低，在那里波奥修（这是莱斯·默里为所有偏远内陆和口语文化创造的一个意象）① 的古代乡村省份将与雅典城邦并肩矗立，在那里不仅荷马而且赫西俄德都有他们应得的荣誉。②

  希尼以语言和景观为出发点，想要创造一个能够包容不同地域、不同起源、不同层次文化的世界，并在这个世界里去寻找曼德尔施塔姆设想的"文化世界"。同时，在诗歌创作中，希尼继承和延续了古希腊文学传统、英语文学传统和爱尔兰文学传统，希尼的诗歌成为不同文学传统之间交流和融汇的平台。这样的创作提高了希尼作品的价值，奠定了其作为英语诗人的地位。

第二节 景观与语言的联姻：谢默斯·希尼诗歌中的地名诗

  地名是人们赋予各个地理实体的专有名称。地名真实记录了自然环境的变化、人类文化的发展、民族的变迁与融合，蕴含着丰富的历史、地理、语言、经济、民族、社会等要素，是一种特殊的文化现象，是记录人类历史活动的活化石。地名具有社会性、时代性、民族性和地域性等特性。地名景观是文化景观的有机组成部分。③

  地名诗属于爱尔兰传统地名志（dinnseanchas, or dinnsenchas）④ 类型，

---

  ① 莱斯·默里（Les Murray）为当代澳大利亚著名诗人，波奥修（Boeotia）是古希腊阿提卡北部的一个地区，系诗人赫西俄德和品达的故乡。

  ② Seamus Heaney, *The Redress of Poetry*, New York: Farrar, Straus and Giroux, 1996, p. 82.

  ③ 陈金华、纪小美：《台湾地名文化与景观关系探析》，《华侨大学学报》（哲学社会科学版）2013 年第 3 期，第 55 页。

  ④ 在爱尔兰语中，"地名诗"和"地名志"都是用 dinnseanchans 表示，可见二者之间没有明确的界限。

它讲述的是与某一地相关的神话或历史故事。通过神话和历史故事,人类与某一地方的关系概念化,同时这一地方的景观得以呈现。中世纪的爱尔兰热衷于为自己国家的景观找到合乎逻辑的解释,并从政治上和文学上重视景观。在公元8、9世纪,Senchas(故事)成为爱尔兰社会重要的因素。故事的种类众多,由颇具声望的知识分子回忆,或为传奇故事,有的为了构建身份意识,有的反映了当时社会动态和社会需求。①"爱尔兰的土地都可以完全转化成故事。"② 地名诗是有关爱尔兰各地的地理传奇,同时是中世纪爱尔兰诗人和知识分子阶层对爱尔兰景观的重新阐释和再次构建。景观通过地名诗故事呈现,被有意识地纳入英雄事迹、神话传奇中,得到了保留。因此,景观是超自然现实的一种表达。一个地方的自然、地理、地质特征以及历史概况被赋予广泛的文化、历史和神话意义,并同身份和身份建构联系起来。

蒂姆·鲁滨逊认为:"地名诗联结了语言和景观。"③ 安东尼·布拉德利(Anthony Bradley)也表达了希尼诗歌中景观与地名诗的相关性:"在希尼的作品中,爱尔兰的景观与地名的渊源和韵律紧密相关。"④ 在地名诗中,希尼以"作为符号体系的外部景观以及以思维和感觉为主的内心景观二者之间的联系和亲密性"⑤ 为视角,"注重集体意识以及通过元音(在诗歌中希尼把爱尔兰情感视为元音)和历史,呈现了神秘感"⑥。纵观希尼的诗歌创作生涯,地名及地名诗贯穿始终,地方的转换反映了诗人的创作轨迹和不断演变的创作历程。诗人以出生时在房前种下的栗子树的成长为隐喻,从家乡莫斯巴恩(Mossbawn)起步,在早期诗歌中描写了具有北爱尔兰特色景观的安娜荬瑞什

---

① Marie Mianowski, *Irish Contemporary Landscapes in Literature and the Arts*, London: Palgrave Macmillan, 2012, p. 30.
② Robert Welch, ed., "Dinnshenchas", *Oxford Companion to Irish Literature*, Oxford: Clarendon Press, 1996, p. 150.
③ Tim Robinson, *Setting Foot on the Shores of Connermara and Other Writings*, Dublin: Lilliput Press, 1996, p. 115.
④ Anthony Bradley, "Landscape as Culture: The Poetry of Seamus Heaney", in James D. Brophy and Raymond J. Porter, eds., *Contemporary Irish Writing*, Boston: Twayne, 1983, p. 3.
⑤ Elmer Andrews, *The Poetry of Seamus Heaney: All the Realms of Whisper*, New York: St. Martin's Press, 1988, p. 53.
⑥ Elmer Andrews, *The Poetry of Seamus Heaney: All the Realms of Whisper*, New York: St. Martin's Press, 1988, p. 59.

（Anahorish）、布罗格（Broagh）、图姆（Toome）等诗人熟悉的北爱尔兰故土。在写作生涯的中期阶段，举家迁居威克洛（Wicklow）的希尼以格兰莫（Glanmore）为中心，创作了《格兰莫组诗》（*Glanmore Sonets*）和《再访格兰莫》（*Glanmore Revisited*）两组诗。格兰莫是希尼诗歌中继莫斯巴恩之后又一重要的地方，它连接了1970年代末期爱尔兰的社会现实和希尼的个人生活。在诗歌创作的后期阶段，希尼以哲思的眼光重新审视曾经生活过的土地，创作了《图姆》（*Toomebridge*），《安娜莪瑞什》（*Anahorish*），《格兰莫田园诗》（*Glanmore Eclogue*）等地名诗。希尼的这一创作历程基于地名诗和景观两者之间相互作用、相互结合的关系，消解了诗歌中的二元对立，建构了一个流动且复杂、各种因素相互渗透的力量场域（a field of force），提供了解决身份困境、宗教选择、政治冲突的想象空间。

一 莫斯巴恩（Mossbawn）

希尼的家乡莫斯巴恩（Mossbawn）"处在莫尤拉公园①和图姆②之间……因为'莫斯巴恩'这个名字兼有苏格兰语、英语和盖尔语的词源，它是'乌斯特分裂文化'的隐喻，是被异族种植者夺取和占领的爱尔兰天堂"③。尼尔·科科伦（Neil Corcoran）认为莫斯巴恩是"北爱尔兰天主教的象征，他们处在当地新教徒情感的印记和英国殖民者的印记中，处在'沼泽'和'庄园'之间"④。希尼是这样阐释"莫斯巴恩"隐喻的：

"摩斯"（Moss），是一个苏格兰词汇，大概由垦殖者带到了乌斯特尔；"巴恩"（Bawn），是英国殖民者为他们坚固的农庄所起的名字，"莫斯巴恩"，即沼泽地上的垦殖之家。尽管有了这个"学名"，我们还是将其念为"摩斯班"（Moss bann），而"班"（bann）在盖尔语中意为白

---

① 指前任北爱尔兰保守党总理杰姆斯·奇切斯特·克拉克（James Chichester-Clark）的庄园。
② 指在巴恩河畔四面都是沼泽的一个村庄。在这里，年轻的爱国者罗迪·麦克里（Roddy McCorley）于1798年起义中殉难。
③ Michael Parker, *Seamus Heaney: The Making of the Poet*, Iowa city：University of Iowa Press, 1993, p. 7.
④ Neil Corcoran, *A Student's Guide to Seamus Heaney*, London：Faber and Faber, 1986, p. 13.

色，这样一来，这个名字的含义是否就意味着"白色苔藓"——沼泽地上的白棉花？①

莫斯巴恩的盖尔语源呈现了其景观内涵，"苔藓"和"沼泽地"构成了具有爱尔兰特色的乡村景观。"莫斯巴恩"一词的苏格兰语词源和英语词源表达了苏格兰垦殖者和英国殖民者对这片土地的占领和控制。然而，盖尔语的词源以及呈现的"苔藓""沼泽地"和"沼泽地上的白棉花"的景观突出了爱尔兰特色，消磨了这片土地被殖民的痕迹。盖尔语的词源以及呈现的景观是以"主人翁的姿态反抗长达四百年的殖民史"，是从文化的角度对莫斯巴恩的合法性的宣称。但是，莫斯巴恩一词从语源和景观两方面表明不同文化融合和交流的结果。

在以家乡命名的散文《莫斯巴恩》中，希尼把奥姆弗洛斯称为世界的中心："它意味着中心，也就是一块标记着世界中心位置的石头。"② 然而，奥姆弗洛斯是一个希腊语，希尼把一个希腊语视作世界的中心，表明了爱尔兰文化中复杂的联系，其构成了包含不同民族、不同文化的力量场域。希尼最初建立的地方概念也可以使人想到力量场域的概念：在希尼的世界中，有两个世界的中心，一是"奥姆弗洛斯，它意味着中心，依旧是一块标记着世界中心位置的石头"；二是"［希尼家］院子里的水泵就站在那儿……站在石头基座上，标志着另一个世界的中心"。③ 这样爱尔兰农村院子里的水泵意象把德里郡的乡村和古希腊的德非（Delphi）联系起来，拓宽了爱尔兰文化的内涵。

在早期诗歌中，希尼把"混杂着苏格兰、爱尔兰和英格兰词源"的田野和乡镇的名字与它的拥有者们的历史联系起来：

布罗、朗瑞格（the Long Rigs）、贝尔山（Bell Hill）；布莱恩原野（Brian Field）、圆草场（the Round Meadow）、戴梅森（Demesne），每一

---

① 西默斯·希尼：《希尼诗文集》，吴德安等译，作家出版社2000年版，第238页。
② 西默斯·希尼：《希尼诗文集》，吴德安等译，作家出版社2000年版，第201页。
③ 西默斯·希尼：《希尼诗文集》，吴德安等译，作家出版社2000年版，第201页。

个名字都倾注着对每一寸土地的热爱……并将它们转化成华兹华斯所称的一幅意识的图景，它们深深地铺展着，仿佛不可抹去的铭记被写入了精神谱系之中。①

在这一片文化和意识形态分裂的领土上，地理景观不仅可以反映自然，同时也折射出北爱尔兰的文化历史，体现了不同文化之间的交流和融合。

二 安娜茇瑞什（Anahorish）

"Anahorish"的盖尔语为"anach fhior uisce"，意为"place of clear water"，即"清水之地"。对于诗人来说，"安娜茇瑞什"不仅仅是一个地名，诗中通过富有浓郁盖尔特色的语言呈现了故乡的景观。安娜茇瑞什是位于北爱尔兰德里县（Derry）的一个小镇，离希尼的家莫斯巴恩很近，希尼是在安娜茇瑞什的小学完成小学教育的。虽然在区域划分的政治归属上，安娜茇瑞什属于英国，但它极具爱尔兰特色，承载着爱尔兰传统。诗歌一开篇就解释了"Anahorish"的盖尔词源在英语中对应的意思——"清水之地"，仅从字面意思就为读者呈现了极具美感的景观图。接下来诗人以自然景观和居民们劳作场景的描写并重、以听觉和视觉相结合的方式呈现了安娜茇瑞什的美景图。诗人称"安娜茇瑞什"为"世界开始的小山"：

> 那里清泉涌出，流入
> 闪光的草地
> 流入铺在乡间小路上的
> 黑色鹅卵石。（吴德安等译，43）

有山有水有绿草地，俨然构成一幅美丽的山水图。清水流经的绿草地和铺在乡间小路上的黑色鹅卵石形成色彩上的对比，带来视觉冲击感。诗歌之后转入对"安娜茇瑞什"的语言和听觉描述，把语言优美的韵律和景观联系

---

① 西默斯·希尼：《希尼诗文集》，吴德安等译，作家出版社2000年版，第221页。

在一起:"'安娜葌瑞什',你是辅音/柔和的上坡,元音的绿草地。"(吴德安等译,43)"Anahorish"一词由四个元音构成,充满了浓烈的爱尔兰情感①,最后的"sh［ʃ］"音在形象上形成小溪中的清水潺潺流淌,蜿蜒直至远方的画面感。这一切构成了一幅北爱尔兰古朴宁静原生态的景观图,同时这片"元音的绿草地"滋养着勤劳善良的爱尔兰人民(mound-dwellers),他们:

> 拿着桶和手推车
> 在齐腰深的雾中
> 在井边和粪肥堆上
> 敲碎薄冰。(吴德安等译,43-44)

在劳作时,"小山上古朴的居民"的工具都是最原始、最普通的桶和手推车,代表着无暴力的古朴的爱尔兰传统。"敲碎薄冰"的动作除了具有劳作的画面感,同时带给读者听觉的想象。希尼在散文《贝尔法斯特》(*Belfast*)中写道:"我将个人的爱尔兰情感当作元音,而将由英语哺育的文学觉悟当作辅音。"② Anahorish 的盖尔语是元音的绿草地,同时也是英语柔和的上坡。

> 莫斯巴恩的边上是布罗格(Brogh)和安娜葌瑞什(Anahorish),这两个地名的发音仿佛喉咙里久已被遗忘的盖尔音乐一般美妙,"bruach and anach fhior uisce",意思是"河畔及水清之处"。它们穿越笼罩在凯尔特民间情调上的文学之雾回溯到了那种古老的文明,士兵及斯宾塞、戴维斯这样的领主的到来使其消亡,而原野上像兽夹一样张开的堡垒和领地也割断了其命脉。③

诗人以地名诗中呈现的盖尔语言和景观延续着被英国殖民领主和堡垒割断的凯尔特文明。在诗歌的最后部分,诗人刻意描绘了一个没有任何冲突痕

---

① 注:希尼在散文中表示把爱尔兰情感当作元音。
② 西默斯·希尼:《希尼诗文集》,吴德安等译,作家出版社2000年版,第222页。
③ 西默斯·希尼:《希尼诗文集》,吴德安等译,作家出版社2000年版,第221页。

迹的美好的田园风光和古朴的居民们的劳作景观。美丽的自然景观、优美的盖尔韵律和居民们的劳作景观构成了一幅和谐的画卷，诗人笔下的地名诗《安娜茇瑞什》极具爱尔兰特色，复活了爱尔兰历史和传统。希尼通过地名诗《安娜茇瑞什》中优美的盖尔语韵律和人景互动的景观呈现表达了对古朴爱尔兰传统的怀念，以探索语言的韵律和景观的方式创造了新的身份空间，在北爱民族矛盾和宗教纷争的现实语境中找到了创作的新方法。

地名本身具有体现文化主权的能力。对于希尼来说，在英语语境中，爱尔兰地名诗具有颠覆性的内涵，一方面赞美和颂扬了爱尔兰盖尔语；另一方面建立了盖尔语在北爱尔兰英语体系中的完整性。诗歌巧妙地呈现了在政治上归属英国但在语言和文化上却归属爱尔兰传统之地的景观。[①] 面对北爱尔兰动荡的政治局势和现实，希尼认为："诗人的艺术动机应该上升到一个更高的意识层次，通过在艺术中象征来解决现实的冲突。当代爱尔兰诗人必须超越北爱尔兰的政治现实，通过语言进入更高层次的诗歌韵律的创作模式。"[②] 对于希尼来说，诗歌创作上的超越不是对北爱政治局势和民众苦难的默然冷淡的态度，而是在诗歌中通过语言和景观呈现的另一种方式的关注。西奥多·阿多诺（Theodore Adorno）提出，在超越物质的现实世界时诗人"与现实对抗，并在诗歌中通过想象建立一个与现实完全不同的世界"[③]。希尼并未强烈对抗现实世界，但在他的诗作中通过语言和景观建立一个新的世界和空间来消解现实世界中矛盾冲突和二元对立。

三　布罗格（Broagh）

诗人在地名诗《布罗格》（*Broagh*）中探索了语言内部构成以及不同起源，呈现了一幅美景图。"Broagh"的盖尔语为"bruach"，意为"riverbank"，即河岸。诗歌开篇以"河岸"为中心展现了岸边植物郁郁葱葱、欣欣向荣的景象：

[①] Sidney Burris, *The Poetry of Resistance: Seamus Heaney and the Pastoral Tradition*, Athens：Ohio University Press, 1990, p. 12.

[②] Ronald Schuchard, "Introduction to The Place of Writing", in Seamus Heaney, ed., *The Place of Writing: Richard Ellmann Lectures*, Atlanta：Scholars Press, 1989, p. 6.

[③] Theodor W. Adorno, "On Lyric Poetry and Society", *Notes to Literature*（Volume One）, New York：Columbia University Press, 1991, p. 157.

长长的岸边地长满了阔叶野草
睡莲浮在水面上
一直延伸至浅滩。(吴德安等译,49)

花园里是人景交融的画面:

路过的人们踩在松软的地面上
留下一个鞋后跟印
经过阵雨
充满了水
形成一个黑色的 O。(吴德安等译,49)

"布罗格"一词的发音伴随着接骨木和大黄叶片构成了独特的体验,末尾的"gh[g]"音让非爱尔兰人难以把握。诗中出现了"rig""docken""boortrees"等源于不同语言的词汇。"rig"表示"河边田地""岸边地",最早源自苏格兰语,在盖尔语中是种植人用语;"docken"源自古英语,是"阔叶野草"的复数形式;而"boortree"源自爱尔兰盖尔语,用来表示"接骨木";诗歌标题"broagh"也源自爱尔兰盖尔语,意思是"河岸"。诗歌中出现多种源于不同语言的词汇表明了爱尔兰语言经过长时间的发展呈现的复杂性和多样性。① "broagh"一词在英语中对应的词汇为"riverbank",但希尼认为二者不能对等起来,原因不仅仅在于发音的不同,还在于"布罗格"一词赋予爱尔兰人以独特的认知和体验。在吴德安与希尼的访谈录《"婴儿"的启迪》中,希尼解释道:

把这个词(*Broagh*)印成斜体,就是要提示"布罗格"是不同于英

---

① Bernard O'Donoghue, *Seamus Heaney and the Language of Poetry*, New York: Harvester Wheatsheaf, 1994, p. 63.

第三章 开放与多元：谢默斯·希尼诗歌中的景观与语言 | 135

语的……这些地名诗写于70年代早期。那时是爱尔兰民权动乱开始的时候。当有关北爱尔兰所属权的争论或争议变得激烈时，反对爱尔兰自治的英国人对民权运动的镇压很厉害。这些诗表明你们不能住在爱尔兰并属于它的传统。北爱尔兰不只是英国的，还属于爱尔兰人远古的生活。"布罗格"不是"河岸"，前者是爱尔兰语，后者是英语。我们有些人能说"布罗格"，但是英国人不能。他们发现很难发出此音……这些诗（指地名诗）是关于发音的，但它们又不仅是关于发音的，不仅是关于词的声音。它们是写一种特别语言间的亲密性一种特有的文化，是遗传给你的身份。①

"布罗格"（Broagh）中"格"（gh）的发音让"'外来人'（指英国殖民者）难以驾驭"，说明了从语言和发音上就可以判断出爱尔兰人和英国人。在某种意义上，包含了盖尔独特发音的"布罗格"成为一种爱尔兰的身份标识，唤醒爱尔兰的民族意识。希尼认为就是这些违背标准化、规范化的方言承载了爱尔兰人民独特的生命体验，凝结着民族情感，道出了民族实体的存在。当这些奇妙的音调再次在他们耳边响起时，爱尔兰的景观、生活以及传统一一浮现，引起同族人的共鸣。但是，一旦用了英语"riverbank"，将不会存在这样的感觉和效果。

四　图姆（Toom）

爱尔兰特色的景观在地名诗《图姆》中通过其具有爱尔兰特色的语音呈现。图姆是位于北爱尔兰安特垂郡（Antrim）的一个小镇，毗邻内伊湖（Lough Neagh），巴恩河（River Bann）流经该地。1798年起义中的爱国者罗迪·麦克里（Roddy McCorley）被英国殖民者逮捕并在图姆审判，最后英勇就义。"Toome"（也可以拼写为"Toomebridge"）一词来自爱尔兰语"Tuaim"，译为"坟墓、洞穴"，储藏着爱尔兰丰富的历史。在诗歌中，诗人首先详细介绍了"图姆"（Toome）一词的独特的发音特点：

---

① 西默斯·希尼：《希尼诗文集》，吴德安等译，作家出版社2000年版，第439—440页。

> 张圆嘴巴
> 强行拿去舌头上的厚板
> 发出柔软的爆破音"图姆","图姆"。(Heaney, 54)

之后由发音联想到贮藏着爱尔兰丰富文化和传统的"洞穴"等一系列景观,挖掘了其深刻的文化含义。诗行中提到的贮藏在洞穴中的"沃土""燧石""陶器碎片""金属饰环""鱼骨化石""泥沼""旧式步枪"几乎囊括了爱尔兰传统和文化,呈现给读者一幅幅古老爱尔兰的图景。诗人选择具有深厚历史文化意义的爱尔兰小镇"图姆"入诗,通过语言与历史相结合的景观描写,表达了诗人对爱尔兰传统的继承和对为爱尔兰民族和人民牺牲的革命者的悼念和缅怀。这些"景观与语言结合"的爱尔兰地名诗,使人感到"它们的发音仿佛喉咙里久被遗忘的盖尔音乐一般美妙……它们穿越笼罩在凯尔特民间情调上的文学之雾,回溯到了那种古老的文明"①。

在诗歌《图姆》中,诗人还分析了"Toome"一词所体现的物质性及其词源特征。诗歌中通过语言的词源特征和对这一地方的景观描述表明了诗人的身份探索。用作地名的"Toome"一词在盖尔语中拼写为"Tuaim",译为"古墓""洞穴""土丘"。把这个地方命名为"Toome"是因为:"在很早以前,这个地方有一个沙丘涉水而过,旁边有一座古墓。综合三方面(沙丘、水和古墓)的地理特征,被命名为'Fearsat Tuama',在年鉴中就总称为'Tuaim'。"② 所以,诗歌的标题"Toome"囊括了这一地方的不同地理特征、历史渊源及流变,同时呈现了神秘、清晰并与读者引起共鸣的"元音"。但是,在"Toome"一词中,仍有英语语言的因素存在。"Toome"一词与英语中的词汇"tomb"为同音异形词,同时这两个词汇的隐喻意义也是相似的,都与"坟墓""葬礼"等相关。这也在一定程度上表明了关于死亡这一人类

---

① Seamus Heaney, *Preoccupations: Selected Prose 1968 – 1978*, London: Faber and Faber, 1980, p. 36.
② Gerry Smyth, *Space and the Irish Cultural Imagination*, Basingstoke: Palgrave Macmillan, 2001, p. 67.

最广泛的体验上盖尔文化和盎格鲁—撒克逊文化之间的相通之处。在地名诗中，希尼既忠诚于自己民族的盖尔语言，也没有完全摒弃盎格鲁—撒克逊的语言传统，而是把两者巧妙地结合在一起。此外，诗歌中包含了一系列复杂的写作技巧：复杂的韵律结构、具有迷惑性的诗歌结构以及对元音和辅音的巧妙运用。诗歌中的 16 行诗节可以连成一个句子。在诗的开头，"Toome"以低沉的嗓音发出，在之后的每一节在韵律和发音上都有与其回应的词汇（tongue，prospecting，fragmented，torc，till，tail），就像在一个巨型地下室里的回声。通过语言本身就可以联结历史与现在。同时，正如尼尔·科科伦（Neil Corcoran）所说："《图姆》一诗建立了诗人与地方景观之间最初的联系，'我陷入'（I am sleeved in）诗人自身存在的意义与关于这一地方的知识是相连的。"① 希尼以动态空间的形式使用他最常用的"挖掘"的隐喻来探索藏在词语背后的含义，正如爱德华·皮科（Edward Picot）所说："在希尼早期的地名诗中往往呈现的是具有爱尔兰伊甸园特征的神秘景观，是一种未受外界影响和打扰的原始状态。这一状态中爱尔兰人民和地方景观紧密联系在一起，是一种'地景和心景之间的联姻'。"②

五　德瑞加夫（Derrygarve）

在《一首新歌》（*A New Song*）中，诗人以爱尔兰的德瑞加夫（Derrygarve）、莫尤拉河（Moyala）、卡斯勒道森（Castledawson）入诗，地名、语言和景观交织呈现出一幅幅美丽的景观图。德瑞加夫（Derrygarve，盖尔语词源为"Doire Garbh"）意为"粗犷的橡树林"（rough oakwood）③，是位于希尼的故乡北爱尔兰德里郡的一个乡镇。诗歌从语言、业已消失的盖尔音乐和景观三方面围绕"德瑞加夫"展开。一开始，诗人由"从德瑞加夫来的女孩"这一人物联想到地名，再由地名联想到德瑞加夫的景观和盖尔音乐。诗人称

---

① Neil Corcoran, *The Poetry of Seamus Heaney: A Critical Study*, London: Faber & Faber, 1998, p. 46.
② Edward Picot, *Outcasts From Eden: Ideas of Landscape in British Poetry since 1945*, Liverpool: Liverpool University Press, 1997, p. 205.
③ https://en.wikipedia.org/wiki/List_of_townlands_in_County_Londonderry. （登录日期：2015 年 7 月 4 日）

"德瑞加夫"这一地名为"一种失传兴奋的香水"（吴德安等译，52），可见诗人"邂逅"德瑞加夫时的狂喜和愉悦，并在诗歌写作中加入了许多元音（"song""river""girl""Irish"）以突出爱尔兰特征：

> 我们河的舌头必须
> 从深深汲取的生息之地
> 升起并泛滥出去，
> 在元音的拥抱中
> 以子音界标命名领地……（吴德安等译，53）

呼吁在英国殖民者占领并用英语命名的地方恢复爱尔兰的传统，以盖尔语命名爱尔兰的地方。同时，在诗歌末尾（"一个元音，古爱尔兰的诗和祭器"①），诗人提出用盖尔语和古老的爱尔兰传统收复被英国占领的土地以及抵抗其文化殖民。通过语言，诗人还在诗歌中回忆了未被英国占领之前的爱尔兰的美丽的乡村景观：长长弯曲的莫尤拉河，水面微波粼粼，旋涡变化多端，穿过赤杨树"欢腾"地流向远方。夜幕降临，一只蓝色的渔犬突然飞出，停落在一颗脚踏石上，像一颗"沉落在浅滩中的黑色臼齿"。诗中也出现了被英国殖民占领的景观，与美丽古朴的爱尔兰景观形成鲜明的对比：卡斯勒道森和阿普尔兰德被英国殖民者侵占，在四周设了围栏，并在草地上染白麻布，使青青如茵的绿草变了色。此外，德瑞加夫这一地名还具有音乐的美感和效果，这也对应了诗歌的名称《一首新歌》。但是当诗人"邂逅"德瑞加夫时，它的音乐性已消失，同时也喻指业已消失的盖尔音乐。

诗歌以语言、景观和音乐的糅合追溯着爱尔兰无暴力的古朴历史和传统。在与贝岭的访谈中，希尼谈到这首诗时说：

> 那首诗较难懂，可以说是有密码的。它谈到元音和辅音，我把辅音视为英国在爱尔兰的存在，元音视为本土的存在。这是一首民权诗（Civil

---

① Rath and bullaun（诗和祭器）两个单词中都包含了元音，代指爱尔兰传统。

第三章　开放与多元：谢默斯·希尼诗歌中的景观与语言 | 139

Rights poem），诗中的元音在抗议辅音的控制。这首诗是从爱尔兰原著民的观点出发的，他们失去了爱尔兰语。他们明白，他们必须把英语纳入自身，还必须使它成为本土的，就像爱尔兰本土词语 Rath 和 Bullaun 一样英国殖民者必须同意这些词的归化。①

通过抗议，主张"把英语纳入自身，还必须使它成为本土的"，恢复语言和艺术的爱尔兰性，突出了诗人的爱尔兰身份认同。

索绪尔（Ferdinand de Saussure）曾言：

> 语言不会自然死去，也不会寿终正寝。但突然死去是有可能的。其死法之一，是因为完全外在的原因语言被抹杀掉了。例如，操此语言的民族突然被根绝……或者也有强大的民族将自己的语言强加于人的情况。在这种情况下，只有政治的支配是不够的，首先需要确立文明的优越地位。而且，文字语言常常是不可缺少的，就是说必须通过学校、教会、政府即涉及公私两端的生活全体来强行推行其支配。②

在北爱尔兰，英语通过政府、学校和教会等各方的势力被强加在爱尔兰民众身上。英语在北爱尔兰的推广剥夺了爱尔兰人用母语表达生活经验和生命感受的权利，消灭了爱尔兰方言，影响了文化多样性。正如希尼在诗歌《传统》中所描述：

> 我们喉音的诗神
> 早已被头韵的传统
> 挤到了一边
> 她的小舌已逐渐
> 衰退、被忘却

---

① 贝岭：《面对面的注视——希尼访谈录》，《读书》2001 年第 4 期，第 92 页。
② ［瑞士］索绪尔：《日内瓦大学就职演说》，载柄谷行人《日本现代文学起源》，赵京华译，生活·读书·新知三联书店 2003 年版，第 198 页。

就像一段尾骨。(Heaney, 19)

在爱尔兰人使用的语言体系中，英语占主导地位，盖尔语已被边缘化，处在濒临灭绝的地位。面对这样的境况，希尼并没有像其他民族主义者[①]通过强调两种语言之间"非此即彼"、水火不容的对立关系，或否定英语、夸大盖尔语的优越性的方式把北爱人民及其语言纳入单一的文化体系中，而是通过地名诗的创作，探索语言内部的含义，呈现景观，形成多元的开放空间。[②] 开放性和多元性也符合北爱尔兰的文化语境特点，在多民族、多种信仰并存、各宗教政治派别林立的北爱尔兰，激烈的矛盾冲突伴随着各种不同文化之间的交融，爱尔兰文化保留着自身的传统与特性，但它已非单纯、孤立的爱尔兰文化本身，而是在英国长期统治、英爱文化交融，并在欧洲古老历史文化影响下的爱尔兰，文化种族之间彼此的交织和影响本身也构成了民族文化的一部分。所以，希尼在地名诗中呈现的语言和景观就是生活在北爱土地上的人们使用语言的状态和生活经验的真实写照。由此，通过对词语内部的精神性和外部相关的景观的探索，诗人在作品中呈现了对爱尔兰身份多角度、多样性的广阔认知。

景观和语言的关系在希尼诗歌中体现在地名诗中，以使用爱尔兰口语和特殊词汇以及呈现爱尔兰古朴的美景图，表达了诗人对爱尔兰传统和文化的继承，突出其爱尔兰的身份标识。同时，通过诗歌语言和景观，希尼摆脱了政治、历史、宗教、民族的困难选择，挖掘诗歌中最内在的因素，还原语言符号的原初意义和本真状态，忠诚于艺术创作，找到清晰、理性的自我认识，对民族的苦难和外部世界的纷争保持理性的超然和宽广的释然。希尼的这一创作历程基于地名诗和景观两者之间相互作用、相互结合的关系，消解了诗歌中的二元对立，建构了一个流动且复杂、各种因素相互渗透的力量场域（a

---

① 注：民族主义者波莉·戴夫林（Polly Devlin）通过否定英语强调了盖尔语的优越性："我们使用的语言是非常重要的，比起我们在那些更加'高雅'和'有前途'的地方听到的苍白细弱的英语来，我们自己的古老的日常词汇似乎蕴含了更多的力量和意义。"（Polly Devlin, *All of Us There*, Belfast: Blackstaff Press, 1994, p. 158.）

② 西默斯·希尼：《希尼诗文集》，吴德安等译，作家出版社2000年版，第283—284页。

field of force），提供了解决身份困境、宗教选择、政治冲突的想象空间，实现了艺术创作的独立性及其审美价值，同时这一开放、多元的场域促进了爱尔兰文化与世界其他文化的交流。

第三节 超越身份的藩篱：谢默斯·希尼诗歌创作中的语言景观

1995 年，当谢默斯·希尼获得诺贝尔文学奖时，颁奖词称赞他的作品："既有抒情之美又具伦理深度，能从日常生活中提炼出奇迹，并使历史复活。"① （For works of lyrical beauty and ethical depth，which exalts everyday miracles and the living past.）希尼"既具抒情之美又具伦理深度"的诗歌都离不开诗歌创作语言，也正是通过语言在"日常生活中提炼出奇迹，使历史复活"。在与吴德安的访谈录中，希尼强调："诗不是纪实的内容在起作用，而是抓住你耳朵的某种美感和惊奇的语言用法在影响诗。"② 在希尼的诗歌创作生涯中，由于持续的英爱冲突和北爱尔兰内部宗教矛盾，每位北爱诗人作家都面临着现实责任的巨大压力，但是希尼也保持了作为诗人的独立性及个人化的感知与思考，保持着自身在诗歌艺术和哲思方面的独立性。诗人更深层次地探索诗歌技巧以及提高诗歌艺术水平的努力，使诗歌呈现出更优美的韵律和语言景观，使诗歌语言"既忠实于外部真实的冲击，又敏感于诗人存在的内部法则"③ 的秩序。

一 英语文学传统的影响：谢默斯·希尼孩童时学习语言的经历

谢默斯·希尼出生在既无文学氛围又无诗歌传统的天主教种植农夫家庭。得益于英国政府在北爱尔兰推行的教育政策，希尼得以在学校接受英语传统教育。希尼小时候，阅读资料匮乏，启蒙较晚，希尼家中几乎没有可读的书

---

① Bernard O'Donoghue, ed., *The Cambridge Companion to Seamus Heaney*, Cambridge：Cambridge University Press, 2008, p. 1.
② 西默斯·希尼：《希尼诗文集》，吴德安等译，作家出版社 2000 年版，第 449 页。
③ 西默斯·希尼：《希尼诗文集》，吴德安等译，作家出版社 2000 年版，第 426 页。

物，也没有学习阅读的氛围。当希尼阅读时，"父亲躺在沙发上，用一种正式的口吻叨唠着耕地和草场的面积、尺寸和长短，踌躇满志"①。当希尼点着油灯阅读从学校图书馆借来的书籍时，首先遭到邻居的讥讽，父亲也跟着嘲笑他："现在，你像帕特·麦克古今②（Pat Mcgukin）一样差劲儿。"③ 在父亲和邻居们的眼里，小希尼阅读的行为就是不务正业，在他们的思想中，希尼也该像祖祖辈辈一样，拿起农具，在庄稼地里谋生，养活家人。所以，希尼最早接触的也都是英语书籍，学习的是英语，在家中没有习得任何爱尔兰传统语言或相关的知识。当希尼开始上学，主要接触的是三类知识：第一类是"粗俗狭隘的顺口溜"；第二类是英国文学中的经典诗篇；第三类是"诵记文"，介于"学校诗歌与道边的顺口溜之间"，通常是"爱尔兰的爱国歌谣或是西部叙事曲"。④ 值得注意的是，希尼小时候的所有阅读和背诵经历都是使用英语语言的，包括爱尔兰歌谣和西部叙事曲都是使用英语写成的。所有这些英语学习的经历都为后来的诗歌创作奠定了基础。

在诗歌《字母》（*Alphabets*）中，诗人呈现了孩提时期学习语言的经历，探索语言的质感，借助不同的语言符号，呈现了多样的语言景观。《字母》一诗出自诗集《山楂灯笼》，属于希尼后期的作品。随着1970年代北爱尔兰民族矛盾和宗教冲突的缓和紧张局面得到有效控制，民众对希尼诗歌承担的现实责任的呼声慢慢减弱，由此从诗集《野外工作》开始，希尼后期的诗歌就技巧而言更加注重诗歌创作艺术以及语言的质感。希尼慢慢走出民族和宗教斗争的"阴影"，完完全全以一个英语诗人的身份为读者呈现优秀的诗歌作品。《字母》是诗集《山楂灯笼》的第一首诗，其内容丰富，意蕴深远。第一，诗歌中包含了丰富的语言，并通过形象的描述将语言转化为具体可感的事物，呈现出一幅幅丰富多彩、细腻可感的景观。诗歌呈现了英语、拉丁文和希腊文三种语言构成的画面：

---

① 西默斯·希尼：《希尼诗文集》，吴德安等译，作家出版社2000年版，第206页。
② 帕特·麦古尤金是个臭名昭著的单身农夫，也是希尼的一个远房亲戚，希尼父亲总说他像阿尔弗雷德大王那样，每次拿起书本都会烤煳自己的饼。参见西默斯·希尼《希尼诗文集》，吴德安等译，作家出版社2000年版，第206页。
③ 西默斯·希尼：《希尼诗文集》，吴德安等译，作家出版社2000年版，第206页。
④ 西默斯·希尼：《希尼诗文集》，吴德安等译，作家出版社2000年版，第209—212页。

第三章　开放与多元：谢默斯·希尼诗歌中的景观与语言

字母表中的字母是树
大写字母是开满花的果树
字体的曲线就像野玫瑰在沟里盘绕
……
用粉笔画的分叉小枝构成了 Y
……
画在小石板上的两根椽子一根梁
就是那字母有的读作 H，有的读作 I
……
丰年的堆垛在布满根茬的庄稼地里构成 A
……
地球仪倾斜着像个彩色的 O
……
太空人从小窗户看到他的故乡
那个上升的、水状的、单一的、发亮的 O
像一个放大的，有浮力的卵
……
一只天鹅的背和脖子组成了 2
……
一个斜倚的小锄头是对的标志"√"
……
三角形的马铃薯坑里留下 Ω
在每扇门上张望，象征着好运的马蹄铁。（吴德安等译，155–158）

　　诗人用自己熟悉的意象和事物呈现了英语、希腊文和拉丁文的语言景观，也表明了无论何种语言在现实中都可以找到具体可感的意象来表征，诗人学习不同语言的过程或对语言的态度是相同的。贝尔纳·奥多诺古（Bernard O'Donoghue）发现希尼有关诗歌创作中语言的诗歌"经常倾向于孩童学习语言的状态并呈现出与之平行的方向"①。通常来讲，孩童学习语言的状态就是排除民族、宗教等外界的一切干扰，纯粹接受语言性的过程。希尼用真实世界中可感的意象呈现了语言景观，并由此进入想象世界和符号世界。接着，诗歌主要呈现了想象世界，涉及关于拉丁文、爱尔兰盖尔语以及英语的想象：朗读拉丁文变格词的"声音在空气里流动像唱赞美诗"、变格词"有如教堂的大理石柱，威严地在他心中升起"（吴德安等译，156）；在爱尔兰盖尔语的"树林"中，诗人想象着：

　　她赤足穿着系带长衣
　　弯曲的发卷是林中鸟鸣和半谐音
　　诗人之梦悄悄笼罩了他像阳光降临
　　然后走进了阴沉沉的丛林。（吴德安等译，156）

　　诗人梦里的"她"以及关于"她"的美好形象象征着爱尔兰盖尔语，带给他"鸟鸣的丛林"和"阳光"；接着，诗人想象：

　　白色的田野上驱赶着一队鹅毛笔
　　基督的镰刀一直在砍伐多余的矮树
　　书法变得质朴，梅罗文加王朝的风格……（吴德安等译，157）

　　此处隐喻用英语抄写经文，并去掉多余的笔画，使书法变得简单质朴。最后，诗歌把读者引入符号世界，同时包含了英文、希腊文和爱尔兰传统的抽象符号。"莎士比亚"和"格罗夫斯"代表了英语语言及其文化的传统；"丰年的堆垛""布满根茬的庄稼地"和"马铃薯坑"充满了浓浓的爱尔兰风情；留在"马铃薯坑"的希腊字母 Ω 与爱尔兰的传统结合起来，像爱尔兰人钉在门上祈求好运的马蹄铁。诗歌中由语言景观构成的真实世界、想象世界和符号世界包

---

① Bernard O'Donoghue, *Seamus Heaney and the Language of Poetry*, New York：Harvester Wheatsheaf, 1994, p. 22.

含了英语、拉丁语、希腊语和爱尔兰盖尔语的语言性描述,对语言的物质化、形象化和符号化以及多种语言的景观的呈现体现了希尼诗歌独特的艺术魅力。

作为接受了传统英语教育的诗人,希尼在诗歌创作中更多的是受到英国文学传统的影响,希尼也曾坦言:"我的部分自我,从一开始就在写作盎格鲁-撒克逊式的诗歌。"① 除了在一些特殊的历史时期(如北爱冲突最剧烈的1970年代),希尼在创作中有意识偏向爱尔兰传统,具有一些民族主义的色彩。到了创作的中后期(1980年代以后),随着文学视野的扩展和阅读经验的丰富,诗人具有更高层次和更加广阔的诗歌创作意识,同时,不仅受到英国文学传统的影响,更积极地吸收美国诗人、东欧以及苏联诗人诗歌创作的技巧和养分,特别是曼德尔斯塔姆对于"诗歌作为语言的容器"以及语言的力量、语言的信念的主张:"对于艺术家来说,艺术具有一种宗教般的约束力。语言是诗人的信念同时也是他父辈们的信念,为了走他自己的路并在一个不可知的时刻展开他特有的工作,他不得不把这种信念引到狂妄、好胜的极点。"② 这得到同样经历过民族危难和写作困境的希尼的赞同,引起了思想的共鸣。这样的交流和互动推动了希尼诗歌创作的不断发展,保持着艺术创作的理性,把诗歌语言、技巧、情感、文化融合在创作中。

二 构建世界文化:谢默斯·希尼格兰莫组诗中的语言景观

希尼创作的《格兰莫组诗》(*Glanmore Sonnets*)出自诗集《野外劳作》,写于诗人远离北爱纷争之地,迁居威克娄(Wicklow)之后。诗歌以其对语言的探索和优美韵律的呈现证明了希尼诗歌创作的发展和提升,并展现了爱尔兰威克娄的乡村美景。《组诗》一共由十首小诗组成,均采用十四行诗的形式写成,有莎士比亚十四行诗的形式、意大利十四行诗的形式以及华兹华斯诗体的形式。第一首小诗由三个四行诗体加一个两行诗体组成,运用了典型的莎士比亚十四行诗的韵律,韵脚为ABAB、CDCD、EFEF、GG。开篇点明了语言和景

---

① Seamus Heaney, "Introduction", *Beowulf: A New Verse Translation*, New York and London: W. W. Norton & Company, 2000, p. xxiii.

② 西默斯·希尼:《希尼诗文集》,吴德安等译,作家出版社2000年版,第322页。

观的关系："元音在开阔的土地上耕耘"①，希尼把诗歌中对语言的探索等同于耕作②，"开阔地"（Opened ground）一词也成为希尼诗歌合集的名称。诗歌开头的第一个单词"vowels"的首字母 V 像犁头的形状，给读者类比的视觉特征。"二十年来最温和的二月"不仅仅是描写诗中形成景观的气候，也指代诗人诗歌创造的大环境③，"温和的二月"是希尼诗歌创作的黄金时期，也形成了美丽的田园景观。"我的田地被深耕"同时包含诗人将用不一样的方式、用语言和韵律相结合的方式重新深耕诗歌创作领域，通过深耕也呈现了不一样的景观：

> 犁沟里结着薄雾
> 远处的拖拉机发着"嘟嘟"的低沉声
> 道路被蒸汽笼罩，犁过的地呼吸着空气
> 现在，美好的生活越过田垄
> 用犁勾画出新的土地。（Heaney, 156）

迎着"深土的味道"和"如含苞待放的玫瑰般的大地的芬芳"，诗人的灵魂"大步跨向春天的驿站"。（Heaney, 156）通过远离纷争，诗人的诗歌创作进入一个更加注重语言质感、韵律以及技巧的新阶段，迎来创作的"春天"。诗歌中希尼的景观描写也是一幅认知地图，也由自身瞬间的感受和想象构成。希尼笔下的威克娄也呈现出一幅万物复苏、春意盎然的景观图：

> 借用十四行诗及其韵律说明诗人借助于最传统的诗歌审美形式。在英国文学史上，十四行诗在文艺复兴时期得到空前的发展，并在诗歌创作中占据主要地位。而文艺复兴这一时间段内英国殖民者在爱尔兰推行

---

① Seamus Heaney, *Opened Ground: Selected Poems 1966 – 1996*, New York：Farrar, Straus and Giroux, 1998, p. 156.

② 此处的耕作和所呈现的劳作景观与"景观与记忆"一章中所呈现的劳作景观有区别。《格兰莫组诗》中的劳作泛指一般意义上的耕作，诗人并未指明劳作的主体，而"景观与记忆"一章中的劳作景观的劳作主体是特定，是诗人的邻居和亲人从事的具有爱尔兰乡村特色的古老的劳作方式。

③ 诗人于1960年左右的大学期间开始发表诗歌，到创作《格兰莫组诗》大概有二十年的时间。

殖民种植园政策……结合政治历史语境和爱尔兰文学的发展，十四行诗不仅体现传统艺术修养，更成为殖民压迫的象征。虽然希尼摒弃了工整的五音步抑扬格而使用民谣的不连贯的韵律。但是这也没能使希尼在诗歌创作上摆脱英国传统的影响……在英国文学传统的影响下习得诗歌的审美使他摒弃了激进的民族主义和意识形态的霸权。①

所以，在诗歌中加入的十四行诗及其韵律更多的是体现希尼所受的文学传统的熏陶和传统艺术修养。在诗歌中，诗人的诗歌创作以及"在土地上的耕耘"都为播种梦境的果实做准备，他也希望能有丰厚的回报。诗歌中充满了隐喻，"诗人在土地上耕耘隐喻诗歌创作"②，诗人的劳作同时产出的是诗歌语言和景观。西德尼·伯里斯（Sidney Burris）认为，《格兰莫组诗》中"迟来"的田园景观背后也隐含了诗人对世界的感受："希尼对诗歌创作的隐喻是一种较突兀的建构，整个组诗是从整体上对诗歌创作的复杂性的一次调查。"③ 约翰·希尔德比德（John Hildebidle）也意识到"实际耕作的声音"和诗人所展现的耕作的区别。诗人的"元音耕作"（vowels-ploughing）打破了"深沉无声"（deep no sound），实际上希尼的耕作声音与实际产出果实的真正劳作是相悖的。④ 所以，希尼在诗歌中使用的"耕作"的隐喻是为了从语言上增添诗歌的修辞色彩，增添诗歌的可读性。诗歌中"迟来"的田园景观描写也延续了英国文学和诗歌的传统，提升了诗歌的价值。

在第二首小诗中，诗人从"进入触摸感觉"的词语开始，进入了探索的世界。诗人通过"从隐蔽处感知、攀登"使"词语进入触摸的感觉"，同时

---

① R. Moi, "'Mud Rooms', 'Plots', and 'Slight Returns': What Are the Points of Paul Muldoon's Postmodernist Play in Hay?" in K Vandevelde, ed., *New Voices in Irish Criticism Ⅲ*, Dublin: Four Courts Press, 2002, pp. 108 – 114.

② Bernard O'Donoghue, *Seamus Heaney and the Language of Poetry*, New York: Harvester Wheatssheaf, 1994, p. 77.

③ Sidney Burris, *The Poetry of Resistance: Seamus Heaney and the Pastoral Tradition*, Columbus: Ohio University Press, 1990, p. 123.

④ John Hildebidle, "A Decade of Seamus Heaney's Poetry", in R. F. Garratt, ed., *Critical Essays on Seamus Heaney*, New York: G. K. Mall, 1995, p. 45.

诗人来到"格兰莫的篱笆学校①","在黑暗的笼子里仔细搜寻"以发现秘诀。"元音在开阔的土地上耕耘/每一诗行如犁地般翻转",诗人在语言和"乡间田野里"搜寻到了秘诀,"驱走了烦恼/带来了慰藉"。(Heaney,157)伯里斯认为在希尼的诗歌中语言起了关键的作用。②诗句"每一诗行如犁地般翻转"暗指了古希腊的一种写作方式,即牛耕式转行书写法(boustrophedon③),这是一种右行左行交替书写的手法,最早出现在希腊语中。约在公元前9世纪出现的荷马史诗《伊利亚特》和《奥德赛》就是用希腊语最后分化出来的四种方言写成的。由于希腊文化早于罗马文化,不少希腊语单词被借入拉丁语中。所以在古英语时期或中古英语时期,英语中的希腊语外来词主要是通过拉丁语为媒介而借入的。然而到了文艺复兴时期,受过教育的英国人开始热衷于研究希腊文学,并直接从希腊语中借用单词。因而,许多希腊词被直接借入英语中。④ 因此,在一定意义上,希尼在《格兰莫组诗》中继承了古希腊的诗歌传统。希尼在采用十四行诗的形式创作诗歌并强调韵律实际上恢复了《野外工作》创作的主旋律。1970年代末期,希尼诗歌创作风格的转变也产生了政治效应,正如约翰·古德拜(John Goodby)所说"这是反对宗派矛盾的一个做法"⑤,表达了诗人渴望通过改变,创作更为多样和开放的诗歌以寻求不同文化和传统之间的交流和对话。诗人引入"篱笆学校"(hedge-school)的意象不仅形成了爱尔兰特色的景观,在具有浓厚英国文学传统的十四行诗中加入爱尔兰文化和文学传承的方式也表明了诗人在不同传统之间交

---

① 篱笆学校,爱尔兰语为 scoil chois claí,或 scoil ghairid 或 scoil scairte,指18世纪和19世纪在爱尔兰实行一种教育实践。由当地受过教育者向民众在篱笆围起来的空地上口头传授传统知识,故因此得名。

② Sidney Burris, *The Poetry of Resistance: Seamus Heaney and the Pastoral Tradition*, Columbus: Ohio University Press, 1990, p. 125.

③ Boustrophedon,古希腊语,意为耕地时"牛掉转头",用来指称一种古代的书写方法,其中每一行交替地自右至左和自左至右书写。在古代,希腊人的书写工具是蜡板,有时前一行从右至左写完后顺势就从左向右写,变成"耕地"书写。

④ Donna L. Potts, *Contemporary Irish Poetry and The Pastoral Tradition*, Columbia and London: University of Missouri Press, 2011, p. 626.

⑤ John Goodby, "Hermeneutic Hermeticism: Paul Muldoon and the Northern Irish Poetic", in C. C. Barfoot, ed., *Black and Gold: Contiguous Traditions in Post-war British and Irish Poetry*, Amsterdam: Rodopi, 1994, p. 158.

流和对话的意愿。除此之外,《格兰莫组诗》还具有前瞻性的作用,诗人在十四行诗中不仅完成了真正意义上传统诗歌创作的实践,同时也把十四行诗这一传统诗歌的创作形式作为其诗歌创作成熟的标志和中心。① 在诗集《野外工作》以后,十四行诗成为主要的诗歌写作形式和韵律,而且在后来的诗歌中,"犁地""挖泥炭""耕作"等这一类属于"土地"范畴的意象逐渐减少,取而代之的是"轻盈、明亮的诗意空间和精神空间"。② 希尼在 1980 年代之后创作的诗集的标题就能充分证明这一点。③ 在诗集《野外工作》发表十二年后,诗人在诗集《幻视》中的组诗《再访格兰莫》(Glanmore Revisited)中又回到了格兰莫,但是他聚焦于家庭活动和家庭记忆,而非《格兰莫组诗》中的语言和景观。

第三首小诗中"杜鹃和秧鸡"是一种田园的象征,正如乔纳森·艾莉森(Jonathan Allison)在《希尼诗歌中反超验的秧鸡》一文中,把"秧鸡"意象与田园景观联系起来。④ 在诗歌中,诗人选取"杜鹃"和"秧鸡"的意象是恰当的。这两种动物与传统朴素的手工劳作方式相关,与现代机器收割机械劳作方式相悖。它们的啼叫声被誉为"缪斯之音"(guttural muse),从声音上带给读者田园感。此外,诗人把自己和妻子在格兰莫的生活比作威廉·华兹华斯和妹妹多萝丝在山湖地区的隐居生活,美丽的田园景观伴随着传统的诗歌韵律,在质朴的田园生活中既得到了无限的乐趣,也升华了诗歌主题。诗歌押韵工整,是标准的十四行诗"ABAB、CDCD、EFEF、GG"韵律。在暮霭中,微风习习,树枝沙沙作响,诗人站在窗口,像鉴赏家一样以好奇的心态观察着窗外的自然:外面的空地上,"成群的杜鹃和秧鸡在谈着恋爱","兔宝宝在左右观望着","小鹿群在落叶松和云杉下小心翼翼"

---

① Seamus Heaney, *Preoccupations: Selected Prose 1968 – 1978*, New York: Farrar, Straus and Giroux, 1980, p. 13.

② Bernhard Klein, *On the Uses of History in Recent Irish Writing*, Manchester: Manchester University Press, 2007, p. 133.

③ 诗人在《野外劳作》之后创作的诗集有:《斯特森岛》(*Station Island*, 1984)、《山楂灯笼》(*The Haw Lantern*, 1987)、《幻视》(*Seeing Things*, 1991)、《酒精水准仪》(*The Spirit Level*, 1996)、《电光》(*Electric Light*, 2001)、《域与环》(*District and Circle*, 2005)、《人链》(*Human Chain*, 2010)。

④ Jonathan Allison, "Patrick Kavanagh and Antipastoral", in Matthew Campbell, ed., *The Cambridge Compaion to Contemporary Irish Poetry*, Cambridge: Cambridge University Press, 2003, pp. 73 – 74.

(Heaney，158)。伴随着这质朴美好的田园景观，还有"抑扬顿挫的韵律"，华兹华斯隐居山湖，以其独特的视角和生命体验描写质朴的自然，开创了浪漫主义文学的先河。在诗中，诗人以其自比，创作了新的田园诗歌，延续了英语诗歌的传统。

第五首小诗在韵律上使用莎士比亚十四行诗的"ABAB、CDCD、EFEF、GG"韵律，以"接骨木"① 为中心意象，全方位呈现了给予诗人语源学灵感的景观。接骨木属于小乔木或落叶灌木，枝叶繁茂，从树顶呈伞状生长，正如诗人的描述，可用作"凉亭"，一棵树也可成为一景。诗歌中，"树干上柔软的波纹""绿色的嫩芽""布满斑点的枝干""盛满了丰盛大餐的碟子似的花儿""像鱼子酱的果实""带着擦伤的瘀紫色/一颗颗浮起的卵"。(Heaney，160) 全方位地呈现了"接骨木"，它不仅为诗人提供了纳凉的去处、游戏的场所，还成为诗歌语言的源泉和创作的动力、心灵的居所。在"接骨木这所树房子里"，诗人观察着它"蓓蕾出芽、在无声无息中枝繁叶茂"，同时"接骨木"成为自然的象征，诗人在其中汲取营养，获得创作和语言上的灵感，得到心灵的成长，丰富了精神。"接骨木"和诗人相生相伴，共同见证，共同成长。诗人的诗歌创作和自然同处于一个系统中，这与"华兹华斯式"的浪漫主义诗歌的主题相符。因此，以这样的方式诗人的诗歌创作延续了英语诗歌的传统。

第九首小诗全方位地呈现了家庭生活景观、野外景观、古典景观、农业景观以及中世纪景观，同时还包含了美好的景观和黑暗景观两方面。美好的家庭生活和古典景观被象征死亡和暴力的"黑色老鼠"和"血迹"破坏，这样全面和真实的描写和景观呈现更加体现了希尼的诗歌艺术。诗歌中，"门口的月桂树"② 的意象指涉了古希腊神话中的牧神达佛涅斯，被认为是田园诗歌的奠基者。"达佛涅斯"（Daphnis）一词也与"月桂树"（"laurel"或"bay tree"）同义。在古希腊田园诗人朗格斯（Longus）创作于公元3世纪的田园

---

① 原诗中出现了两个词"boortree"和"elderberry"都指"接骨木"，但"elderberry"偏向于指果实，接骨木果实。

② Jonathan Allison，"Patrick Kavanagh and Antipastoral"，in Matthew Campbell，ed.，*The Cambridge Compaion to Contemporary Irish Poetry*，Cambridge：Cambridge University Press，2003，p. 164.

浪漫小说《达佛涅斯和克洛伊》（*Daphnis and Chloe*）中，达佛涅斯和克洛伊从小由牧羊人一起抚养长大，并成了恋人。在之后的文学作品中，达佛涅斯和克洛伊被视为具有田园传奇的一对天真无邪的恋人，成为后人情侣的楷模。① 诗歌中以"月桂树"的意象引出古希腊传奇中罗曼史，体现了诗人深厚的古希腊文学传统功底的田园意识，继承和延续了古老的传统。

　　第十首诗中描写的"丈夫和妻子"② 的两性关系延续了莎士比亚世行诗中爱情诗歌的主题，诗人和妻子成为"寒冷天气中的罗伦佐和杰西卡"③、"等着被发现的迪卢木多和格兰尼"④。英国恋人罗伦佐和杰西卡为了爱情一起私奔到贝尔蒙特（Belmont），位于洛里安海岸线上的一个田园景观；爱尔兰恋人迪卢木多和格兰尼离开了嫉妒多怒的丈夫，在爱尔兰乡村找到了避难所。⑤ 虽然地点从莎士比亚戏剧的威尼斯变成威克娄，但主题的延续仍然继承了田园传统。诗中对莎士比亚经典戏剧和爱尔兰古老神话传奇的引用丰富了诗歌语言和主题，同时诗歌为英语文学传统和爱尔兰文学传统之间的交流和融汇提供一个平台。

　　《格兰莫组诗》中诗人用考究的语言、十四行诗的韵律以及田园景观的主题创作了优秀的英语诗歌，从形式、韵律和主题方面继承了英语诗歌传统，提高了希尼作品的价值，奠定了其作为英语诗人的地位。同时，希尼身体力行，在诗歌创作中实现了爱尔兰和英国文化的交融以及爱尔兰诗歌传统和英语诗歌传统之间的交流，以语言和景观为出发点创造一个能够包容不同地域、不同起源、不同层次的"文化世界"。

---

① Donna L. Potts, *Contemporary Irish Poetry and The Pastoral Tradition*, Columbia and London: University of Missouri Press, 2011, p. 634.

② Seamus Heaney, *Opened Ground: Selected Poems 1966 – 1996*, New York: Farrar, Straus and Giroux, 1998, p. 165.

③ 罗伦佐（Lorenzo）和杰西卡（Jessica）是莎士比亚作品《威尼斯商人》（*The Merchant of Venice*）中的人物，罗伦佐是安东尼奥的朋友，杰西卡是夏洛克的女儿。两人因爱情得不到家长的认可而私奔。

④ 迪卢木多（Diarmuid）和格兰尼（Grainne）是爱尔兰古老的盖尔语史诗《芬尼亚传奇》（*Fenian Cyle*）的人物。格兰尼——美丽的公主是勇士芬恩·麦克库尔（Fionn mac Cumhaill）的妻子，后与他的部下迪卢木多私奔。

⑤ Donna L. Potts, *Contemporary Irish Poetry and The Pastoral Tradition*, Columbia and London: University of Missouri Press, 2011, p. 636.

希尼认为,"诗歌的词语可以提供一种澄清,提供'超越混乱'对事物的潜在秩序的飞快一瞥,这是以其自身为回报的一瞥"①。希尼对语言的这一认识超越了现实世界,"把熟悉的东西变形为某种丰富和陌生的东西"②。诗歌语言在"诗歌的纠正"功能中发挥了极大的作用。因为"诗歌的纠正并非对社会不公的批评和指正,而是使诗歌进入另一个人类生活的虚构性变形世界的力量,即诗歌的超现实的力量"③。希尼后期的创作通过语言避免了使诗歌陷入迷糊的现实的含混,借助语言本身进入一个超现实但对现实又具有独特见解和深刻理解的世界。

---

① Seamus Heaney, *The Redress of Poetry*, New York: Farrar, Straus and Giroux, 1980, p. XV.
② Ibid., p. XVI.
③ Ibid., p. XV.

结　语

安东尼·布拉德利（Anthony Bradley）表达了希尼诗歌中景观的文化性：

> 在希尼的作品中，爱尔兰的景观与语言不可分离，与地名的渊源和韵律紧密相关，与农业活动和艺术活动有关，与古老历史遗迹的近现代史相连。不仅如此，景观与当下的政治冲突不可分离，与以宗教和仪式为载体的自然的返祖现象有关，同时与团体相关，无论是分裂的还是统一的。①

希尼也认为："景观是神圣的，有与生俱来的暗指，在看得见的现实背后隐含了另一个体系。"② 由此可见，对希尼早期诗歌中的景观的研究可以"使沉默的景观发出声音"③，从而"挖掘"出隐藏在景观背后的文化及政治含义。唐纳·波茨（Donna L. Potts）在 Contemporary Irish Poetry and the Pastoral Tradition 中分析了希尼诗歌中的田园传统，提出在北爱尔兰的现实语境中，诗歌中的田园描写成为逃离北爱纷争的"避难所"。同时，希尼在诗歌中的田园描写既有对田园传统的继承，也有自己创作的发展，他通过诗歌中的想象的田园描写不仅仅是对现有秩序的抵制，更表达了希望建立超越二元对立的

---

① Anthony Bradley, "Landscape as Culture: The Poetry of Seamus Heaney", in James D. Brophy and Raymond J. Porter, eds., *Contemporary Irish Writing*, Boston: Twayne, 1983, p. 3.
② Seamus Heaney, *Finders Keepers: Selected Prose 1971—2001*, New York: Farrar, Straus and Giroux, 2001, p. 132.
③ 温迪·达比：《风景与认同：英国民族与阶级地理》，张箭飞等译，译林出版社2011年版，第9页。

新秩序的愿望。①

　　记忆铭记于景观中，同时影响景观的构建，使景观成为承载记忆的重要方式。景观成为一种文化意象，凝聚着文化政治、地缘记忆和家园情感，是构建民族和身份的重要媒介。在希尼的诗作中，作者通过对记忆中家乡自然景色、劳作场景的描写，在诗歌中呈现出一系列景观，把对家乡的情感转化为可感可视的具体事物，塑造了诗人不同的身份。希尼诗作中自然景观发挥身份构建的作用主要有三种方式：第一，呈现具有普遍象征意义的景观意象来唤起共同的记忆，表达其价值认同和身份归属。在早期诗歌中，希尼通过回忆童年生活围绕爱尔兰内伊湖这一湖泊景观意象创作了《内伊湖组诗》。在诗中，希尼选择誉为北爱尔兰的"母亲湖"——内伊湖作为描述对象，希尼基于成长体验和童年记忆在诗中呈现了内伊湖的动态景观图。其人景互动景观图的独特性、哲理性和神秘性一方面使希尼回忆了"母亲湖"给予北爱尔兰人民以无尽的财富和意义，同时通过"以景入诗"表达其对爱尔兰身份的认同和归属；另一方面增加了诗歌的张力，让读者体会到诗人对世界的更丰富、更全面的感受和认知。第二，呈现处在对立面的、令人不愉悦的"黑暗"景观意象来表达身份上的疏离。在希尼的记忆中，故乡的风景是具有差异性的，恐惧的记忆带来了诗歌中令人不愉快的"黑暗"景观，希尼笔下的爱尔兰森林景观不仅仅是纯自然景观的呈现，更是包含了人的体验和感知。浓密葱郁的原始森林本就充满了神秘、未知和黑暗，诗中通过人的参与、体验和认知更加深了其神秘和恐惧。诗人一次又一次地迷失，未能在爱尔兰传统中找到归属感，诗人的身体和思想都远离所置身的景观，对爱尔兰传统具有深深的疏离感。不同于华兹华斯笔下的充满诗情画意、带来慰藉的自然，诗人通过亲身的体验和认知，描绘了记忆中恐怖、黑暗的自然景观图，揭示了童年记忆中黑暗和困惑，表达了对家乡及爱尔兰传统的疏离感。第三，用景观的隐喻来重塑民族性格。沼泽地是爱尔兰的基本地形，也是记载爱尔兰历史的博物馆。诗人通过回忆沼泽地形地貌以及沼泽中遗存的、承载了传统和象

---

① See Donna L. Potts, *Contemporary Irish Poetry and the Pastoral Tradition*, Columbia and London: University of Missouri Press, 2011.

征着自然演变的"巨大的爱尔兰鹿"、日常生活中的"一百年前/沉下的黄油"、可以用来做"屋椽"的橡树干等意象,展现了一幅具有爱尔兰特色的景观,"使保持不变又移动不居的爱尔兰沼泽地成为一个象征,象征爱尔兰人民保持不变又移动不居的意识"①,追溯过往文明,连接历史与现在,再现出爱尔兰的悠久历史和民族传统并通过景观隐喻重塑了民族性格。此外,希尼通过回忆呈现了家庭成员和传承爱尔兰传统工艺的劳动者(掘泥炭的祖父、挖土豆的父亲、搅奶制作奶酪的母亲、犁田者、马铃薯种子裁切者、铁匠、盖屋顶的人、占卜者)的劳作景观,使他们在农耕劳作市场获得一席之地,也永远地留在了爱尔兰的历史中。"在诗歌和散文中,希尼频频向他的邻居手工艺者们表示敬意,觉得这是他应该为他们做的。同时把自己的成就和手工艺者们糅合在一起。"② 希尼对各类传统手工艺的描写表明写作不仅仅是学术活动、脑力劳动,更等同于农耕劳作,也需要勇气、体力和智力。如同土豆可以为爱尔兰人提供食物,草皮为他们提供燃料,写作也可以维持、浇灌、耕耘爱尔兰这片土地。就像"一直向下"的挖掘,写作也会永不停歇地继续下去,同时两者都成为传统的一部分。但是,希尼坦言:"从18岁到24岁,我都没在家里干过活,我都一直在学校和大学的'传输带'上。当我大学毕业拿到学位之后又去教书了,所以我几乎都没在农场从事过农业劳动,只是我生长在那里,小时候参与过一些相关的活动而已。"③ 希尼认为正是教育导致了"自我意识的矛盾"(Consciousness and quarrels),正如劳伦斯所言"我的教养之声"(the voices of my education)与"传统的声音"(ancestral voices)背道而驰。"只参与了一些相关的活动"是显而易见的,少年希尼仅仅是在大人劳作时听着(窗下,响起清脆刺耳的声音/铁锹正深深切入多石的土地/我的父亲在挖掘),看着(我往窗下看去/直到他紧绷的臀部在苗圃间/低低弯下,又直起),或"捡拾[父亲]撒出的新薯",或给辛苦劳累的祖父"送一瓶牛奶"。对搅奶制作黄油、马铃薯种子裁切、打铁、修盖和修缮屋顶和占卜

---

① 转引自何宁《论希尼的沼泽系列诗歌》,《当代外国文学》2006年第2期,第91页。
② Michael Parker, *Seamus Heaney: The Making of the Poet*, Iowa City: University of Iowa Press, 1993, p. 5.
③ Thomas O'Donnell and Donna Campbell, "Interview", *Cottonwood*, 30 (1983), pp. 62–74.

等技艺，诗人也仅仅是旁观者，只是在一旁观察着。希尼把诗歌创作等同于其他人父辈的体力劳动，也愿意像先辈们把"手伸进泥土里"，但是客观的现实未能使他实现这一愿望。诗人自己创造了他们之间的共性，但是没有考虑到他的写作事业中本土文化所不能媲美的一些特质，这样的诗歌景观图不可避免地体现出诗人对传统的疏离。因此，在希尼诗歌中，通过儿时记忆呈现的自然景观以及家庭成员和爱尔兰传统艺人的劳作景观表达了诗人对爱尔兰传统既继承又疏离的矛盾情结，反映出诗人爱尔兰人、诗人等多元的身份认同，同时以景观呈现为诗歌创作构建了一个包容不同文化、不同意识形态的空间。

　　景观是历史的忠实记录者，是体现人类活动印迹的历史文本。景观、历史和人类处在一个互动的关系中，通过历史呈现的景观承载了一代代人的审美习俗和文化象征，其被赋予的内容和意义也正是通过景观一代代传承延续。自 20 世纪 60 年代末起，北爱尔兰的民族矛盾和宗教冲突升级，代表天主教派的爱尔兰共和军和亲英派新教军事组织之间开始了旷日持久的军事斗争。谢默斯·希尼出生在北爱尔兰传统的天主教家庭，他的诗歌写作生涯正与北爱激烈的民族矛盾和宗教冲突时期重合。作为天主教徒中的一员，希尼面临着来自种族和公众的巨大压力，社区及爱尔兰天主教的民众要求希尼承担起社会和民族的责任，在诗歌创作中"站在他们这一边""为他们发出声音"，表现出对自己民族和宗教信仰的忠诚；而新教民众却要求希尼理性看待问题，谴责伤害无辜平民百姓的暴力行为。由此，希尼陷入了诗人的现实责任和艺术追求的两难选择中，这也成为其诗歌创作的历史背景和必须面对的问题。希尼客观冷静地面对北爱冲突和动乱，意识到使平民死伤无数的暴力活动是由北方的亲英派军事组织和贝尔法斯特暂编的爱尔兰共和军共同制造，在诗歌中，他竭尽全力寻找一种既能为民族和大众发出正义的声音，又能维护诗歌作为艺术作品的审美性的写作范式，即他自己所定义的一种"既忠实于外部真实的冲击，又敏感于诗人存在的内部法则的秩序"[①]。面对激烈的动乱和暴力冲突，希尼在诗歌中将爱尔兰性扩展到历史的叙述中。"从那时起，诗歌

[①] 西默斯·希尼：《希尼诗文集》，吴德安等译，作家出版社 2000 年版，第 426 页。

的问题就从仅仅是获取令人满意的措辞转移到了寻求与我们的困境相吻合的意象和象征。"[①] 他从丹麦考古学家 P. V. 格列布（P. V. Glob）的《沼泽人》（*The Bog People*）一书中获得灵感，在诗歌中呈现了可以用来象征北爱现实困境的、为古代部落的祭祀而牺牲以及沦为民族和宗教斗争牺牲品的古尸意象，这些尸体被埋藏在沼泽中长久地保存了下来，他们都是裸体的，有的被勒着脖子窒息而亡，有的死于割喉，在尸体标本中伤口仍清晰可辨，成为奇特的沼泽景观。希尼对埋藏在沼泽中尸体现象学考察般的审视和细致入微的景观呈现，使古代的暴力和北爱尔兰的现实冲突相联系，古今对比，使暴力呈现出历史循环的特点，以此表达对暴力的谴责和对民族的忠诚，同时沼泽景观的呈现使诗歌超越了政治和暴力的界限，在社会危机中保持了其艺术审美价值。此外，希尼还原了北欧海盗入侵爱尔兰岛时留下的遗迹和景观，考古学家在爱尔兰岛的一些城市挖掘出来的遗迹（如维京海盗船的残骸、人的骨架等）也"进入"希尼的诗歌创作中，明争暗斗、相互残杀的维京侵略者最后都以失去生命为代价，埋藏在石船中与他们斗争的武器残片遗留下来成为暴力的见证和警醒后人的有力证据，成为"审判的碎片"，形成一种独特的历史景观，以古今历史的相似性去探寻表达北爱问题的新范式。无论是沼泽尸体景观的描写，还是在北欧历史景观的呈现，虽然希尼借古喻今、历史与现实对照，但是在诗歌中一直避免正面直接地回应北爱尔兰的现实暴力，在诗歌中也没有出现相关的描写，而是"避开了对暴力冲突和混乱现实的正面反映，把它们置于一个更广阔的情境中，构建了一个想象的世界"[②]。在这个想象的世界中，希尼既谴责了导致无辜百姓流血牺牲的暴力行径，同时也保持了诗歌创作的独立性和艺术审美价值。诗人作为北爱尔兰天主教社区一员的身份和作为艺术创作者的诗人身份在历史呈现的景观中融合，达成微妙的平衡。

人们生活的这片土地的自然特征与他们所讲的语言的产生和发展有紧密

[①] Seamus Heaney, *Preoccupation: Selected Prose 1968 – 1978*, New York: Farrar, Straus & Giroux, 1980, p. 56.

[②] Patricia Boyle Haberstroh, "Poet and Artist in Seamus Heaney's North", *Colby Quarterly*, 23 (1987), p. 207.

的关系。进一步讲,"语言和景观呈现是一致的"①。第一,景观可以被翻译成语言。第二,语言描写呈现景观。在极具地方特色的爱尔兰口语中,一个简单的发音就可以构成一幅幅优美的景观画,勾起无尽的乡愁。在希尼的诗中,具有爱尔兰特色的语言表征了景观,呈现了爱尔兰乡土世界,呼应了爱尔兰文化民族主义的主张,抗拒了英国的殖民统治。"在希尼的作品中,爱尔兰的景观与地名的渊源和韵律紧密相关","地名诗联结了语言和景观"。② 地名诗是体现语言和景观结合的有效途径,是体现其文化含义的一种建构。③ 在地名诗中,希尼以"作为符号体系的外部景观以及以思维和感觉为主的内心景观二者之间的联系和亲密性"④ 为视角,"注重集体意识以及通过元音(在诗歌中希尼把爱尔兰情感视为元音)和历史,呈现了神秘感"⑤。纵观希尼的诗歌创作生涯,地名及地名诗贯穿始终,地方的转换反映了诗人的创作轨迹和不断演变的创作历程。诗人以出生时在房前种下的栗子树的成长为隐喻,从家乡莫斯巴恩(Mossbawn)起步,在早期诗歌中描写了具有北爱尔兰特色景观的安娜莪瑞什(Anahorish)、布罗格(Broagh)、图姆(Toome)等诗人熟悉的北爱尔兰故土。在写作生涯的中期阶段,举家迁居威克洛(Wicklow)的希尼以格兰莫(Glanmore)为中心,创作了《格兰莫组诗》(*Glanmore Sonets*)和《再访格兰莫》(*Glanmore Revisited*)两组诗。格兰莫是希尼诗歌中继莫斯巴恩之后又一重要的地方,它连接了1970年代末期爱尔兰的社会现实和希尼的个人生活。在诗歌创作的后期阶段,希尼以哲思的眼光重新审视曾经生活过的土地,创作了《图姆》(*Toomebridge*)、《安娜莪瑞什,1944》(*Anahorish 1944*)、《格兰莫田园诗》(*Glanmore Eclogue*)等地名诗。希尼的

---

① Marie Mianowski, ed., *Irish Contemporary Landscapes in Literature and the Arts*, London and New York: Palgrave Macmillan, 2012, p. 28.

② Tim Robinson, *Setting Foot on the Shores of Connermara and Other Writings*, Dublin: Lilliput Press, 1996. p. 115.

③ Anthony Bradley, "Landscape as Culture: The Poetry of Seamus Heaney", in James D. Brophy and Raymond J. Porter, eds., *Contemporary Irish Writing*, Boston: Twayne, 1983, p. 3.

④ Elmer Andrews, *The Poetry of Seamus Heaney: All the Realms of Whisper*, New York: St. Martin's Press, 1988, p. 53.

⑤ Elmer Andrews, *The Poetry of Seamus Heaney: All the Realms of Whisper*, New York: St. Martin's Press, 1988, p. 59.

这一创作历程基于地名诗中景观和语言两者之间相互作用、相互结合的关系，"呈现的是具有爱尔兰伊甸园特征的神秘景观，是一种未受外界影响和打扰的原始状态。在这一状态中爱尔兰人民和地方景观紧密联系在一起，是一种'地景和心景之间的联姻'"①。对于希尼来说，诗歌创造上的超越不是对北爱政治局势和民众苦难的默然冷态的态度，而是在诗歌中通过语言和景观呈现的另一种方式的关注，用这样的方式消解了诗歌中的二元对立，建构了一个流动且复杂、各种因素相互渗透的力量场域（a field of force），提供了解决身份困境、宗教选择、政治冲突的想象空间。同时，《格兰莫组诗》中诗人用考究的语言、十四行诗的韵律以及田园景观的主题创作了优秀的英语诗歌，从形式、韵律和主题方面继承了英语诗歌传统，提高了希尼作品的价值，奠定了其作为英语诗人的地位。同时，希尼身体力行，在诗歌创作中实现了爱尔兰和英国文化的交融以及爱尔兰诗歌传统和英语诗歌传统之间的交流，以语言和景观为出发点创造一个能够包容不同地域、不同起源、不同层次的"文化世界"。

　　本书以谢默斯·希尼的诗歌文本为分析对象、以其诗歌创作理论为支撑探究其诗歌中通过记忆、历史和语言呈现的景观。第一，通过孩童时期的记忆呈现的自然景观和劳作景观表达了希尼对北爱尔兰故乡和爱尔兰传统既继承又疏离的双重矛盾态度，构建了爱尔兰人和诗人的身份，超越了"北爱尔兰天主教农民家庭成员"这一客观身份对诗歌创作的限制，进入一个包含不同文化和意识形态的有利于诗歌创作的想象空间。第二，通过历史呈现的沼泽尸体景观和北欧海盗入侵爱尔兰岛时留下的历史景观，再现了历史上的暴力及其所造成的伤害，以比古今对比的间接方式谴责了20世纪70时代北爱尔兰的暴力现实，提出"杠杆作用"的解决途径，使远古时代的历史暴力成为隐喻北爱尔兰现实困境的"客观对应物"，担负起社会责任。同时，诗歌中的景观呈现有助于保持诗歌创作的独立性和艺术审美价值，共同建构了希尼作为北爱尔兰天主教社区成员以及从事艺术创作的诗人的多元身份，为诗歌创作创造了超越民族、宗教等二元对立的空间。第三，通过语言呈现的景观

---

① Edward Picot, *Outcasts From Eden: Ideas of Landscape in British Poetry since 1945*, Liverpool: Liverpool University Press, 1997, p. 205.

成就了希尼诗歌创作中的地名诗。地名诗以希尼熟悉的北爱尔兰地名为基础，融合具有爱尔兰特色的语言，呈现出丰富的爱尔兰乡土世界，确立了爱尔兰人的身份标识。同时希尼在《格兰莫组诗》中通过语言及其景观呈现上启古希腊古罗马文学传统，下承英语诗歌传统，突出其英语诗人的身份标识。身体力行通过具有英语语言文学传统的诗歌创作，建立了一个包含不同优秀文化传统的创作空间。第四，在希尼诗歌中，通过记忆、历史和语言呈现的景观确立了希尼爱尔兰人、爱尔兰诗人、爱尔兰天主教徒、英语诗人等多元身份标识。诗歌中呈现的景观为在北爱尔兰的现实矛盾中处理身份问题带来更广阔的视野，开启了一个有益于交流和讨论的空间，缓和了北爱尔兰矛盾双方的紧张关系。诗人也试图以历史的融合性打开政治的边界，呈现一种既能回应北爱尔兰的现实矛盾又能体现诗歌艺术审美价值的新的写作范式，致力于在文学作品中建立一个面向未来的想象的爱尔兰。同时，诗歌中多元身份的建构创造了一个超越民族和宗教的二元对立，包含不同文化、不同政治、不同意识形态的空间，促进了诗人的艺术创作，为世界上承受文化分裂的文学创作者的写作提供了新的范式。

  本书从记忆、历史和语言与景观关系的角度分析谢默斯·希尼的诗歌文本，并探索诗歌中呈现的景观对诗人身份构建的意义，进一步丰富了希尼研究，并为后现代语境下作家的身份研究提供了新的途径。此外，希尼多元身份的选择为处在后现代转型时期的人类的身份选择即"何以在这个世上自处"的问题提供了借鉴意义和新的认知地图。在后现代语境中，信息高速传播，事物瞬息万变，人员之间交流来往频繁，这需要人们选择多元的身份认同，包容不同的政治、思想和文化，实现世界范围内的交流。

参考文献

一 外文文献

Adorno, Theodor W., "On Lyric Poetry and Society", *Notes to Literature* (Volume One), New York: Columbia University Press, 1991.

Allen, Michael. *Seamus Heaney*, Basingstoke: Palgrave Macmillan, 1997.

Allison, Jonathan, "Patrick Kavanagh and Antipastoral", in Matthew Campbell, ed., *The Cambridge Compaion to Contemporary Irish Poetry*, Cambridge: Cambridge University Press, 2003.

Andrews, Elmer, *The Poetry of Seamus Heaney: All the Realms of Whisper*, New York: St. Martin's Press, 1988.

Atfield, Joy Rosemary, *A Jungian Reading of Selected Poems of Seamus Heaney*, New York: Edwin Mellen Press, 2007.

Bell, Duncan S. A., "Mythscapes: Memory, Mythology, and National Identity", in *British Journal of Sociology*, 54 (2003).

Bermingham, Ann, *Landscape and Ideology: The English Rustic Tradition*, 1740—1860, Berkeley: Calif, 1986.

Bradley, Anthony, "Landscape as Culture: The Poetry of Seamus Heaney", in James D. Brophy and Raymond J. Porter, eds., *Contemporary Irish Writing*, Boston: Twayne, 1983.

Brown, Mary P., "Seamus Heaney and North", *Studies*, 70 (1981).

Cartis, Tony, *The Art of Seamus Heaney*, Manchester: Seren Griffiths, 2000.

Cavalli, Alessandro, "Reconstructing Memory after Catastrophe", in Jrn Rusen ed.,

Meaning and Representation in History, New York: Berghahn Books, 2006.

Cavanagh, Michael, *Professing Poetry: Seamus Heaney's Poetics*, Massachusetts: The Catholic University of America Press, 2010.

Chappell, Fred, *Plow Naked*, Ann Arbor: University of Michigan Press, 1993.

Corcoran, Neil, *A Student's Guide to Seamus Heaney*, London: Faber and Faber, 1986.

——, *The Poetry of Seamus Heaney: A Critical Study*, London: Faber & Faber, 1998.

Cosgrove, Denis E., *Social Formation and Symbolic Landscape*, Madison: University of Wisconsin Press, 1998.

Cronin, Mike and Liam O'Callaghan, *A History of Ireland*, London: Palgrave Macmillan, 2014.

Davis, Wesley, *The New Thinking about Loss: Language, History and Landscape in Poetry after Modernism*, Diss. Princeton University, 2002.

Desmond, John F., *Gravity and Grace: Seamus Heaney and the Force of Light*, Texas: Baylor University Press, 2009.

Devlin, Polly, *All of Us There*, Belfast: Blackstaff Press, 1994.

Dewsnap, Terence, *Island of Daemons: The Lough Derg Pilgrimage and the Poets Patrick Kavanagh, Denis Devlin, and Seamus Heaney*, Delaware: University of Delaware Press, 2008.

Donnelly, Brian, ed., *Seamus Heaney*, Copenhagen: Denmarks Radio, 1977.

Duerden, Sarah J., *Ungoverning the Lyric Tongue: The Public Poetry of Seamus Heaney*, Diss. Arizona State University, 1992.

Fitter, Chris, *Poetry, Space, Landscape: toward a New Theory*, Cambridge: Cambridge University Press, 1995.

Foster, John Wilson, *Nature in Ireland: A Scientific and Cultural History*, Dublin: Lilliput, 1997.

——, *The Achievement of Seamus Heaney*, Dublin: Lilliput Press, 1995.

Foster, Thomas C., *Seamus Heaney*, Boston: Twayne Pub., 1989.

Fostor, Roy F., *Modern Ireland: 1600–1972*, Harmondsworth: Penguin, 1990.

Goodby, John, "Hermeneutic Hermeticism: Paul Muldoon and the Northern Irish

Poetic", in C. C. Barfoot, ed., *Black and Gold: Contiguous Traditions in Post-war British and Irish Poetry*, Amsterdam: Rodopi, 1994.

Graham, Brian, "The Past in Europe's Present: Diversity, Identity and the Construction of Place", *Modern Europe: Place Culture and Identity*, London: Routledge, 1998.

——, "Heritage Conservation and Revisionist Nationalism in Ireland", in G. J. Ashworth and P. J. Larham, eds., *Building a New Heritage: Tourism, Culture and Identity in the New Europe*, London: Routledge, 1994.

Guo Pei-yi, "Island Builders: Landscape, History and Migration Among the Langalanga, Solomon Island", in Andrew Strathern and Pamela J. Stewart eds., *Landscape, Memory and History: Anthropological Perspectives*, London: Pluto Press, 2003.

Gwynn, Edward, *The Metrical Dinnsenchas: Part I– V*, Dublin: Hodges, Figgis & Co., 1935.

Haberstroh, Patricia Boyle, "Poet and Artist in Seamus Heaney's North", *Colby Quarterly*, 23 (1987).

Halbwachs, Maurice, *On Collective Memory*, trans., Lewis A. Coser, Chicago: University of Chicago Press, 1992.

Hall, Jason David, *Seamus Heaney: Poet, Critic, Translator*, Basingstoke: Palgrave Macmillan, 2007.

——, *Seamus Heaney's Rhythmic Contract*, Basingstoke: Palgrave Macmillan, 2009.

Hamilton, Ian, *Oxford Companion to 20th Century Poetry*, Oxford: Oxford University Press, 2000.

Harrmon, Maurice, "We Pine for Ceremony: Ritual and Reality in the Poetry of Seamus Heaney, *1965 – 1975* ", in Elmer Andrew ed., *Seamus Heaney: A Collection of Critical Essays*, London: Macmillan, 1992.

Healy, John F., *From Mossbawn to Station Island: A Sense of Place in Seamus Heaney's Poetry*, Diss. University of Kansas, 1997.

Heaney, Seamus, *Finders Keepers: Selected Prose 1971—2001*, New York: Farrar,

Straus & Girroux, 2002.

——, "Crediting Poetry: The Nobel Lecture", *The New Republic*, 25th Dec., 1995.

——, "Introduction", *Beowulf: A New Verse Translation*, New York and London: W. W. Norton & Company, 2001.

——, *Finders Keepers: Selected Prose 1971—2001*, New York: Farrar, Straus & Girroux, 2002.

——, *Opened Ground: Selected Poems 1966—1996*, New York: Farrar, Straus and Giroux, 1998.

——, *Selected Poems, 1965–1975*, London: Faber & Faber, 1980.

——, *The Redress of Poetry: Oxford Lectures*, New York: Farrar, Straus and Giroux, 1980.

Heidegger, Martin, *Poetry, Language, Thought*, trans., Albert Hofstrader, New York: Perennial Library, 1971.

Henigan, Robert H., "The Tollund Man on Bogside: Seamus Heaney's Political Objective Correlative", *Publications of the Arkansas Philological Association*, 5 (1981).

Hildebidle, John, "A Decade of Seamus Heaney's Poetry", in R. F. Garratt, ed., *Critical Essays on Seamus Heaney*, New York: G. K. Mall, 1995.

Hill, J. R., eds., *A New History of Ireland: Ireland 1921–1984*, London: Oxford University Press, 2003.

Kay, Magdalena, *In Gratitude for All the Gifts: Seamus Heaney and Eastern Europe*, Toronto: University of Toronto Press, 2012.

——, *Knowing One's Place in Contemporary Irish and Polish Poetry: Zagajewski, Mahon, Heaney, Hartwig*, London and New York: Continuum Publishing Corporation, 2012.

Kearney, Richard. *Transitions: Narratives in Modern Irish Culture*, Dublin: Wolfhound, 1988.

Kirchdorfer, Ulf, *Animals and Animal imagery in the poetry of Elizabeth Bishop and Seamus Heaney*, Diss. Texas Christian University, 1992.

Klein, Bernhard, *On the Uses of History in Recent Irish Writing*, Manchester: Manchester University Press, 2007.

Lafferty, James J., "Gifts from the Goddess: Heaney's 'Bog People'", *Eire-Ireland*, 17 (1982).

Lavie, Smadar and Ted Swedenburg, eds., *Displacement, Diaspora, and Geographies of Identity*, Carolina: Duke University Press, 1996.

Leith, Caoimhin Mac Giolla, "Dinnseanchas and Modern Gaelic Poetry", in Gerald Dawe and John Foster, eds., *The Poet's Place: Ulster Literature and Society, Essays in Honor of John Hewitt, 1907 – 1987*, Belfast: Institute of Irish Studies, 1991.

Lidstrom, Susanna, *Nature, Environment and Poetry: Ecocriticism and the poetics of Seamus Heaney and Ted Hughes*, London: Routledge, 2015.

Lowenthal, David, "British National Identity and the English Landscape", *Rural Hitory*, 02 (1991).

——, "Past Time, Present Place: Landscape and Memory", *Geographical Review*, 65 (1975).

Maxwell, D. E. S., "Heaney's Poetic Landscape", in Harold Bloom ed., *Seamus Heaney*, New Haven: Chelsea House, 1986.

McCarthy, Conor, *Seamus Heaney and Medieval Poetry*, New York: D. S. Brewer, 2008.

McGuire, Thomas George, *Seamus Heaney and the Poetics of Violence*, Diss. University of Michigan, 2004.

Mianowski, Marie, ed., *Irish Contemporary Landscapes in Literature and the Arts*, London and New York: Palgrave Macmillan, 2012.

Miller, J. Hillis, *Topographies*, Stanford: Stanford University Press, 1995.

Miller, Susan Marie, *The Feeling of Knowing: A Modern Poetics of Conviction*, Diss. Harvard University, 2008.

Moi, R., "'Mud Rooms', 'Plots', and 'Slight Returns': What Are the Points of Paul Muldoon's Postmodernist Play in Hay?", in K. Vandevelde, ed., *New

Voices in Irish Criticism Ⅲ, Dublin: Four Courts Press, 2002.

Moloney, Karen Marguerite, *Seamus Heaney and the Emblems of Hope*, Missouri: University of Missouri Press, 2007.

Montague, John, *The Figure in the Cave and Other Essays*, Dublin: Lilliput Press, 1989.

Montgomery, Hyde H., *Oscar Wilde*, London: Eyre Methuen, 1976.

Morrison, Blake, "Speech and Reticence: Seamus Heaney's North", in Peter Jones and Michael Schmidt, eds., *British Poetry since 1970: A Critical Study*, Manchester: Cancaret Press, 1980.

——, *Seamus Heaney*, London: Methuen & Co. Ltd., 1982.

O'Brien, Eugene, *Seamus Heaney and the Place of Writing*, Florida: University Press of Florida, 2002.

——, *Seamus Heaney: Searches for Answers*, London: Pluto Press, 2003.

O'Brien, Peggy, *Writing Lough Derg: From William Carleton to Seamus Heaney*, New York: Syracuse University Press, 2006.

O'Donnell, Thomas and Donna Campbell, "Interview", *Cottonwood*, 30 (1983).

O'Donoghue, Bernard, ed., *The Cambridge Companion to Seamus Heaney*, Cambridge: Cambridge University Press, 2008.

——, *Seamus Heaney and the Language of Poetry*, London: Harvester Wheatsheaf, 1994.

O'Driscoll, Dennis, *Stepping Stone: Interviews with Seamus Heaney*, London: Farrar Straus & Giroux, 2010.

O'Toole, Fintan, "Poet Beyond Border", *The New York Review*, 03 (1999).

ÓCróinín, Dáibhí, eds., *A New History of Ireland: Prehistoric and Early Ireland*, London: Oxford University Press, 2005.

Olwing, Kenneth Robert, *Landscape, Nature, and the Body Politic: from Britain's Renaissance to American's New World*, Wisconsin: The University of Wisconsin Press, 2002.

Palgrave, Francis T., *Landscape in Poetry from Homer to Tennyson*, London and

New York: The Macmillan Company, 1897.

Parker, Michael, *Seamus Heaney: The Making of the Poet*, Iowa city: University of Iowa Press, 1993.

——, "From Winter Seeds to Wintering Out: The Evolution of Heaney's Third Collection", *New Hibernia Review*, 11 (2007).

Picot, Edward, *Outcasts From Eden: Ideas of Landscape in British Poetry since 1945*, Liverpool: Liverpool University Press, 1997.

Potts, Donna L., *Contemporary Irish Poetry and the Pastoral Tradition*, Columbia and London: University of Missouri Press, 2011.

Praeger, Robert Lloyd, *Irish Landscape*, Cork: Mercier Press, 1953.

Relph, Edward, *Place and Placenames*, London: Pion, 1976.

Roberts, B. K., "Landscape Archaeology", in J. M. Wagstaff, ed., *Landscape and Culture*, Oxford: Blackwell Publishers, 1987.

Robinson, Tim, *Setting Foot on the Shores of Connermara and Other Writings*, Dublin: Lilliput Press, 1996.

Russell, Richard Rankin, *Poetry and Peace: Michael Longley, Seamus Heaney, and Northern Ireland*, Indiana: University of Notre Dame Press, 2010.

Schama, Simon, *Landscape and Memory*, New York: Random House Inc., 1996.

Schuchard, Ronald, "Introduction to The Place of Writing", in Seamus Heaney ed., *The Place of Writing: Richard Ellmann Lectures*, Atlanta: Scholars Press, 1989.

Sheers, Owen, "Poetry and Place: Some Personal Reflections", *Geography*, 93 (2008).

Siddal, Stephen, *Landscape and Literature*, Cambridge: Cambridge University Press, 2009.

Simpson, J. A. and E. S. C. Weiner, *The Oxford English Dictionary*, Second Edition, Volume VIII, Oxford: Oxford University Press, 1989.

Smith, Gerry, *Space and The Irish Cultural Imagination*, Basingstoke: Palgrave Macmillan, 2001.

Strathern, Andrew and Pamela J. Stewart, eds., *Landscape, Memory and History: Anthropological Perspectives*, London: Pluto Press, 2003.

Tobin, Daniel, *Passage to the Center: Imagination and the Sacred in the Poetry of Seamus Heaney*, Kentucky: The University Press of Kentucky, 2009.

Tonge, Jonathan, *Northern Ireland: Conflict & Change*, London: Longman, 2002.

Vaughan, W. E. ed., *A New History of Ireland: Ireland under the Union Ⅰ 1801 – 70*, London: Oxford University Press, 2010.

——, ed., *A New History of Ireland: Ireland under the Union Ⅱ 1870 – 1921*, London: Clarendon Press, 2006.

Vendler, Helen, *Seamus Heaney*, Cambridge: Harvard University Press, 1998.

Welch, Robert, ed., "Dinnshenchas", *Oxford Companion to Irish Literature*, Oxford: Clarendon Press, 1996.

Wenzell, Timothy, *Emerald Green: An Eco-critical Study of Irish Literature*, Diss. Drew University, 2008.

Williams, Raymond, *Problems in Materialism and Culture: Selected Essays*, London: Verso, 1980.

Wylie, John, *Landscape*, London: Routledge, 2006.

二 中文文献

阿兰·R. H. 贝克：《地理学与历史学——跨越楚河汉界》，阙维民译，商务印书馆2008年版。

贝岭：《面对面的注视——希尼访谈录》，《读书》2001年第4期。

本局大辞典编纂委员会：《大辞典》，台北：三民书局股份有限公司1985年版。

彼得·奥斯本：《时间的政治——现代性与先锋》，王志宏译，商务印书馆2004年版。

本尼克迪克特·安德森：《想象的共同体：民族主义的起源与散布》，吴叡人译，上海世纪出版社2005年版。

柄谷行人：《日本现代文学的起源》，赵京华译，生活·读书·新知三联书店

2003 年版。

曹莉群：《自然与人：解读谢默斯·希尼诗歌的新视角》，《当代外国文学》2010 年第 3 期。

陈金华、纪小美：《台湾地名文化与景观关系探析》，《华侨大学学报》（哲学社会科学版）2013 年第 3 期。

戴从容：《"什么是我的民族"——谢默斯·希尼诗歌中的爱尔兰身份》，《外国文学评论》2011 年第 2 期。

——：《从"丰饶角"到"空壳"——谢默斯·希尼诗歌艺术的转变》，《山东社会科学》2014 年第 8 期。

——：《诗歌何为——谢默斯·希尼的诗歌功用观》，《外国文学评论》2010 年第 4 期。

戴鸿斌、张文宇：《诗人希尼的身份构建困境及其对策》，《译林》2012 年第 4 期。

丹尼尔·夏克特：《找寻逝去的自我——大脑、心灵和往事的记忆》，高申春译，吉林人民出版社 1998 年版。

邓红、李成坚：《译者主体性的彰显——谢默斯·希尼英译〈贝奥武甫〉之风格解析》，《成都大学学报》（教育科学版）2007 年第 8 期。

丁振祺：《希尼献给母亲的歌》，《外国文学评论》1997 年第 2 期。

杜心源：《喉音的管辖——谢默斯·希尼诗歌中语言的民族身份问题》，《文艺研究》2013 年第 4 期。

——：《进入世界的词语——西默斯·希尼的语言形式与民族身份建构》，《当代外国文学》2007 年第 2 期。

杜心源、徐胜君：《乡土与反乡土——论谢默斯·希尼的诗歌对"原乡神话"的超越》，《思想战线》2008 年第 6 期。

段义孚：《风景断想》，张箭飞、邓瑗瑗译，《长江学术》2012 年第 3 期。

谷禾：《诗人与自我——谢默斯·希尼的启示》，《诗探索》2013 年第 3 期。

汉语大词典编辑委员会：《汉语大词典》，汉语大词典出版社 1994 年版。

何宁：《论希尼的"沼泽"系列诗歌》，《当代外国文学》2006 年第 2 期。

黑格尔：《美学》（第 1 卷），朱光潜译，商务印书馆 1979 年版。

黄灿然：《谢默斯·希尼诗选译》，《诗书画》2014年第2期。

李成坚：《爱尔兰—英国诗人谢默斯·希尼：从希尼的诗歌和诗学中看其文化策略》，博士论文，中山大学，2004年。

——：《翻译中的身份书写与文化建构：谢默斯·希尼翻译研究》，博士后研究报告，北京外国语大学，2010年。

——：《国内外希尼翻译研究述评》，《四川师范大学学报》（社会科学版）2009年第11期。

——：《谢默斯·希尼：一个爱尔兰—英国诗人——从"身份问题"解读希尼诗歌与诗学》，《当代外国文学》2005年第4期。

——：《希尼〈迷途的斯威尼〉译本意涵的文化解读》，《外国文学》2008年第6期。

李力维：《后殖民语境中的希尼诗歌艺术》，《学术界》2013第1期。

理查德·哈特向：《地理学的性质——当前地理学思想述评》，叶光庭译，商务印书馆2012年版。

梁莉娟：《对话、平衡与超越——后现代语境下的希尼研究》，博士论文，中央民族大学，2013年。

刘炅：《诗的疗伤：谢默斯·希尼的苦难诗学》，《外国文学》2013年第6期。

迈克·克朗：《文化地理学》，杨淑华、宋慧敏译，南京大学出版社2000年版。

莫里斯·哈布瓦赫：《论集体记忆》，毕然、郭金华译，上海人民出版社2002年版。

欧震：《重负与纠正：谢默斯·希尼诗歌与当代北爱尔兰社会文化矛盾》，中国社会科学出版社2011年版。

潘滢：《谢默斯·希尼的记忆诗学》，《渤海大学学报》2014年第3期。

邱天怡：《审美体验下的当代西方景观叙事研究》，博士学位论文，哈尔滨工业大学，2014年。

R. J. 约翰斯顿：《人文地理学词典》，柴彦威等译，商务印书馆2004年版。

邵卉芳：《记忆论：民俗学研究的重要方法》，《云南社会科学》2014年第6期。

沈福煦:《中国景观文化论》,《南方建筑》2001年第1期。

塔娜·弗伦奇:《神秘森林》,穆卓芸译,上海人民出版社2010年版。

陶家俊:《爱尔兰,永远的爱尔兰——乔伊斯式的爱尔兰性,兼论否定性身份认同》,《国外文学》2004年第4期。

王振华等:《列国志·爱尔兰》,社会科学文献出版社2012年版。

温迪·达比:《风景与认同:英国民族与阶级地理》,张箭飞等译,译林出版社2011年版。

吴德安:《中国当代诗人和希尼的诗歌艺术》,《诗探索》2000年第3期。

西默斯·希尼:《希尼诗文集》,吴德安等译,作家出版社2000年版。

徐文博:《希尼诗歌三境界》,《深圳大学学报》(人文社会科学版)2001年第11期。

伊恩·D.怀特:《16世纪以来的景观与历史》,王思思译,中国建筑工业出版社2011年版。

殷企平:《价值语境下的认知与情感——谢默斯·希尼诗歌的经典性》,《外国文学研究》2014年第4期。

张剑:《文学、历史、社会:当代北爱尔兰诗人谢默斯·希尼的政治诗学》,《英美文学研究论丛》2010年第1期。

张俊华:《社会记忆和全球交流》,中国社会科学出版社2010年版。

朱玉:《"如果第一行不能音乐般展开"——希尼诗歌创作思想管窥》,《东吴学术》2013年第6期。

三 电子文献

http://en.wikipedia.org/wiki/Lough_Neagh.

http://travel.sina.com.cn/world/2014-02-08/1100246982.shtml.

https://en.wikipedia.org/wiki/List_of_townlands_in_County_Londonderry.

附　录

谢默斯·希尼生平年表

1939	4月13日出生于北爱尔兰德里县莫斯巴恩的一个农民家庭，是家中九个孩子（七男两女）中的老大。父亲为帕特里克·希尼（Patrick Heaney），母亲为玛格丽特·希尼（Margaret Heaney）。
1945–1951	希尼6岁至12岁就读于当地的安娜莪瑞什小学（Anahorish School），这是一所兼收天主教和新教适龄儿童的学校。
1951–1957	13岁至18岁，希尼寄宿就读于位于德里的圣·哥伦布中学（St Columb's College）。
1953	4岁的弟弟克里斯托弗·希尼（Christopher Heaney）在车祸中丧生，希尼在诗歌《期中假期》（*Mid-Term Break*）中记录了这一家庭变故。
1957–1961	就读于贝尔法斯特女王大学（Queen's University, Belfast），并以优异的成绩毕业，获得英语专业学士学位。在读期间，首次尝试在学校的文学杂志上发表诗歌。
1961–1962	就读于圣·约瑟夫师范学校（St. Joseph's College of Education），获得教师从业资格和文凭。其间，希尼撰写并发表了一系列文学评论文章，大量阅读了爱尔兰诗人约翰·休伊特（John Hewitt）和英国诗人泰德·休斯（Ted Hughes）的作品。
1962	任教于贝尔法斯特的圣·托马斯中级学校（St. Thomas's Intermediate School）。该学校的校长、短篇小说家迈克尔·麦克莱文提（Michael McLaverty）介绍希尼阅读帕特里克·卡文纳（Patrick Kavanagh）的诗歌。同年，希尼在贝尔法斯特女王大学攻读在职研究生。同年11月，其诗作《拖拉机》（*Tractors*）发表在《贝尔法斯特电讯报》（*Belfast Telegraph*）上。
1963·春	诗歌《期中假期》发表在《基尔肯尼杂志》（*Kilkenny Magazine*）。

续表

1963·秋	希尼离开圣·托马斯中级学校，成为圣·约瑟夫师范学校的一名英语讲师。在女王大学与菲利浦·霍布斯班（Philip Hobsbaum）相识，并加入"贝尔法斯特小组"。该小组成员包括迈克·朗利（Michael Longley）、德里克·马洪（Derek Mahon）、保罗·马尔登（Paul Muldoon）、斯图尔特·帕克（Stewart Parker）、詹姆斯·西蒙斯（James Simmons）等在当代爱尔兰诗坛具有重要地位的诗人。同年秋，希尼与玛丽·德芙林（Marie Devlin）结婚。
1965·11	贝尔法斯特节（The Belfast Festival）出版了希尼的第一本小诗集《十一首诗》（*Eleven Poems*）。
1966	成为女王大学英语系的一名讲师，开始为杂志《新政治家》（*New Statesman*）和《听众》（*Listener*）撰文，并在 BBC 广播节目和电视节目中亮相。
1966·5	第一部完整的诗集《一个自然主义者之死》（*Death of a Naturalist*）由费伯公司出版，获得"格雷戈里新人奖"（The Gregory Award for Young Writers）和"费伯纪念奖"（Geoffrey Faber Prize）。
1966·7	长子迈克尔（Michael）出生。
1968·2	次子克里斯托弗（Christopher）出生。
1969·6	第二部诗集《进入黑暗之门》（*Door into the Dark*）出版，获"毛姆奖"（the Somerset Maughan Award）。
1970–1971	在加利福利亚大学伯克利分校（University of California, Berkeley）访学，1971 年 9 月回到北爱尔兰。
1972·1·30	"血色星期天"（Bloody Sunday）。在德里，十三个平民被英军杀害。这一事件对希尼的生活和诗歌写作产生了深刻的影响，也导致他离开北爱尔兰。
1972·8	辞去女王大学的教职，举家迁到位于都柏林威克娄郡（Wicklow）格兰莫（Glanmore）的一处农舍中开始了自由作家的生涯。
1972·11	诗集《在外过冬》（*Wintering Out*）出版。
1973·4	小女儿凯瑟琳（Catherine Ann）出生。
1973·10	访问丹麦，在锡尔克堡（Silkeborg）的博物馆中看到了埋藏在沼泽中的尸体标本。

续表

1975	诗集《沼泽诗》（*Bog Poems*）出版。
1975 · 6	诗集《北方》（*North*）出版。
1975 · 10	任教于卡尔斯福特师范学院（Carysfort Teacher Training College）英语系。
1976 – 1981	任卡尔斯福特师范学院英语系系主任。
1979	诗集《田间劳作》（*Field Work*）出版，任哈佛大学诗歌兼职教授。
1980	参加户外日戏剧社（Field Day Theatre Company）；出版《诗歌选集，1965—1975》（*Selected Poems, 1965 – 1975*）；出版评论集《全神贯注：1968—1978 年评论选》（*Preoccupations: Selected Prose 1968 – 1978*）。
1982	与哈佛大学签订了五年的合同，每学年中的一个学期到哈佛教授英语诗歌。
1983	《疯狂的斯威尼》（*Sweeney Astray*）出版；发表《一封公开信》（*An Open Letter*），抗议其英国诗人的身份［在《企鹅当代英国诗歌》（*Peguin Anthology of Contemporary British Poetry*）中，布莱克·莫里森（Blake Morrison）和安德鲁·莫逊（Andrew Motion）把希尼编入英国诗人中，希尼对此提出抗议。
1984	当选哈佛大学修辞和演讲主任，一直到 1996 年卸任。
1984 · 10	母亲玛格丽特·希尼逝世，撰诗《出空》（*Clearances*）以悼念母亲。
1986	父亲帕特里克·希尼逝世，为纪念父亲而作诗歌《石头的审判》（*The Stone Verdict*）。
1987	诗集《山楂灯笼》（*The Haw Lantern*）出版，获"惠特布莱特奖"（the Whitbread Award）。
1988	评论集《舌头的管辖》（*The Government of the Tongue: The 1986 T. S. Eliot Memorial Lectures and Other Critical Writings*）出版。
1989	评论集《写作的位置》（*The Place of Writing*）出版。
1989 – 1994	任牛津大学诗歌教授，任期五年，其讲义《诗歌的纠正：牛津讲义》（*The Redress of Poetry: Oxford Lectures*）于 1995 年出版。

续表

年份	事件
1990	诗歌合集《新诗选 1966—1987》（*New Selected Poems 1966 – 1987*）出版；戏剧《特洛伊的愈合》（*The Cure at Troy：A Version of Sophocles's "Philoctetes"*）出版，并由户外日戏剧社在德里上演。
1991	诗集《幻视》（*Seeing Things*）出版。
1994	与泰德·休斯（Ted Hughes）共同选编的诗集《摇铃袋》（*The Rattle Bag*）出版。
1995	获诺贝尔文学奖（the Nobel Prize for Literature），发表领奖感言《归功于诗》（*Crediting Poetry*）。
1996	诗集《酒精水准仪》（*The Spirit Level*）出版，获"联邦文学奖"（Commonwealth Literature Award）。诗集被评为"惠特布莱特年度书籍"（Whitbread Book of the Year）。
1998	诗歌合集《开垦的土地：1966—1996 诗选》（*Opened Ground：Poems 1966 – 1996*）出版。
1999	译著《贝奥武甫》（*Beowulf*）出版，被评为惠特布莱特年度书籍。
2001	诗集《电光》（*Electric Light*）出版。
2002	评论集《发现者·保存者：1971—2001 散文选》（*Finders Keepers：Selected Prose 1971 – 2001*）出版。
2003	贝尔法斯特女王大学谢默斯·希尼诗歌中心（Seamus Heaney Centre for Poetry）落成。
2004	戏剧《底比斯的葬礼》（*The Burial at Thebes*）出版。
2006	诗集《域与环》（*District and Circle*）出版，获艾略特将（T. S. Eliot Prize）。
2010	诗集《人链》（*Human Chain*）出版。
2013·8·30	卒于都柏林布莱克罗克医院（Blackrock Clinic Dublin），享年 74 岁。

* 希尼生平年表主要参考了 Bernard O'Donoghue, *The Cambridge Companion to Seamus Heaney*, Cambridge：Cambridge University Press, 2009；Helen Vendler, *Seamus Heaney*, Cambridge：Harvard University Press, 1998；欧震：《重负与纠正——谢默斯·希尼诗歌与当代北爱尔兰社会文化矛盾》，中国社会科学出版社 2011 年版。

后　记

　　流年似水，岁月蹉跎。行文至此，百感交集，从博士毕业到现在，一路跌跌撞撞，充满了遗憾和感慨。由于毕业后忙于教学和生活琐事，这本小书现在才得以出版。本书基于我在西南大学求学期间的博士论文，没有求学期间师友们的支持和帮助，也就不可能有此书。回望走过的路，感慨万千，唯有感恩。

　　一朝沐杏雨，一朝念师恩。感谢我的导师刘立辉教授。本书从选题到开题，再到完成，最后定稿，都离不开导师的指导和帮助。刘老师治学严谨，思维敏锐，时刻把握学术前沿，对英美文学研究有独到的见解，且研究成果颇丰。在研究中，老师主张"以小见大""小题大做"，同时主张研究者要有"问题意识"，这为我的英美文学研究之路打开了一扇窗。他的治学思想和主张也贯穿了对我的博士论文的指导。还记得，在专题课上，或在傍晚散步时，抑或在同门聚会中，老师反复与我讨论论文，耐心地帮我提炼中心点，修改提纲，积极为我推荐相关阅读材料，甚至从他丰富的藏书中"拨出"珍贵书籍供我阅读和参考。怎奈，学生愚笨，最终写成的论文与老师的预期存在一定的差距。我深刻地感觉到老师脸上的无奈和心中的失望，但过后刘老师又与我一道，积极想"补救"的办法，从语言、内容、格式一一帮我仔细修改，文件夹中的"刘老师修改稿一""刘老师修改稿二""刘老师修改稿三"……便是明证。除了学习，刘老师也关心我们的生活，平日里一直叮嘱我们要勤于锻炼，经常说拥有健康的体魄才能保证学习和生活。于是，运动场上、羽毛球馆里都留下了老师和同学的欢声笑语。毕业后，刘老师也一直关心我们的成长和进步，邮件和微信交流始终不断。

　　谁言寸草心，报得三春晖。感谢我的父母，在我的学生时代，他们任劳任怨、不求回报，尽所能地提供给我富足的物质条件，让我安心求学。当我成家立业，他们又不辞辛劳，帮助我打理家务琐事，担负起照看宝宝的任务。同时，他们勤劳、朴实、善良、务实的品质从精神上滋养着我，照亮我前行的路。

斯人若彩虹，遇上方知有。感谢我的爱人李振阳先生。感谢你从学生时代起陪我走过每一个春夏秋冬，感谢你在我人生的任何阶段给予我自由、信任和鼓励。希望在漫漫人生中，有你的陪伴，我们一起奔赴更美好的未来。还要感谢五年前来到我生命中的宝宝、我的小精灵，虽然妈妈近年里在学术上的收成"惨淡"，但是你是妈妈最大的"收获"，也是妈妈克服一切困难险阻的最大动力。未来的日子里，我们一起成长，一起向前进！

感谢中国社会科学出版社的王莎莎、刘亚楠编辑，感谢出版社相关工作人员的付出与支持。历时两年，感谢你们为此书的出版付出的努力和心血。也感谢云南师范大学外国语学院资助了此书的出版。

此书是我从景观的角度理解和阐释希尼诗歌的一次尝试，书中肯定存在不足和局限，敬请广大读者批评指正！雄关漫道真如铁，而今漫步从头越。以此为起点，希望自己在学术路上能有更大的收获。

2023 年 6 月 8 日于昆明